古典文獻研究輯刊

四 編

潘美月・杜潔祥 主編

第 26 冊

孫詒讓《名原》研究

葉 純 芳 著

國家圖書館出版品預行編目資料

孫詒讓《名原》研究／葉純芳著 —— 初版 —— 台北縣永和市：花
木蘭文化出版社，2007〔民 96〕

目 2+182 面；19×26 公分（古典文獻研究輯刊 四編；第 26 冊）

ISBN：978-986-6831-23-2（全套精裝）

ISBN：978-986-6831-22-5（精裝）

1.（清）孫詒讓 – 學術思想 – 文字學

2. 中國語言 – 文字 – 研究與考訂

802.2   96004481

ISBN - 9866831225

9 789866 831225

古典文獻研究輯刊

四　編　第二六冊　　　　　　　　ISBN：978-986-6831-22-5

孫詒讓《名原》研究

作　　者　葉純芳

主　　編　潘美月　杜潔祥

企劃出版　北京大學文化資源研究中心

出　　版　花木蘭文化出版社

發 行 所　花木蘭文化出版社

發 行 人　高小娟

聯絡地址　台北縣永和市中正路五九五號七樓之三

　　　　　電話：02-2923-1455／傳真：02-2923-1452

電子信箱　sut81518@ms59.hinet.net

初　　版　2007 年 3 月

定　　價　四編 30 冊（精裝）新台幣 46,500 元

孫詒讓《名原》研究

葉純芳　著

作者簡介

葉純芳，台灣臺北市人，一九六九年十一月生，東吳大學中國文學研究所博士班畢業。現任東吳大學中文系兼任助理教授、《國際漢學論叢》編輯。專研經學。著有《孫詒讓「名原」研究》（碩士論文）、《孫詒讓「周禮」學研究》（博士論文）；撰有〈海峽兩岸點校「史部」古籍的回顧與檢討〉（合撰）、〈魏晉經學的定位問題〉、〈乾嘉學者研治《周禮》的貢獻〉、〈孫詒讓的輯佚成果——《周禮三家佚注》〉、〈《古今圖書集成‧經籍典‧周禮部》的文獻價值〉等學術論文十餘篇；編有《近代中國知識分子在日本》（共同編輯）、《晚清經學研究文獻目錄》（共同編輯）等書。

提　　要

　　清代是古文字研究的鼎盛期，乾、嘉時期，金文著錄的著作不論是官方的、民間的，在歷代著錄金文的書籍中成為成績最豐富的時代；到了晚清，甲骨文的發現，更提供古文字學家一片亟待開發的良田。而窮畢生心力在古文字學研究上的學者，首推晚清的孫詒讓。孫詒讓窮四十多年的時間在研究青銅器銘文上，先後著有《古籀拾遺》、《古籀餘論》。這兩部書可以說是清代金文研究著作的總結。西元一八九九年（光緒二十五年），河南安陽發現甲骨卜辭，在短短的五年之中，劉鶚即編成《鐵雲藏龜》一書，以著錄甲骨拓片為主，也嘗試解釋幾個甲骨文字。次年，孫詒讓便根據《鐵雲藏龜》寫了《契文舉例》，這是第一部甲骨文研究的著作。孫詒讓晚年，寫了《名原》一書，這部書雖然是孫詒讓最後一部古文字學的著作，卻是中國古文字學史上第一部綜合甲骨文、金文、石鼓文等古文字資料而成的著作，它所代表的意義，是正式結束歷代以「著錄金文並考釋文字」，亦即「以一器釋一器之文」的研究型態，而純粹以討論古文字字形為主的專著。《名原》雖然在古文字學史上扮演著承先啟後的地位，但目前並沒有一部專門討論《名原》的著作，筆者蒐集前人的作品，發現各學者僅在文章中小篇幅地兼論《名原》一書的特色，即使有專文論及此書，亦太過簡略。《名原》一書所擷取的材料、研究的方法、釋字的正確性以及全書的體例、內容等諸多問題，筆者以為有綜合整理、分析探討的必要，希望從這次對《名原》的分析探討中能對《名原》一書的價值作一客觀的認定。又，研究古文字，首先需從「識字」開始，而識字又需以「方法」輔佐之，孫詒讓在古文字研究上即以善用研究方法為學者所認同，本論文的另一個目的，即希望在釐清《名原》的種種問題後，同時也能學習孫詒讓研究古文字的步驟及方法，奠定良好的基礎，以作為日後學習古文字的基石。本論文分為三大部分：其一為孫詒讓研究古文字的背景與環境；其二為《名原》一書校本與體例的分析；其三為《名原》一書內容的探討。本論文的研究思路是由外圍的環境背景探討，逐漸往核心發展。即從晚清古文字研究環境著手，確定孫詒讓所處的地位，進一步論述與《名原》關係密切的三部古文字著作，再進一步論及《名原》周邊的問題，如：校本、參考資料、體例等，最後探討其內容，確定其價值。

目

錄

第一章 緒 論

第一節 研究動機與目的

　　清代是古文字研究的鼎盛期，乾、嘉時期，金文著錄的著作不論是官方的、民間的，在歷代著錄金文的書籍中成為成績最豐富的時代〔註1〕；到了晚清，甲骨文的發現，更提供古文字學家一片亟待開發的良田。而窮畢生心力在古文字學研究上的學者，首推晚清的孫詒讓。

　　孫詒讓窮四十多年的時間在研究青銅器銘文上，先後著有《古籀拾遺》、《古籀餘論》二部書。《古籀拾遺》撰寫目的在對宋薛尚功的《歷代鐘鼎彝器款識》、清阮元的《積古齋鐘鼎彝器款識》、吳榮光的《筠清館金文》等書作糾謬的工作；《古籀餘論》則仿照《古籀拾遺》的體例，對清吳式芬《攟古錄金文》一書作糾謬的工作。這兩部書可以說是清代金文研究著作的總結。

　　光緒二十五年（1899），河南安陽發現甲骨卜辭，在短短的五年之中，劉鶚即編成《鐵雲藏龜》一書，以著錄甲骨拓片為主，也嘗試解釋幾個甲骨文字，次年，孫詒讓便根據《鐵雲藏龜》寫了《契文舉例》，這是第一部甲骨文研究的著作。

　　孫詒讓晚年，寫了《名原》一書，這部書雖然是孫詒讓最後一部古文字學的著作，卻是中國古文字學史上第一部綜合甲骨文、金文、石鼓文等古文字資料而成的著作，它所代表的意義，是正式結束歷代以「著錄金文並考釋文字」，亦即「以一器釋一器之文」的研究型態，而純粹以討論古文字字形為主的專著。

　　《名原》雖然在古文字學史上扮演著承先啟後的地位，但目前並沒有一部專門

〔註1〕根據《續修四庫全書總目・金石類》的登錄，金石類總錄的書約有二百三十多種；金文類的約有一百一十多種。在質與量上來說，都是較前代為勝的。

討論《名原》的著作，筆者蒐集前人的作品，發現各學者僅在文章中小篇幅地兼論《名原》一書的特色，即使有專文論及此書，亦太過簡略（詳第二節）。

《名原》一書所擷取的材料、研究的方法、釋字的正確性以及全書的體例、內容等諸多問題，筆者以為有綜合整理、分析探討的必要，希望從這次對《名原》的分析探討中能對此書的價值作一客觀的認定。

又，研究古文字，首先需從「識字」開始，而識字又需以「方法」輔佐之，孫詒讓在古文字研究上即以善用研究方法為學者所認同，本論文的另一個目的，即希望在釐清《名原》的種種問題後，同時也能學習孫詒讓研究古文字的步驟及方法，奠定良好的基礎，以作為日後學習古文字的基石。

第二節　前人研究成果回顧

關於研究《名原》的論著（不包括通論介紹性的著作），計有：姜亮夫（寅清）的〈《名原》抉脈〉〔註2〕；劉節的〈《名原》校證序〉；朱芳圃的〈《名原》述評〉、王更生先生《籀𪾢學記》中的〈《名原》與文字學〉、〈《名原》內容之分析〉；戴家祥先生的〈斠點《名原》書後〉；陳暐仁先生《孫詒讓的金文學》中的〈《名原》的金文研究方法〉等。除姜亮夫的〈《名原》抉脈〉筆者目前無法尋獲外，其餘的論著略述於下。

一、〈《名原》校證序〉、〈《名原》述評〉

一九六三年，杭州大學語言文學研究室為慶祝孫詒讓一百五十歲的冥誕，由內部發行了《孫詒讓研究》論文集〔註3〕，其中有兩篇關於《名原》的撰作，一為劉節的〈《名原》校證序〉，一為朱芳圃的〈《名原》述評〉。〈《名原》校證序〉的內容主要為作者敘述校勘《名原》一書後的感想，及對自己研讀金文，「每悟古文有字根、有語根，於其中尋求義例，偶亦有在籀翁創獲之外者」，藉此機會，質之同好，並紀念詒讓篳路藍縷之功。因此本文目的在於補闕與舉證，較少論及《名原》書中的種種。

〈名原述評〉為朱芳圃對《名原》一書作「依原書次第，逐一匡正」的工作，雖然朱氏依照詒讓原書的篇次論述，可惜的是文過簡略，多處只以「皆極精塙」略

〔註2〕《國學商兌》，第 1 卷第 1 期，1933 年 6 月。

〔註3〕《孫詒讓研究》由於是內部發行，此書特別罕見，卻又是研究孫氏大有助益的論文集。此書於 1995 年由現今北京大學歷史系教授橋本秀美先生寄贈林慶彰老師，黃智信同學向林老師借印此書時，因知筆者研究孫氏，特加印一冊相贈。於此感謝二位老師及智信同學的成全。

過，未能達其「逐一匡正」之旨。

二、《籀頃學記》

　　一九八三年，王更生先生在《籀頃學記》中分別有專章討論詒讓的甲骨學及金石學。另外，他在〈孫詒讓之文字學〉一章中，亦分別討論了「《名原》與文字學」、「《名原》內容之分析」兩個子題。先生認為《名原》的屬性為：

（一）《名原》為文字學中之字形學

　　他說：

> 先生曰：「今略摭金文、龜甲文、石鼓文、貴州紅巖古刻，與《說文》古籀互相勘校，揭其歧異，以著淆變之原，而會最比屬，以尋古文大小篆沿革之大例。」似此只著淆變之原，以尋沿革之例，則《名原》實形書。質言之，亦即文字學中之字形學。

（二）《名原》為文字學中之歷史學

　　他說：

> 又後之學者治小學多本秦篆，以《說文解字》為攸歸，今仲容先生逆溯商周，考鏡金石，參之以《說文》古籀，而不受許氏《說文》之所局，故《名原》復為文字學中之歷史學。

（三）《名原》為文字學中之解剖學

　　他說：

> 文字演進之跡，雖可做歷史之追蹤，而字形分化之用，尤當作平面之剖解，今仲容考〈原始數名〉、〈古章原象〉，皆能類聚群分，據形繫聯，推本厥初，以究萬原，故《名原》更可為文字學中之解剖學。

對於《名原》一書的缺點，他說：

> 究以事屬初創，取材所限，居今日視之，其所正固仍不乏確鑿可據之說，而於精討博校之後，其間是非錯出者，更所在多有，綜而論之，其失有四：一則於六書中轉注之體認，尚欠精密；二則於甲骨文字之誤識，至同條之中，於文字形聲之分析，瑕瑜互見，使讀之者不易別擇；三則受許氏《說文》之影響過深，是以其間有不能以古文論古文，而暢所欲言之弊；四則本書為先生晚年力作，不徒老病催人，尤乏知者與。於增訂之役，至未能重校，即倉卒付諸梨棗，是以其中墨字紛陳，難以卒讀。

先生對於《名原》的研究內容豐富，條目清晰詳盡，但對於詒讓所誤釋的字（如：詒讓所說的甲文牛形實為犬形。）有部分的忽略。《名原》原書墨丁過多，但有校本

問世，傅斯年圖書館藏有容庚補墨丁、程雨蒼迻錄的校本，先生皆未參考。

三、〈斠點《名原》書後〉

一九八六年，戴家祥先生在斠點完《名原》一書後，寫了〈斠點《名原》書後〉一文，文中說明《名原》的流傳情形，以及他的校勘結果，並歸納出原本《名原》所出現的錯誤有：「稱引鐘鼎彝器器名之譌」、「引用《說文》失檢」、「空白待補」、「空白譌膌」、「文字儻倒」、「譌衍」、「譌奪」、「聲近而譌」、「形體譌別者多至二百多處」、「不明致譌之由」等。全書約計四萬五千七百餘字，連同墨丁，就有六百六十餘處需或補、或刪、或修。戴氏的斠點工作雖有漏失（如錯字未出校、標點錯誤等），但整體而言，對研究孫詒讓古文字的學者，是助益匪淺的。

四、《孫詒讓的金文學》

一九九六年七月，由孔德成先生指導，臺灣大學中研所碩士生陳暐仁先生撰寫的畢業論文《孫詒讓的金文學》，是一部專以孫詒讓的古文字學爲題的專著。此書重點在於分析《古籀拾遺》、《古籀餘論》的寫作動機、選用材料以及這兩部書的成書及流傳情形、價值。另外，他也有專節討論《名原》的金文研究方法。

本書作者對資料的分析詳盡，亦能從分析中提出個人的論點，但詒讓對於古文字字例的分析，本書較少提及。關於此點，作者在〈緒論〉中說：

> 孫詒讓的金文研究成就，前人多稱及之，相對於一字一辭的考釋成果，孫詒讓的研究方法與態度，應當更爲重要，然而民國以後的孫詒讓研究，常拘於字句考釋之是與非，而鮮有論及孫詒讓之金文研究方法。〔註4〕

又說：

> ……希望闡明孫詒讓金文研究的方法與態度，並不欲斤斤計較於字辭之考釋。〔註5〕

然筆者以爲，研究方法的優劣，端賴對字辭考釋的正確與否，詒讓之所以爲人所稱道，主要是因他正確考證出許多古文字，使後來的學者對其所善用的「偏旁分析法」加以肯定。因此，研究方法與文字考釋二者的關係是相輔相成，而非可以分別論之。

另外，詒讓研究金文的方法，除了「偏旁分析的概念」、「辭例推勘的運用」外，「比較法」應是詒讓最常用的方法，這點本書作者並未注意到。

〔註 4〕陳暐仁撰：《孫詒讓的金文學》（臺北：國立臺灣大學中國文學研究所碩士論文，1996年 6 月），頁 13。

〔註 5〕同前注。

第三節　研究方法與全文提要

　　本論文分爲三大部分：其一爲孫詒讓研究古文字的背景與環境；其二爲《名原》一書校本與體例的分析；其三爲《名原》一書內容的探討。

　　在「孫詒讓研究古文字的背景與環境」這部分中，分爲三小節，其一爲「晚清的金文學概況」，此節利用歷史文獻分析法將晚清金文研究的環境作分析，從中認識孫詒讓在此環境所處的地位。又，當時適逢甲骨刻辭的出土，因此在此節亦附帶論及甲骨文字的研究與孫詒讓的關係。其二爲「孫詒讓的生平與著述」，此節亦利用文獻的分析與歸納，爲孫詒讓作傳略，由於孫詒讓的生平已有專著論述〔註6〕，更有學者爲其編纂年譜〔註7〕，且本論文的重點不在孫詒讓的生平，此處僅作重點探析。惟近年來大陸溫州圖書館、杭州大學將孫詒讓的遺文陸續作整理、發表，因此筆者將所能蒐集到的資料，爲孫詒讓編「著述簡譜」，置於其傳略後。其三爲「與《名原》關係密切的三部古文字著作」，此節分析孫詒讓《古籀拾遺》、《古籀餘論》、《契文舉例》三部書，歸納其體例，分析其內容，整合其傳本，從而得知《名原》脫胎於此三部書。

　　在「《名原》一書校本與體例的分析」中，分爲五小節，其一爲「《名原》校本探析」，《名原》原書因刊於孫詒讓身後，故其中有許多因刻工不識爲何字而產生的墨丁，此處以孫詒讓的自刻本爲底本，進行不同校本的比對，以觀學者補墨丁的差異。其二爲「《名原》使用的參考資料」，針對此書所使用的參考資料作分析。其三爲「《名原》的體例」，先將《名原》一書的解說分爲釋形、釋音、釋義三部分，再針對各部分作分析，最後歸納其體例。其四爲「孫詒讓在《名原》中的文字觀」，由書中的說解，歸納孫詒讓對古文字的起源、作用、與六書的看法，以及孫詒讓研究古文字的「通例」及「變例」。其五爲「孫詒讓研究古文字的方法」，由鳩合孫詒讓釋字的關鍵語如「偏旁」、「以文義推之」、「核之甲文、金文」等，而得出孫詒讓研究古文字的方法。

　　在「《名原》一書內容的探討」中，依循孫詒讓《名原》針對不同主題的立論而分爲七小節，此處最主要的目的在於瞭解孫詒讓釋字的準確性，因此，在字例的取捨上，以孫詒讓釋錯的字爲優先考量，列出孫詒讓的解說，指出其錯處，並引用其他學者考釋正確的說法以證其誤。對於引用學者說法的標準，首列第一個釋出正確

〔註6〕如陳振風撰：《孫詒讓之生平與學術思想》（臺北：臺灣大學中國文學研究所碩士論文，1977年6月），189面，何佑森指導。

〔註7〕目前臺灣可見最完整的孫詒讓年譜爲朱芳圃編：《清孫仲容先生詒讓年譜》（臺北：臺灣商務印書館，1980年6月），101面。

字的學者的說法，次列異說而值得參考者，最後列總結前說者。因重點在瞭解孫詒讓釋字的準確性，不在後代學者的論爭，因此不將各家說法一一列出。

　　歸結以上分析，本論文的研究思路是由外圍的環境背景探討，逐漸往核心發展。即從晚清古文字研究環境著手，確定孫詒讓所處的地位，進一步論述與《名原》關係密切的三部古文字著作，再進一步論及《名原》周邊的問題，如：校本、參考資料、體例等，最後探討其內容，確定其價值。

第二章　孫詒讓與晚清的古文字研究

第一節　晚清的古文字研究

在甲骨文尚未發現之前，學者所謂的古文字指的是彝器上的銘文，許慎在《說文解字・敘》中給古文字指出了一個範圍，他說：

> 至孔子書六經，左丘明述《春秋傳》，皆以古文。〔註1〕

又說：

> 時有六書，一曰古文，孔子壁中書也；二曰奇字，即古文而異者也。
> （葉16左）

又說：

> 郡國亦往往於山川得鼎彝，其銘即前代之古文，皆自相似。（葉18左）

又說：

> 其偁《易》，孟氏、《書》，孔氏、《詩》，毛氏、禮，《周官》、《春秋》，
> 左氏、《論語》、《孝經》皆古文也。（葉24右）

可見《說文》中的古文字主要來源有二：一為孔壁中古書上的文字，二為前代鼎彝上的文字。彝器上的銘文，漢代很少人能識讀，第一個利用古彝器來證史事的人是西漢的張敞，《漢書・郊祀志》說：

> 是時（宣帝時），美陽得鼎，獻之。下有司議，多以為宜薦見宗廟，
> 如元鼎時故事。張敞好古文字，按鼎銘勒而上議曰：「臣聞周祖始乎后稷，
> 后稷封於斄，公劉發迹於豳，大王建國於邠梁，文武興於酆鎬。由此言之，

〔註1〕（漢）許慎撰，（清）段玉裁注：〈說文解字敘〉，《說文解字注》（臺北：藝文印書館，
　　　1994年12月），卷15上，葉9右。

－7－

則郟梁、豐鎬之間，周舊居也，固宜有宗廟壇場祭祀之臧。今鼎出於郟東，中有刻書曰：『王命尸臣：「官此枸邑，賜爾旃鸞黼黻琱戈。」尸臣拜手稽首曰：「敢對揚天子丕顯休命。」』臣愚不足以迹古文，竊以傳記言之，此鼎殆周之所以褒賜大臣，大臣子孫刻銘其先功，臧之於宮廟也。……今此鼎細小，又有款識，不宜薦見於宗廟。」制曰：「京兆尹議是。」〔註2〕

張敞「好古文」，一方面是個人的興趣，另一方面，他更受過古文的訓練，《說文‧敘》說：「孝宣皇帝時，召通《倉頡》讀者，張敞從受之。」（卷15上，葉13左）《倉頡》中多古字，漢代的學者多不能讀通，因此漢宣帝便廣徵能讀通《倉頡》的人，由張敞從此人學古字。雖然張敞對古文字的研究能力頗高，但在有漢一代，並未造成風尚。〔註3〕

到了唐初，發現秦代石鼓，但朝廷並未認識它的價值，任其散置荒郊，直到宋代才將這批石鼓由鳳陽遷到京師，置於太和堂陳列。王國維在《宋代金文著錄表》中說明這個原因：「古器物之出，蓋無代而蔑有，隋唐以前其出於郡國山川者雖頗見於史，然以識者少而記之者復不詳，故其文之略存於今者，唯美陽與仲山甫二鼎而已。」〔註4〕

宋代研究銘文最早在咸平三年（1000），《宋史‧句中正傳》記載：

中正精於字學，古文、篆、隸、行、草無不工。

又說：

（宋眞宗咸平三年）時乾州獻古銅鼎，狀方而四足，上有古文二十一字，人莫曉，命中正與杜鎬詳驗以聞，援據甚悉。〔註5〕

這件事在翟耆年的《籀史》中亦有記載，〈周秦古器銘碑〉中說：

咸平三年五月，同州民湯善德于河濱獲方甗一，上有十二字；九月，好畤令黃傳鄆獲方甗一，銘二十一字，詣闕以獻，昭示直昭文館句中正、秘閣校理杜鎬。中正識其刻書，以隸古文訓之，少者八字，多者七十餘字。〔註6〕

〔註2〕（漢）班固撰、（唐）顏師古注：《漢書‧郊祀志》（臺北：洪氏出版社，1975 年 9 月），卷 25 下，頁 1251。

〔註3〕其原因在於「世人大共非訾，以爲好奇者也，故詭更正文，鄉壁虛造不可知之書，變亂常行，以燿於世」。參見《說文解字‧敘》，葉 19 右。

〔註4〕王國維撰：《宋代金文著錄表》，《王國維遺書》（上海：上海書店出版社，1996 年 8 月）。

〔註5〕（元）脫脫等撰：《宋史》（臺北：鼎文書局，1983 年 11 月），卷 441，列傳第 200，文苑三，頁 13049～13050。

〔註6〕（宋）翟耆年撰：《籀史》，《石刻史料新編》（臺北：新文豐出版公司，1986 年 7 月），

而呂大臨的《考古圖》將二十一字的方甗命名爲〈仲信父方旅甗〉，並將此器銘、形制、來源作了考證：

> 惟六月初吉，叟仲𠂤信父作旅甗，其萬年子子孫孫永寶用」右得於好時令。以泰尺泰量校之縮八寸有半，衡尺有二寸，自脣至隔底，深八寸四分，四足皆中空，甗容六斗四升，足容斗有六升。
>
> 按舊圖云：咸平三年，好畤令黃傳鄆獲是器，詣闕以獻，詔句中正、杜鎬詳其文。惟叟字，楊南仲謂不必讀爲史，當爲中，音仲。〔註7〕

由於受到皇帝的重視，又配合著青銅器的出土越來越多，使得宋代研究、著錄銘文的人也隨之而盛。

宋代著錄金文的書有三十多種，近人王國維根據宋代存留的著作統計，著錄的古銅器有六四三件，其中疑爲僞器的有十九件，秦漢以後的有六十件，夏、商、周三代的有五六四件〔註8〕，這是一個不小的數量。而流傳至今，仍爲後代的文字學家所常引用的著作有：呂大臨的《考古圖》、王黼的《宣和博古圖》、薛尚功的《歷代鐘鼎彝器款識》、王俅的《嘯堂集古錄》等。王國維認爲自乾嘉以後，金石學研究盛行，一般學者對宋代的研究頗爲不屑，但《考古》、《博古》二圖對於摹寫、形制、考訂名物乃至於出土地、藏器家，只要能考證得到的，無不畢記，並謂：「後世著錄家當奉爲準則。」這是王國維對宋代金文學者的肯定。

元明兩代，前者蒙古人入主中原，文化不興；後者理學盛行，論道者眾。一般收藏家雖然也注重這些古器物，但是他們把重點放在古董收藏，並不太在意銘文在學術上的價值。使得古文字無法以宋代的成果爲基礎，做更進一步的研究。這是清代以前古文字研究的一個概況。

所謂的「古文字」，嚴格說來，應該包括商代、西周、春秋戰國時期的甲骨文字、青銅文字、石刻文字、璽印文字、玉器文字、貨幣文字、陶器文字、簡牘文字、縑帛文字、漆器文字等。但這一節所討論的「古文字」研究，重點放在甲骨、青銅文字上，因爲孫詒讓的古文字研究範圍大致在這兩方面。而清代的古文字研究，是以青銅文字爲主，甲骨文的研究一直要到光緒二十五年發現甲骨以後，陸續才有學者研究。本節的目的即在呈現孫詒讓在古文字研究環境中扮演的角色。

一、清代的金文學概況

第 3 輯，冊 40，頁 719。

〔註7〕（宋）呂大臨撰：《考古圖》，《四庫全書存目叢書》（臺北：莊嚴文化事業有限公司，1995 年 9 月），頁子 77～638。

〔註8〕王國維撰：《宋代金文著錄表》，《王國維遺書》第三冊。

　　清代是金文學研究的鼎盛期，許多小學家繼承許學的傳統，對一切可以印證經籍，辯證歷史，解說文字的資料都極度重視。孫詒讓在《古籀拾遺・敘》中說：

　　　　考讀金文之學，蓋萌柢於秦漢之際，《禮記》皆先秦故書，而〈祭統〉
　　述李悝鼎銘，此以金文證經之始。漢許君作《說文》，據郡國山川所出鼎
　　彝銘款以修古文〔註9〕，此以金文說字之始。誠以制器爲銘，九能之選，
　　詞誼瑋奧，同符經藝。至其文字，則又上原倉籀，旁通雅故，博稽精覈，
　　爲益無方。然則宋元以後最錄款識之書，雖復小學枝流，抑亦秦漢經師之
　　家法與？〔註10〕

用金文「證經」、「說字」是漢代經師的家法，用金文等古文字來說解文字，是文字學家的傳統。這是因爲漢字的結構與演變有一定的規律，只有依據這些早期的文字資料，才能得出與事實相符合的結論。許慎在他的《說文解字》中所收錄的古文、籀文、奇字等，都可說是古文字的一支，沒有了這些資料，他是沒有辦法做出準確的推測與結論，也不會被歷代的學者所不斷的徵引及研究。但是《說文》中的古文字及孔子壁中所發現的古文經書，在歷代傳寫的過程中多有訛誤，想要準確的運用這些資料，必定要經過與出土古器物銘文的相互對照，才能得到較完整的結論。這就是歷來漢學家重視金石文字的緣由。

　　清代對銅器的蒐集整理，比起宋代要興盛得多。這主要是由於如上所說小學家治學的目的在於通經考史，經世致用，誠如阮元所說青銅器銘文「其重與九經同之」〔註11〕，青銅器銘文自然要被視爲重要的史料。同時，清代的銅器比宋代有更豐富的發現，爲青銅器銘文的研究提供了一個良好的環境。

　　乾隆十四年（1749），敕命梁詩正等人仿宋代《宣和博古圖》的體例，將清廷內府收藏的古代銅器，編爲《西清古鑒》四十卷，〔註12〕歷十六年而成。乾隆四

〔註9〕　許慎雖於《說文・敘》中說：「郡國亦往往於山川得鼎彝，其銘即前代之古文，皆自
　　　　相似。」但在《說文》中並未如詒讓所說許慎利用銅器銘文以修古文，比較可能的
　　　　情況是許慎確實看到這些出土的青銅器，可是當時出土的青銅器並不多，許慎無法
　　　　廣泛利用。如果他利用青銅器以證字，行文中應有「某某器作某」的字樣，然觀《說
　　　　文》，並未發現有此例。

〔註10〕　（清）孫詒讓撰：〈古籀拾遺・敘〉，《古籀拾遺・古籀餘論》（北京：中華書局，1989
　　　　年9月），頁1。

〔註11〕　（清）阮元撰：〈商周銅器說・上篇〉（《積古齋鐘鼎彝器款識一》，百部叢書集成（文
　　　　選樓叢書），臺北：藝文印書館），頁3。

〔註12〕　全書收商周至唐代銅器1436件。鏡93面。每卷先列器目，每器繪其圖像，記其大
　　　　小尺寸、重量、摹寫銘文並加以考釋。此書收說雖富，且摹寫尚精，但銘文縮小，
　　　　多有失真，所收偽器幾至十之三四，書中見解陳舊，多不足取。（姚孝遂主編，董蓮
　　　　池撰：第六章〈文字學的興盛期——清代的文字學〉，《中國文字學史》，吉林：吉林

十四年（1779）再敕命編成《寧壽鑑古》十六卷，〔註13〕體例與《西清古鑑》相同。乾隆四十六年（1781），又敕命王杰等編《西清續鑑甲編》二十卷，到乾隆五十八年（1783）成書，同時又編成《西清續鑑乙編》。〔註14〕以上四書即所謂的「西清四鑑」。共收錄清內府所藏青銅器四千餘件，比起宋代所收錄的銅器，多了大約四倍左右。胡樸安以爲這四部書「考釋不甚精確，只可爲研究金文學者參考之助」。〔註15〕董蓮池則認爲：「這四部書雖然僞器過多，說解陳陋，摹寫每有失眞，但卻是金石學史上的一次壯舉。〔註16〕」因爲朝廷帶動了私人收藏家的興趣，私人著錄的書也相繼問世。王國維在《國朝金文著錄表・序》說：

> 古器物及古文字之學一盛於宋而中衰於元、明，我朝開國百年之間，海內承平，文化溥洽。乾隆初，始命儒臣錄內府藏器爲《西清古鑑》海內士夫聞風承流，相與購求古器，蒐集拓本，其集諸家器爲專書者，則始於阮文達之《積古齋鐘鼎彝器款識》而莫富於吳子苾閣學之《攟古錄金文》。〔註17〕

這一時期著錄銅器銘文的書籍，主要有兩類：一是仿照宋代《考古圖》的體例，以記錄銅器圖形爲主，並附上銘文和考釋。上述由官府所編的四部書即是此類。屬於這一類型的私人著作有：

時　　代	編撰者	書　　　　　名	卷/冊數	藏器數
嘉慶六年	錢　坫	十六長樂堂古器款識考	四　卷	49
道光十九年	曹載奎	懷米山房吉金圖	一　卷	60
同治十一年	吳　雲	兩罍軒彝器圖釋	十二卷	110
同治十一年	潘祖蔭	攀古樓彝器款識	二　卷	50
光緒十一年	吳大澂	恒軒所見所藏吉金錄	不分卷 二　冊	136
光緒三十四年	端　方	陶齋吉金錄	八　卷	148
宣統元年	端　方	陶齋吉金續錄	二　卷	21

教育出版社），頁316～317。
〔註13〕共收清內府所藏銅器600件，及銅鏡101面。（同上注，頁317。）
〔註14〕《甲編》收商周青銅器844件，鏡100面，雜器31件；《乙編》收商周青銅器798件，鏡100面。二書皆縮小銘文，記有重量，有釋文或簡單說解。（同上注，頁317。）
〔註15〕胡樸安撰：〈古文字學時期〉，《中國文字學史》第四編（臺北：臺灣商務印書館，1992年9月），頁601。
〔註16〕同注8，頁317。
〔註17〕王國維撰：〈國朝金文著錄表・序〉，頁1。

　　另一種是仿照宋代薛尚功《歷代鐘鼎彝器款識法帖》的體例，只錄銘文，不繪圖形，以考釋銘文為主，這類著作有 [註18]：

時　　代	編撰者	書　　　名	卷／冊數	藏器數
嘉慶九年	阮　元	積古齋鐘鼎彝器款識	十　卷	551
道光二十二年	吳榮光	筠清館金文	五　卷	267
光緒十二年	徐同柏	從古堂款識學	十六卷	365
光緒二十一年	吳式芬	攈古錄金文	三卷九冊	1334
光緒二十二年 [註19]	吳大澂	愙齋集古錄	二十六冊	1144
道光二十五年	方濬益	綴遺齋彝器款識考釋	三十卷	1382

　　有了如此豐厚的資料作為後盾，再加上清代學者在著錄方法上改正宋代學者的缺失 [註20]，提高銘文資料的可信度，為金文研究者鋪設一個良好的環境，使清代的銘文考釋成績遠較前代為精審。

二、孫詒讓與晚清金文的考釋

　　乾嘉時期金石學雖然盛行，但在光緒以前，考釋文字並沒有顯著的成績出現。同光以後，金文研究越來越興盛，這一期先後有方濬益、吳大澂、孫詒讓等人在考釋文字方面有所貢獻。

（一）方濬益的金文研究

　　方濬益（？～1899）字子聽，一字謙受，又字伯裕，安徽定遠人。熟於史書，酷愛金文，用數十年的精力編成《綴遺齋彝器款識》一書。

　　他於同治八年（1869）蘇州寓所開始蒐集拓本，同治十二年於揚州寓所始作釋文，光緒二年（1876）任江蘇南匯奉賢知縣始作考證，光緒九年於日本使館始作鉤本，光緒十七年八月任兩湖都署幕府時重定目錄，光緒二十年五月于京師海波寺街寓所始編錄清稿定本，共經歷三十年的時間 [註21]，可見他謹慎治學的態度。

[註18] 參見屈萬里撰：《先秦文史資料考辨》（臺北：聯經出版事業公司，1993 年 9 月初版），頁 83～102。

[註19] 此書成於光緒二十二年（1896 年），但直到 1918 年才出版。

[註20] 清代晚期學者對青銅器的著錄開始注重對所收器物的器形、花紋的摹繪，對器物尺寸、重量的標記，對來源及流傳情況的介紹等，提高了著錄資料的可信度。參見姚孝遂主編，董蓮池撰：《中國文字學史》，頁 320～321。

[註21] 參見容庚撰：〈清代吉金書籍述評〉，《容庚選集》（天津：天津人民出版社，1994 年6 月），頁 121。

　　光緒二十五年（1899）方濬益去世，這部書歷經三十一年卻未完成。直到一九二八年四月，才由他的從孫方燕年從王秉恩處索回原稿，整理付印，並補編目錄三卷。全書共三十卷，但第十五卷闕佚，實際上只有二十九卷。每器首刊摹本，後附釋文、考證。卷首有《彝器說》三篇，上篇考「器」、中篇考「文」、下篇考「藏」。全書收集商周青銅器共一千三百八十多件。本書意在續阮元的《積古齋鐘鼎彝器款識》，方氏在〈原編目錄前記〉說：

> 　　濬益幼好古石刻，近尤篤嗜吉金文字，既求得商周兩漢彝器百數十種，又搜輯嘉、道以來及近世海內藏器家拓本千餘通，因纂錄以續阮文達公《積古齋款識》之後。

但大部分的學者都認爲這部書的成就在阮元之上。容庚先生於〈清代吉金書籍述評〉〔註22〕說：

> 　　方氏考釋翔實，熟於經史，於地理、官制、人物和文字通假尤能詳徵博引，並校正《積古》、《筠清》、《攈古》等書之失。

方濬益在考釋〈井季盨卣〉中也校正出《說文》因歷代傳鈔而出現的訛誤：

> 　　《說文》無「羵」字，龟部有「奰」，云：「獸也，似狌狌。从龟，央聲。」《玉篇》無「奰」有「羵」，云：「生冀切，音試，獸似貍。」《廣韻》同。石鼓文「鯴之羵二」。潘迪《音訓》：「羵，丑若反。」，相如〈大人賦〉「休羵奔走」，或音使。……（濬益按）今以此銘及石鼓文證之，是《玉篇》之「羵」，即《說文》之奰。蓋《說文》歷代傳鈔，寫官難免筆誤。此銘與石鼓文皆二千年以前之眞迹，鑄刻分明，可決定《說文》之「奰」爲「羵」之譌字。而《玉篇》有「羵」無「奰」，又可知顧野王當時所見《說文》尚不誤也。〔註23〕

楊樹達先生在〈讀《綴遺齋彝器考釋》〉一文中評方濬益這本書說：

> 　　綜觀全卷，得失互見，終覺瑕不掩瑜，與同時作者相較，精湛不逮孫詒讓，而與吳大澂在伯仲之間，在金文著作中，固不失爲要籍也。〔註24〕

　　表明了楊樹達先生對方濬益在金文考釋上的肯定態度。

（二）吳大澂的金文研究

〔註22〕容庚撰，曾憲通編撰：〈清代吉金書籍述評〉，《容庚選集》（天津：天津人民出版社，1994 年 6 月），頁 122〜123。

〔註23〕方濬益撰：〈井季盨卣〉，《綴遺齋彝器考釋》（臺北：台聯國風出版社，1976 年 9 月），上冊，卷十二，頁 819。

〔註24〕楊樹達撰：〈讀綴遺齋彝器考釋〉，《積微居小學述林》（臺北：大通書局，1971 年 5月）卷 7，頁 277〜278。

　　吳大澂（1835～1902），原名大淳，爲避清穆宗諱而改名。字止敬，一字清卿，號恒軒，別號憲齋、白雲山樵、止敬室主人，晚年又署名白雲病叟，江蘇吳縣人。青年時代曾師事陳奐、俞樾。光緒二年（1876）他購得一西周銅鼎，銘文中有「爲周憲（客）」等字，他考定爲微子入周以後所作〔註25〕，便將此鼎命名爲「憲鼎」，「憲齋」之號也由此而來。

　　吳大澂一生盡力蒐購古代的銅器、璽印、貨幣、陶瓦和玉器等文物，對金石文字尤爲酷愛，他在《說文古籀補·序》說：

　　　　大澂篤耆古文，童而習之，積三十年搜羅不倦。豐、岐、京、洛之野，

　　　足跡所經，地不愛寶，又獲交當代博物君子，擴我見聞，相與折衷，以求

　　　其是。師友所遺拓墨片紙，珍若球圖，研精究微，辨及瘢肘。〔註26〕

他又跟當時最有名的金石學家如陳介祺、潘祖蔭等有深厚的交誼，並時時以書信討論學術，因此對吳大澂的金文研究有很大的幫助。他主要的有關於古文字的著作有《說文古籀補》、《字說》、《憲齋集古錄》等。裘錫圭先生認爲吳大澂在古文字學上最重要的一個發現，是看出了《說文》所收「古文」的眞實年代：

　　　　許愼認爲他根據孔子故宅壁中所發現的經書等資料收入《說文》的

　　　「古文」，其字體比周宣王時的籀文更爲古老。後人對此一直沒有異議。

　　　吳氏對從西周到秦漢的各種金石古文字資料都很熟悉。他通過把《說文》

　　　「古文」跟金石古文字對比，發現前者實際上是周末的字體。〔註27〕

吳大澂在《說文古籀補·序》中表明了他對「古文」時代的看法：

　　　　竊謂許氏以壁中書爲古文，疑皆周末七國時所作，言語異聲，文字異

　　　形，非復孔子六經之舊簡，雖存篆籀之跡，實多譌僞之形。（頁1）

他並舉出金石文字與許書所引古籀不合之處：

　　　　百餘年來，古金文字日出不窮，援甲證乙，眞贗釐然，審擇既精，推

　　　闡益廣，穿鑿傅會之蔽，日久自彰，見多自堛。有許書所引之古籀不類周

　　　禮六書者，有古器習見之形體不載於《說文》者，撮其大略，可以類推，

　　　如：許書「示」，古文作「ⅲ」；「玉」，古文作「王」；……「乃」，古文

　　　作「弖」，籀文作「𢎥」；「丹」，古文作「𠙺」；「青」，古文作「𡴀」；「韋」，

〔註25〕裘錫圭先生按：「憲鼎時代應屬穆王前後，實非微子所作。」（〈吳大澂〉，《文史叢稿》，上海：上海遠東出版社，1996年10月，頁167。此篇原載於吉常宏、王佩增編撰：《中國古代語言學家評傳》，山東：山東教育出版社，1992年。）

〔註26〕（清）吳大澂撰：〈說文古籀補·序〉（《說文古籀補》，東吳大學珍本室，不著出版項。）頁3。

〔註27〕同註21，頁171。

古文作「🏺」;「枛」,古文「𣓤」從几之類,以古器銘文偏旁證之,多不相類。其為周末文字可知。古器習見之字即成周通用之文。(頁1～2)

此外,吳大澂最為後人稱道的是《字說》中對「文」字的考證:

> 《書·文侯之命》:「追孝于前文人。」;《詩·江漢》:「告於文人」,《毛傳》云:「文人,文德之人也。」濰縣陳壽卿編修介祺所藏〈分仲鐘〉云:「其用追孝于皇考己伯,用侃喜前文人。」《積古齋鐘鼎彝器款識》〈追敦〉云:「用追孝于前文人。」知「前文人」三字為周時習見語。乃〈大誥〉誤「文」為「寧」,曰:「予曷其不于前寧人圖功攸終。」;曰:「予曷其不于前寧人攸受休畢。」;曰:「天亦惟休于前寧人。」;曰:「率寧人有指疆土。」。「前寧人」實「前文人」之誤。蓋因古文「文」字有從心者:或作🟡;或作🟣;或又作🟤、🟥。壁中古文〈大誥〉篇其「文」字必與「寧」字相似,漢儒遂誤釋為「寧」。其實〈大誥〉乃武王伐殷大誥天下之文,「寧王」即「文王」,「寧考」即「文考」。「民獻有十夫」,即武王之亂臣十人也。「寧王遺我大寶龜」,鄭注:「受命曰寧王。」此不得其解而強為之說也。既以「寧考」為武王,遂以〈大誥〉為成王之誥,不見古器,不識真古文,安知「寧」字為「文」之誤哉?〔註28〕

由古書中的習見語「前文人」,及古文字中「文」字與「寧」字的相似,而考證出漢儒對《尚書·大誥》中「前文人」的誤釋,對古書及古文字的研究確實是一大貢獻。〔註29〕

　　吳大澂的金文考釋雖比前人要進步得多,但他也發生或因讀《說文》未熟、或因未闇通假之理而產生的錯誤,楊樹達先生〈讀《愙齋集古錄》〉中便針對此書做出不少的糾正,歸納而言認為他:

> 吳氏不瞭古音,故於古人聲音通假之理未能洞悉,而其辨識形體,則遠非前此治款識之學者所能及。以吳氏同時諸家而論,精詣固不逮孫詒讓,而與方濬益可以抗手矣。〔註30〕

容庚先生以為:

〔註28〕（清）吳大澂撰:〈文字說〉,《字說》（臺北:藝文印書館,1975年9月）,頁57～58。

〔註29〕由裘錫圭先生的考證,在當時和吳大澂提出相同說法的另有王懿榮、方濬益及孫詒讓,至於誰先提出,較難做一論定,裘錫圭先生說是:「看來在這個問題上是英雄所見略同。」（裘錫圭撰:〈談談清末學者利用金文校勘《尚書》的一個重要發現〉,《古籍整理與研究》第四期,北京:中華書局,1989年3月）,頁9～14。

〔註30〕楊樹達撰:〈讀愙齋集古錄〉,《積微居小學述林》,卷七,頁283。

　　　　竊謂治古文字之學，譬如積薪，後來居上。……吳大澂明於形體，乃
　　奏廓清。然而訓詁、假借，猶不若孫氏之精熟通達，所得獨多。〔註31〕
裘錫圭先生對吳大澂的評價是：
　　　　吳氏辨認字形比較細心，較前人有所進步，但仍有不少穿鑿附會之
　　說。此外，吳氏雖然對古文資料很熟悉，可是小學的基礎卻並不是很
　　好。……如果吳氏能有較好的小學方面的修養，無疑會對古文字學做出更
　　多的貢獻。〔註32〕
由以上敘述可知，雖然方濬益與吳大澂在金文學上的成就比起以往的學者要高得
多，但比起孫詒讓，似乎又略嫌不足。因此，學者才會有「精湛不逮孫詒讓」、「不
若孫氏之精熟通達」的評論。

　　晚清的金文學家研究金文都有一個趨勢，即一反乾嘉時期治《說文》的學者尊
奉許慎《說文》的態度，而利用銅器銘文來印證《說文》，進而改正《說文》的錯誤。
以上所舉的方濬益、吳大澂與孫詒讓都是如此。

　　孫詒讓的金文著作：《古籀拾遺》、《古籀餘論》、《名原》在晚清金文學所代表的
意義，是正式結束了金文學以蒐集資料，編成著錄的階段，而以考釋文字作爲主要
的內容。這將在下一節作詳細的考述。

三、孫詒讓與晚清甲骨文的研究

（一）甲骨文的發現

　　關於甲骨文的發現，有這麼一個傳說：光緒二十五年（1899），王懿榮因生病到
北京宣武門外菜市口的達仁堂藥店買「龍骨」治病，在這些龍骨中，他發現一塊有
字的龍骨，見字和金文相似，問明來源，並加以研究，知道這些所謂的龍骨，事實
上是殷商時代寶貴的文物。

　　近來學者已不太相信這樣的說法，因爲像「龍骨」這味中藥是必須搗碎煎服的，
在出藥店前就已經搗成碎粉，如何能辨認上面的文字？不過，王懿榮確實是第一個
發現甲骨的人，在王崇煥爲其父撰的《王文敏公年譜》中說：
　　　　河南彰德府安陽縣小商屯地方，發現殷代卜骨龜甲甚多，上有文字，
　　估人攜至京師，公審定爲殷商古物，購得數千片，是爲吾國研究殷墟甲骨
　　文開創之始，事在是年秋。〔註33〕

〔註31〕容庚撰：〈古籀餘論・跋〉，頁 412。
〔註32〕裘錫圭撰：〈吳大澂〉，頁 174。
〔註33〕轉引自呂偉達主編撰：《甲骨文之父・王懿榮》（山東：山東畫報出版社，1997 年

至於什麼是「龍骨」？明義士在《甲骨研究》中說：

> 起初有人收藏甲骨，可不知道出處。在一八九九年以前，小屯的人用甲骨當藥材，名爲『龍骨』。最初發現的甲骨，都經過濰縣范氏的手，范氏知道最詳。先時范氏不肯告人正處，如告劉鐵雲「湯殷牖里」。余既找到正處，又屢次向范氏和小屯人打聽，又得以下小史，今按事實略說一下：龍骨，前清光緒二十五年（一八九九）以前，小屯有薙頭商名李成，常用龍骨粉作刀尖藥。北地久出龍骨，小屯居民不以爲奇，乃以獸骨片、龜甲板、鹿角等物，或有字或無字，都爲龍骨。當時小屯人以爲字不是刻上的，是天然長成的，並說：「有字的不好賣，刮去字跡藥店纔要。」李成收集龍骨，賣與藥店，每斤制錢六文。〔註34〕

學者對於甲骨出土的年代有不同的看法，劉鶚在《鐵雲藏龜》自序中以爲出土於光緒二十五年己亥（1899），羅振玉〈鐵雲藏龜序〉說「至光緒己亥而古龜古骨乃出焉」贊成劉鶚的說法；王國維〈最近二三十年中國新發明之學問〉中說甲骨文字「光緒戊戌、己亥（1898～1899）間始出於河南彰德府西北五里之小屯」。〔註35〕汐翁〈龜甲文〉則以爲甲骨出土於光緒二十四年戊戌（1898）。〔註36〕王襄在〈題易魯園殷契拓冊〉中說「村農收落花生果，偶于土中檢之，不知其貴也。……時則清光緒戊戌（1898）冬十月也。翌年秋，攜來求售，名之曰龜版」。〔註37〕陳夢家認爲：

> 無論是一八九九年或一八九八年末，都不能算做洹濱甲骨出土的一年，因爲在這年以前農民常常刨地得到甲骨。……以上兩說，我們還是采取己亥（1899年）說，約在上年的冬季，范估第一次在小屯買到少數的甲骨，乃於是年（己亥）之秋試售於王懿榮，大得賞識〔註38〕

吳浩坤、潘悠在合著的《中國甲骨學史》中認爲王襄的說法，初。發現於一八九八年冬末，而於一八九九年秋始爲世人所知，是比較可信的。不過，「說到甲骨的出土，可能還要早得多。因爲古代一方面有厚葬之俗，另方面盜墓的風氣也很盛行。安陽侯家莊發現的殷代王陵，就有被漢朝人盜掘的痕跡，所以有人推測遠在秦漢時代就

6月），頁143。

〔註34〕（加拿大）明義士撰：《甲骨研究》（濟南：齊魯書社，1996年2月），頁6～7。

〔註35〕王國維撰：〈最近二三十年中國新發明之學問〉，《王國維論學集》（北京：中國社會科學出版社，1997年6月），頁207。

〔註36〕轉引自陳夢家撰：《卜辭綜述》，頁2～3。

〔註37〕同上注。

〔註38〕陳夢家撰：《卜辭綜述》，頁3。

有甲骨發現。從情理上說是可能的，但沒有見於文字記載。」〔註39〕

甲骨出土的地點是在今河南省安陽市的小屯村，這個地方原來是商代後期的國都所在地。剛開始濰縣商人范維卿爲了壟斷甲骨，隱瞞了甲骨眞正的出土地點，劉鶚即受范氏的欺騙以爲甲骨出於「河南省湯殷縣」。

自從王懿榮確定了甲骨的價值，開始收集甲骨片，前後共收集了一千五百餘片。學者及收藏家也爭相購買，商人就利用此機會哄抬價格，但相當可惜的是，在此之前，究竟有多少甲骨被當作藥材，則不得而知。

（二）孫詒讓與晚清甲骨文的研究

王懿榮死後，其後人爲了還債，將其所藏的甲骨片轉售給劉鶚。劉鶚將所藏的甲骨片拓本印成《鐵雲藏龜》後，甲骨文字的研究便正式開始。

1. 劉鶚的甲骨文研究

劉鶚（1857～1909），字鐵雲，江蘇丹徒人。他所收藏的甲骨總數約有五千多片。劉鶚聽取羅振玉的提議，將所藏的甲骨，從中選拓一千零五十八片（其中多數爲王懿榮所藏），在光緒二十九年（1903）編成《鐵雲藏龜》一書，這是我國第一部甲骨文著錄問世。而幫助劉鶚將這些甲骨片作拓印工作的，是王瑞卿，劉鶚在《鐵雲藏龜・序》說：

> 龜版文字極淺細，又脆薄易碎，拓墨極難。友人聞予獲此異品，多向索拓本，苦無以應。然斯實三代眞古文，亟當廣謀其傳，故竭半載之力，精拓千片，付諸石印，以公同好。任是役者，直隸王瑞卿也。〔註40〕

這部書雖是著錄甲骨片的著作，但劉鶚仍在〈序言〉的地方稍作考釋甲骨文的工作，只不過大多是干支之類易辨識的文字，他說：

> 龜版可識者，干支而已。

另外，他也說明甲骨片出土的始末，購求的經過，以及甲骨片中，「牛骨」只佔「十之一二」，其餘的爲龜版。並斷其文字爲「卜之繇辭」，「爲殷人刀筆文字」。

2. 孫詒讓的甲骨文研究

《鐵雲藏龜》出版的第二年——光緒三十年（1904），孫詒讓就根據《鐵雲藏龜》寫成了《契文舉例》。這本書成了我國第一部研究甲骨文的專著。

《契文舉例》將甲骨文分爲八類，加上孫詒讓的文字考釋及雜例，共分爲十章。他除了從卜辭的內容上加以說明以外，在文字考釋方法上，借助於《說文解字》，把

〔註39〕吳浩坤、潘悠撰：《中國甲骨學史》（上海：上海人民出版社，1985年12月），頁4。
〔註40〕（清）劉鶚撰：〈鐵雲藏龜・序〉，《鐵雲藏龜》，頁5。

甲骨文字形與小篆、金文相對照，而多從金文取得證據，考釋出一些甲骨文字，爲後世甲骨文研究做出了先例。這些將在下一節作詳細的考述，在此不多作贅言。

3. 羅振玉的甲骨文研究

羅振玉（1866～1940），字叔蘊，又字叔言；初號雪堂，晚以清廢帝溥儀贈書「貞心古松」匾額，因號貞松。清同治五年丙寅（1866）六月二十八日生於江蘇淮安。羅振玉世籍浙江慈谿，南宋時有諱元者，才遷居上虞三都的永豐鄉，是爲上虞的始祖。

清末時他任學部參事，在學術上亦有相當的成就，他是我國文字學史上繼往開來的重要人物之一。在甲骨文的研究上，有所謂的「甲骨四堂」，即針對研究甲骨文最有成就的四人：羅振玉（雪堂）、王國維（1877～1927）（觀堂）、郭沫若（1892～1978）（鼎堂）、董作賓（1895～1963）（彥堂）而言。四人之中，以羅振玉在著錄、刊布甲骨文上建功最大。當他在劉鶚的寓所看見龜甲獸骨文字的拓本時，曾說：

> 此漢以來小學家若張、杜、楊、許諸儒所不得見者，今山川效靈，三
> 千年而一洩其秘，且適我之生，所以謀流傳而悠遠之，我之責也。〔註41〕

他將甲骨文的研究當作是自己畢生的責任，所蒐集的甲骨片約有二、三萬片之多，之後他所撰述的甲骨文字，多取材於此。

羅振玉在甲骨文字研究方面的代表著作有：《殷商貞卜文字考》、《殷虛書契考釋》、《增訂殷虛書契考釋》等。他考釋甲骨文的方法，除參照《說文》外，同時以金文字形與卜辭相證驗，不拘泥於《說文》，通過古文字的考釋，反過來糾正《說文》的謬誤。一九二七年，他出版的《增訂殷虛書契考釋》，比較有系統的考證五百多個甲骨文字，有些字他和孫詒讓的看法截然不同，如：「🅺」字，孫詒讓釋爲「丞」，羅振玉則釋爲：「象人臽阱中有抍之者，臽者在下，抍者在上，故從�象抍之者之手也。」（頁63）這樣的說法是較孫詒讓爲合理的。

4. 王國維的甲骨文研究

王國維（1877～1927），初名國楨，字靜安，又字伯隅，號觀堂。浙江海寧人，清末秀才。爲近代著名的古文字學家。一九一一年辛亥後，他隨著羅振玉到日本，在日本幫助羅振玉整理甲骨。從此，王國維也開始對甲骨文進行研究。他在一九一七年時編《戩壽堂所藏殷虛文字》並進行考釋。在當年又發表〈殷卜辭中所見先公先王考〉、〈殷卜辭中所見先公先王續考〉及〈殷周制度論〉等對古史研究具有重大

〔註41〕董作賓撰：〈羅雪堂先生傳略〉，《羅雪堂先生全集·初編》（臺北：文華出版公司，1968年12月），頁2。

意義的論文。

他在〈殷卜辭中所見先公先王考〉中發現「王亥」之名，謂：「乃知王亥為殷之先公。」又說：

> 並與《世本·作篇》之「胲」、《帝系篇》之「核」、《楚辭·天問》之「該」、《呂氏春秋》之「王冰」、《史記·殷本紀》及《三代世表》之「振」，《漢書·古今人表》之「垓」，實系一人。〔註42〕

證明王亥是商自帝嚳以後的第八位先公。又在〈殷卜辭中所見先公先王續考〉中考證出商之先公報乙、報丙、報丁三人的次序，進而改正司馬遷《史記·殷本紀》商世表「報丁」、「報乙」、「報丙」的次序。他說：

> 比觀哈氏拓本中有一片……據此一文之中，先公之名具在，不獨田即上甲，𠃔、𠃊、𠃌即報乙、報丙、報丁，示壬示癸即主壬主癸，胥得確證。且足證上甲以後諸先公之次，當為報乙、報丙、報丁、主壬、主癸，而史記以報丁、報乙、報丙為次，乃違事實。〔註43〕

這是我國甲骨文字研究以來，第一次運用甲骨文的研究解決歷史問題，對後世的學者，有著極深的影響。郭沫若說：

> 卜辭的研究要感謝王國維，是他首先由卜辭中把殷代的先公先王剔發了出來，使《史記·殷本紀》等書所傳的殷代王統得到了物證，並且改正了他們的訛傳，……我們要說殷虛的發現是新史學的開端，王國維的業績是新史學的開山，那是絲毫也不算過份的。〔註44〕

羅振玉與王國維是繼孫詒讓之後研究甲骨文的學者，他們在處理資料上較孫詒讓更進步，成績更卓越。令人感到惋惜的是孫詒讓在生前並無法與他們切磋研究，為他的《契文舉例》做辨證的工作。

第二節　孫詒讓的生平與著述

一、孫詒讓生平傳略

孫詒讓，浙江溫州瑞安人。生於清宣宗道光二十八年戊申（1848）八月十四日，卒於德宗光緒三十四年戊申（1908）五月二十二日，年六十一。少名效洙，又名德

〔註42〕王國維撰：〈殷卜辭中所見先公先王考〉，《王國維論學集》（北京：社會科學出版社，1997年6月），頁15。

〔註43〕王國維撰：〈殷卜辭中所見先公先王續考〉，《王國維論學集》（北京：社會科學出版社，1997年6月），頁32。

〔註44〕郭沫若撰：《十批判書》（北京：人民出版社，1954年），頁4。

涵。詒讓之名，有時也作貽讓。字仲頌，一作中容、仲容。晚號籀頠（庼）居士，別署荀羕〔註45〕。晚清著名的樸學家。與德清俞樾，定海黃以周並稱「清末浙江三先生」。

詒讓出生在一個書香仕宦的家庭，父親孫衣言，字劭聞，號琴西，於道光十七年丁酉科、廿四年甲辰科、三十年庚戌科與俞樾三爲同年。俞樾〈春在堂隨筆〉說：

> 余與孫琴西衣言，三爲同年：道光十七年丁酉科，君得拔貢，余中副榜；廿四年甲辰科，同舉於鄉；三十年庚戌科，同成進士。相得甚歡，而論詩不合。故余嘗贈以詩曰：「廿載名場同得失，兩家詩派異源流。」然君刻《遜學齋》十卷，止余一序也。余於咸豐九年刻《日損益齋詩》十卷，亦止君一序也。〔註46〕

同治四年，兩人分主蘇、杭紫陽書院，俞樾又贈詩給琴西先生：

> 廿年得失共名場，今日東南兩紫陽。（同上）

可見兩人相得之契。道光三十年（1850）中進士，同年楊彝珍、俞樾、壽昌、丁紹周、周星譽都是宿學名儒。咸豐初，由編修入直上書房，教授皇王諸子，歷任官安慶府知府、鳳穎六泗道、江寧布政使、安徽按察使、湖北布政使等職，後召爲太僕寺卿。〔註47〕

琴西先生畢生從事永嘉之學，以讀書經濟爲事，以爲自古以來盛衰治亂的關鍵都在學術。人心的邪正，風俗的厚薄，都由此而見。他以振興永嘉學派爲己任，因此對於家鄉先哲的遺著，蒐集傳播，不遺餘力。〔註48〕又因爲黃宗羲、全祖望的《宋

〔註45〕孫詒讓曾於所撰的〈顧亭林詩校記〉一文後自署「蘭陵荀羕」。徐益藩著〈亭林詩集原本提要〉有：校文第一種：光緒二十□年，孫詒讓校錄，「是時尚畏清法，自署『荀羕』」。章炳麟《檢論》卷九〈小過〉注：「孫詒讓校亭林集後，系以詩云：『亡國於今三百年』。是時尚畏清法，自署『荀羕』，蓋以『孫』音通『荀』，『詒讓』切『羕』也。其與余書，或觸忌諱皆署『荀羕』名。又《太炎文鈔》卷五〈瑞安孫先生哀辭〉附孫先生最後書即署『荀羕』，章先生釋之爲曰：『『荀』『孫』通假，羕則詒讓之切音」。（《圖書展望》復刊第五期－孫仲容先生百歲紀念專輯，頁16。）

〔註46〕俞樾撰：〈春在堂隨筆・一〉，《春在堂全書》（臺北：中國文獻出版社印行，1968年9月），冊5，頁3538～3539。

〔註47〕姚永樸撰：〈孫太僕家傳〉，《碑傳集補》（清代傳記叢刊）（臺北：明文書局印行，1986年1月），冊1，卷7，頁452～454。

〔註48〕琴西先生蒐採鄉邦文獻的步驟約分五項：一、訪購。永嘉先哲的遺著自元明以來十遺八九，琴西先生所購得的明寶綸閣原刻本張孚敬《敕諭錄》、寫本《蒙川遺稿》、影宋鈔殘本《永嘉四靈詩》等，都是海內孤本。二、借鈔。如從丁丙處借鈔文瀾閣殘本《止齋集》、《浪語集》。三、輯佚。琴西先生爲夏槐《廣濟耆舊集》作序時說：「予生平喜言鄉邑軼事，每讀史策及諸家文字，凡有涉於我鄉先生，雖單詞瑣事，必錄而存之。」四、校勘。如《水心文集》、《浣川集》等，都由琴西先生親手校勘，

元學案》對於永嘉諸儒資料的蒐集未完備，更蒐補爲《永嘉學案》，又編其遺文爲《永嘉集內外編》。琴西先生自己並有《遜學齋集》行於世。

由於琴西先生注重學術，使詒讓在耳濡目染下，深受父親的影響。

詒讓是琴西先生的第二個兒子。母親葉氏生二子，長子詒穀（字稷民）在同治元年（1862）戰死於太平軍役中，年僅二十五。可以想見琴西先生對僅有的二兒子的期望與關愛，這些在日後琴西先生的學術活動中，詒讓都隨侍在旁學習，可以略窺一二。

詒讓在九歲的時候開始學《四書》，他在《札迻·敘》中說：

> 詒讓受性迂拙，於世事無所解，故唯嗜讀古書。咸豐丙辰丁巳間，年八九歲，侍家大人於京師澄懷園。時甫受四子書，略識文義，庋閣有明人所刻《漢魏叢書》，愛其多古冊，輒竊觀之，雖不能解，然瀏覽篇目，自以爲樂也。〔註49〕

到了十六、七歲，開始研讀經史小學。《札迻·敘》說：

> ……年十六七，讀江子屏《漢學師承記》及阮文達公所集刊《（皇清）經解》，始窺國朝通儒治經史小學家法。（同上）

詒讓治學，未曾師事他人，淵博的家學，豐富的藏書，再加上自己的好學，使他逐漸窺通了漢儒治經史小學的家法，遵循這條路子發展，而成就自己的學問。從文字訓詁實作工夫，言必有據，成爲他畢生治學的態度。

十八歲，詒讓看到宋代薛尚功所著的《歷代鐘鼎彝器款識》後，便愛不釋手，自此開始研究金石文字。詒讓跋薛尚功《歷代鐘鼎彝器款識》說：

> 余少嗜古文大篆，年十七八，得杭州本讀之，即愛翫不釋。嘗取《考古》、《博古》兩圖，及王復齋《款識》、王俅《集古錄》，校諸款識。最後得景鈔手蹟本，以相參校。則手蹟本多與《考古》諸圖合，杭本訛誤甚，釋文亦有牾互。〔註50〕

同治五年丙寅（1866 年），詒讓十九歲，兩江總督曾國藩創設金陵書局。招集周學濬、莫友芝、張文虎、劉壽曾、唐仁壽、戴望、劉恭冕等校勘經籍。曾國藩所招集的這一批人，在當時都是方聞之士，詒讓隨父親到江東，因此有機會與這些學

至於由詒讓校勘的，更是指不勝數。五、刊刻。琴西先生刻行《永嘉叢書》共十二種，二百餘卷，重要的鄉哲遺著，大抵都收入。

〔註49〕孫詒讓撰：〈札迻序〉，《札迻》（北京：中華書局，1989 年 1 月），頁 1。

〔註50〕孫詒讓撰：〈薛尚功鐘鼎款識跋〉，《籀高述林》（臺北：廣文書局，1971 年 4 月），卷 6，頁 9。

者學習討論，成爲詒讓日後學術的奠基。二十歲時，詒讓參加鄉試中舉，二十八歲授刑部主事，從中舉後到三十六歲期間，他曾先後五次參加禮部會試〔註51〕，但都落第，從此便淡於仕途，專心讀書治學。在此期間，正值太平天國剛被清政府鎮壓，東南沿海故家密藏的古籍大量散出，詒讓趁此機會收購了數萬卷書，他在《札迻・敘》說：

> 隨家大人官江東。適當東南巨寇蕩平，故家祕藏多散出，間收得之，亦累數萬卷。每得一佳本，晨夕目誦。遇有鉤棘難通者，疑牾累積，鬱輴不怡；或窮思博討，不見端倪，偶涉他編，乃獲確證。曠然昭寤，宿疑冰釋，則又欣然獨笑。若陟窮山，榛莾霾塞，忽覩微徑，遂達康莊。邢子才云：「日思誤書，更是一適。」斯語亮已。〔註52〕

這一切都爲詒讓研究學問提供了極爲有力的條件，也是他在學術上得以日益成長並取得卓越成就的重要因素。

詒讓四十一歲時，琴西先生爲他蓋了「玉海樓」作爲讀書藏書的地方。琴西先生〈玉海樓藏書記〉說：

> 今年春（光緒十四年，1888 年），爲次兒卜築河上，乃於金帶橋北別建大樓，南北相向，各五楹，專爲藏書讀書之所。盡徙舊藏庋之樓上，而以所刊《永嘉叢書》四千餘版，列置樓下，以便摹印。〔註53〕

自此以後，詒讓更能專心讀書治學。

詒讓的治學範圍很廣，主要成就集中在古籍整理和古文字研究這兩方面。關於他的古文字研究在下一節有專節討論，本節論述他在古籍整理方面的成就。

詒讓生當乾嘉諸儒之後，服膺戴、段、二王之學，因此取王念孫《讀書雜志》和盧文弨《群書拾補》的義法，以校治古書。他在《札迻・敘》中說：

> 詒讓學識書譾，於乾、嘉諸先生無能爲役，然深善王觀察《讀書雜志》及盧學士《群書拾補》，伏案斅誦，恆用檢覈，閒竊取其義法以治古書，亦略有所寤。嘗謂秦、漢文籍，誼怡奧博，字例、文例多與後世殊異，如《荀

〔註51〕據朱芳圃《清孫仲容先生詒讓年譜》記載，詒讓參加禮部會試，第一次在二十一歲（同治七年春二月）；第二次在二十四歲（同治十年春）；第三次在三十六歲（光緒九年春）。但朱孔彰所撰〈孫徵君詒讓事略〉中說「（詒讓）五赴禮闈未第，遂壹意古學」。又陳漢光〈瑞安孫先生傳記〉中更說「（詒讓）後來連上經過七八次的會試，結果是沒有中進士」。各家說法不一，其中認爲詒讓「五次」參加禮部會試不第者爲多。

〔註52〕〈札迻序〉，頁 1。

〔註53〕引自朱芳圃撰：《清孫仲容先生詒讓年譜》（臺北：臺灣商務印書館，1980 年 6 月），頁 55。

卿書》之「案」,《墨翟書》之「唯」、「毋」,……驟讀之,幾不能通其語。

復以竹帛梨棗,鈔刊婁易,則有三代文字之通假,有秦、漢篆隸之變遷,有魏、晉正草之輨淆,有六朝、唐人俗書之流失,有宋、元、明校槧之屢改,遠徑百出,多歧亡羊,非覃思精勘,深究本原,未易得其正也。〔註54〕

因此不求古書善本,博考精校,就不能明其根柢,被後世惡本訛文所誤;不通古音古訓,而用晚近常見的字義訓釋古書,必定違背古人的旨意。他從十三歲起治校讎學,就著有《廣韻姓氏刊誤》,十八歲撰《〈白虎通〉校補》,二十歲以後繼續校勘群書。詒讓校書,必求善本、初刻或經過名家校勘的本子,並廣涉其他書籍,以及類書、古注、舊疏所摭引,將這些資料相互印證,多方比勘,凡文字有異同、疑異或謬誤的,常隨手注記。他在四十六歲(1893)的時候,整理三十年校讀古書的心得,撰成《札迻》〔註55〕十二卷。俞樾曾給這部書極高的評〔註56〕,章太炎也盛讚此書「每下一義,妥眠寧極,淖入湊理,書少於《諸子平議》,校讎之勤倍《諸子平議》,詒讓學術蓋龍有金榜、錢大昕、段玉裁、王念孫四家,其明大義,鉤深窮高過之」〔註57〕。

光緒二十一年乙未(1895),琴西先生辭世,年八十一。俞樾〈琴西公輓聯〉說:

數丁酉甲辰庚戌三度同年,洵推理學名臣,內官禁近,外任屏藩,晚以太僕歸田,老去白頭,重遊沜水。

刻橫塘竹軒水心諸家遺集,自任永嘉嫡派,文法桐城,詩宗山谷,更有封章傳世,將來青史,豈僅儒林。〔註58〕

俞樾這副輓聯,可以說將琴西先生一生的學業全都括盡。從此,詒讓閉門讀禮,以著述為適。

中、晚年以後的詒讓,除了與友朋進行學術交游外,偏逢國家外患不斷,給詒

〔註54〕〈札迻序〉,頁2。

〔註55〕全書校勘訂正了秦、漢至齊、梁間七十八種古書中的訛誤衍脫千餘條,是詒讓三十多年研讀古書心得的集錄。「凡所考論,雖復簡絲數米,或涉瑣屑,於作述閎恉,未窺百一,然匡違茞佚,必有誼據,無以孤證肊說,貿亂古書之真」這是他遵循的基本原則。

〔註56〕俞樾〈札迻·序〉說:「至其精敦訓詁,通達假借,援據古籍以補正訛奪,根柢經義以詮釋古言,每下一說,輒使前後文皆怡然理順。阮文達序王伯申先生《經義述聞》云:『使古聖賢見之,必解頤曰:吾言固如是。數千年誤解,今得明矣。』仲容所為《札迻》,大率如此。然則,書之受益於仲容者,亦自不淺矣。……」(《札迻》,頁1)

〔註57〕章太炎撰:〈孫詒讓傳〉,《碑傳集補》(臺北:明文書局印行),第3冊,卷41,頁542。

〔註58〕引自朱芳圃編:《清孫仲容先生詒讓年譜》,頁67。

讓帶來了不小的衝擊，早年幫助父親整理永嘉學派人物的遺著，永嘉學派經世致用的思想，在詒讓心中逐漸成形，他認爲只有以永嘉之學，才能綜合漢學、宋學的長處，而超越兩者的界限。他雖然矻矻窮經，卻又不以「爲經而經」、「爲考據而考據」的治學作風爲然，他通經致用的思想，主要表現在著作《周禮正義》、《墨子閒詁》以及辦教育的活動上。

《周禮正義》一書，是窮詒讓畢生精力而成的一部著作，此書撰于同治十一年（1872），光緒二十五年（1899）始成，前後共歷二十八年。光緒三十年（1904）詒讓又重校此書，可見詒讓對這部書的重視。這部書的撰著動機，在《周禮正義‧敘》可以看出：

> 詒讓自勝衣就傅，先太僕君即授以此經。而以鄭《注》簡奧，賈《疏》疏略，未能盡通也。既長，略窺漢儒治經家法，乃以《爾雅》、《說文》正其詁訓，以《禮經》、大小《戴記》證其制度。研撢累載，於經注微義，略有所窺。竊思我朝經術昌明，諸經咸有新疏，斯經不宜獨闕，遂博采漢唐宋以來，迄於乾嘉諸經儒舊詁，參互證繹，以發鄭《注》之淵奧，稗貫《疏》之遺闕。〔註59〕

章太炎在〈孫詒讓傳〉中評論道：「初，賈公彥《周禮疏》多隱略，世儒往往傳以今文師說，而拘牽後鄭義者，皆仇王肅，又糅雜齊魯閒學。詒讓一切依古文彈正，郊社禘祫則從鄭，廟制昏期則從王，益宣究子春、少贛、仲師之學，發正鄭、賈凡百餘事，古今言《周禮》者，莫能先也。」〔註60〕梁啓超在《中國近三百年學術史》中說：「仲容斯疏，當爲清代新疏之冠，雖後起者勝，事理當然，亦其學識本有過人處也。」〔註61〕

另外，詒讓更想在這部書上寄託他政教合一的理念，認爲富國強兵之道就在於實行《周禮》的政教合一制度，《周禮正義‧敘》說：

> 今泰西之強國，其爲治非嘗稽覈於周公、成王之典法也，而其所爲政教者，務博議而廣學，以焭通道路，嚴迫胥，化土物卝之屬，咸與此經冥符而遙契。蓋政教修明，則以致富強，若操左契，固寰宇之通理，放之四海而皆準者。
>
> 海疆多故，世變日亟，睠懷時局，撫卷增唱。私念今之大患，在於政

〔註59〕孫詒讓撰：〈周禮正義序〉，《周禮正義》（北京：中華書局，1987 年 12 月），頁 1。
〔註60〕章太炎撰：〈孫詒讓傳〉，頁 541。
〔註61〕梁啓超撰：《中國近三百年學術史》（臺北：臺灣中華書局，1987 年 2 月），頁 200～201。

教未修，夫舍政教而議富強，是猶泛絕潢斷港而蘄至於海也。

世之君子，有能通天人之故，明治亂之原者，儻取此經而宣究其說，由古義古制以通政教之閎意眇恉，理董而講貫之，別爲專書，發揮旁通，以俟後聖，而或以不佞此書爲之擁篲先導，則私心所企望而且莫遇之者與。〔註62〕

由以上可知，詒讓目睹外敵不斷入侵，社會危機日益深重，根源就在於清朝「政教未修」，他從中外政制的比較中，進一步看到了政教的重要性。這和傳統的漢學家爲考證而考證有著重大的差別，詒讓的經世致用的思想，也由此而窺見。

章太炎說詒讓認爲「典莫備於六官，故疏《周禮》；行莫賢於墨翟，故次《墨子閒詁》」〔註63〕，又說「詒讓行亦大類墨氏」〔註64〕，可見他對墨子的推崇。詒讓研究《墨子》，絕不是出於獵奇，而是鑑於墨子「其用心篤厚，勇於振世救敝，非韓呂諸子之倫比也」。〔註65〕「他企圖用墨家精神改變人們的思想面貌，爲克服社會弊端，挽救國家民族的危亡而奮鬥」。〔註66〕此書撰於光緒三年（1877），到光緒十九年（1893）始成，歷時十七年。書名的由來，《墨子閒詁·敘》說：

昔許叔重著淮南王書，題曰：「鴻烈閒詁」。閒者，發其疑悟，詁者，正其訓釋。今於字義，多尊許學，故遂用題署。亦以兩漢經儒本說經家法，箋釋諸子，固後學所晞慕而不能逮者也。〔註67〕

墨學不合於儒術，長期不被重視，傳誦既少，注釋也不多，致使此書脫誤錯簡無法通讀、古言古字多沿襲未改，如果不能精究形聲通假的原則，是無法貫通全書的。而詒讓能匡正舊訓的不當，糾正傳鈔的舛誤，疏通疑難的字句，大多是得益於在文字音韻學方面的功底。俞樾稱讚此書：

（仲容）乃集諸說之大成，著《墨子閒詁》，凡諸家之說，是者從之，非者正之，闕略者補之。至〈經說〉及〈備城門〉以下諸篇，尤不易讀，整紛剔蠹，鉤摘無遺，旁行之文，盡還舊觀，訛奪之處，咸秩無棼。蓋自有墨子以來，未有此書也。〔註68〕

〔註62〕〈周禮正義序〉，頁1。

〔註63〕章太炎撰：〈孫詒讓傳〉，頁540。

〔註64〕同上注，頁541。

〔註65〕孫詒讓撰：〈墨子閒詁·序〉，《墨子閒詁》（臺南：唯一書業中心，1976年1月），頁2。

〔註66〕徐和雍撰：〈論孫詒讓〉，《杭州大學學報》第18卷第4期（1988年12月），頁34。

〔註67〕孫詒讓撰：〈墨子閒詁·序〉，頁3。

〔註68〕俞樾撰：〈墨子閒詁（俞樾）序〉，頁2。

俞樾以自身曾爲《墨子》作注疏，而有如此的評價，應該是中肯持平的。

　　詒讓的教育活動主要是在溫州、處州（今麗水）等地進行，從甲午戰爭失敗後，他先後創辦了各級各類學校共二十餘所〔註69〕，詒讓五十八歲（光緒三十一年，1905年）時，被推選爲溫處學務分處總理，負責兩府十六個縣的教育事業，在詒讓任職的三年時間裡，溫處兩府創立了三百餘所新學校。除了辦學外，他還親自組織了許多研究教育和改良當地社會風氣的學會，以便通過學會來改良民風士氣，發展教育。他的教育活動有明確的目的，無論是創辦學校，設立學會，還是擔任教育領導職務，他都不忘「救國自強」的教育宗旨。

　　光緒三十四年戊申（1908）四月，詒讓驟患風痺，延醫診視，都勸詒讓息心靜養爲宜，但是詒讓興學不懈，時時告訴門下客說：

> 先君子《永嘉叢書》雖經詒讓校定付梓，而《海甌逸聞》僅成甲集，餘如〈儒林〉、〈文苑〉、〈名臣〉、〈隱逸〉等門，卷數未分，郅爲恨事。詒讓自著如：《六歷甄微》、《尚書駢枝》，成而未刻，《名原》、《契文舉例》前以原稿寄示端午橋，家藏副本，篆文不完，皆非我手定不可，老病催人，奈何！〔註70〕

即使在病中，詒讓仍不忘讀書治學，五月二十二日，詒讓因病逝世，享年六十一歲。浙中各學堂，都停課追悼。

二、孫詒讓著述簡譜

【凡例】

　　一、本著述簡譜以朱芳圃的《清孫仲容先生詒讓年譜》爲主要參考書籍。

　　二、※記號者爲張憲文所輯錄詒讓的遺文〔註71〕。

〔註69〕計有瑞安學計館（1896年）、瑞安方言館（1897年）、瑞平化學堂（1899年）等專門學校；溫州蠶學館（1897年）、溫州蠶學堂（1905年）等職業學校；溫處暑期音樂講習所（1906年）、博物講習所（1907年）、理化講習所（1907年）、溫處初級完全師範學堂（1908年）等培養教師的學校或短期訓練班；實用學塾（1903年）、商務學社（1903年）、工商學社（1903年）等業餘職業補習學校；女學蒙塾（1903年）、德象女塾（1906年）等女子初等學校；瑞安普通學堂（1901年）、東北隅蒙學堂（1902年）、溫州府中學堂（1902年）、瑞安高等小學堂（1904年）等普通中小學校。（童富勇撰：〈孫詒讓教育思想評述〉，《杭州大學學報》，第18卷第1期（1988年3月），頁131。）

〔註70〕《清孫仲容先生詒讓年譜》，頁98～99。

〔註71〕張憲文是根據孫延釗《經微室疑集》（稿本，今藏於溫州市圖書館）與《孫徵君籀廎公年譜》（抄本未刊，今藏於溫州市圖書館）中所錄及別見的詒讓遺文，擇要勾稽標點而成。而《孫徵君籀廎公年譜》編定於一九三三年，譜中所收詒讓的雜文、序跋、

三、＊記號者爲雪克所輯錄詒讓的遺文。

四、◎記號者爲相關人物、事件。

五、需特別陳述者，於注釋中陳述之。

一八四八年（道光二十八年戊申）**詒讓生**

八月十四日，詒讓生於瑞安縣治西北二十五里集善鄉潘埭茂德里的演下村。

一八五六年（咸豐六年丙辰）**九歲**

詒讓受四子書。

一八五九年（咸豐九年己未）**十二歲**

琴西先生教授詒讓詩法。

詒讓跋周星貽〈窳橫詩質〉說：「詒讓少年，先君嘗授詩法，稍長，治經史
小學，此事遂廢。」

一八六〇年（咸豐十年庚申）**十三歲**

＊七月，詒讓撰《廣韻姓氏刊誤》初稿。

＊十月，詒讓撰《廣韻姓氏刊誤》成。

一八六二年（同治元年壬戌）**十五歲**

＊詒讓增刪《廣韻姓氏刊誤》爲二稿。

一八六三年（同治二年癸亥）**十六歲**

詒讓補學官弟子。

詒讓開始研讀經史小學。

◎獨山莫友芝撰《唐寫本說文解字木部箋異》刊行。

一八六四年（同治三年甲子）**十七歲**

秋，詒讓得「東漢衛鼎」及「晉泰康磚」。

※詒讓撰〈掃葉山房刻本《契丹國志》跋〉。

※詒讓撰〈書戴侗《六書故》後〉。

＊詒讓潤色《廣韻姓氏刊誤》爲三稿。

一八六五年（同治四年乙丑）**十八歲**

冬，琴西先生主講杭州紫陽書院，詒讓在旁隨侍。

詒讓開始研讀金石文字之學。

詒讓跋薛尚功《歷代鐘鼎彝器款識》說：「余少嗜古文大篆，年十七八，得

書札諸作，或錄自玉海樓書藏的手跡，或見諸傳家世守的篋笥，都爲原始資料。

杭州本讀之，即愛翫不釋。嘗取《考古》、《博古》兩圖，及王復齋《鐘鼎款識》、王俅《（嘯堂）集古錄》，校諸款識。最後得景鈔手蹟本，以相參校。則手蹟本多與《考古》諸圖合，杭本訛誤甚，釋文亦有舛互。……」〔註72〕

※詒讓撰《《白虎通校補》序》123。

✻詒讓修改《廣韻姓氏刊誤》爲定稿。〔註73〕

一八六六年（同治五年丙寅）十九歲

◎上虞羅振玉生。

※詒讓撰〈明內府本《玉篇》跋〉。

一八六七年（同治六年丁卯）二十歲

秋，詒讓舉浙江補甲子科鄉試。副考官爲張之洞。

冬，詒讓校勘王致遠《開禧德安守城錄》。

※詒讓撰〈羅以智校本《集韻》跋〉。

※詒讓撰〈題日本刊本《孝經鄭注》〉。

※詒讓撰〈題錢大昕《養新錄》〉。

※詒讓撰〈題盧本《白虎通》〉。

※詒讓撰〈又題盧本《白虎通》〉。

✻詒讓撰《諷籀餘錄》，又題《補執宦檢書小志》。〔註74〕

一八六八年（同治七年戊辰）二十一歲

琴西先生命詒讓收藏書籍。自此以後，爲詒讓學問邁進的時代。

琴西先生《玉海樓藏書》說：「同治戊辰，復爲監司金陵，東南寇亂之餘，故家遺書，往往散出，而海東舶來，且有中土所未見者。次兒詒讓亦頗知好書，乃令恣意購求。十餘年間，致書約八九萬卷。」

※詒讓撰〈題明內府本《廣韻》〉。

〔註72〕據朱芳圃考證詒讓治金石文字之學四十年，即發軔於此時。此後數年中，詒讓研習此書，遇有心得，便注於眉端，後收入《古籀拾遺》中。（朱芳圃撰：《清孫仲容先生詒讓年譜》，頁13）

〔註73〕據雪克《籀廎遺著輯存·輯點前記》說：「今據孫氏自題同治三年稿尾識語，知此著實創草於咸豐十年七月，成於是年十月。時年十三歲。初稿創成，復於同治元年加以增刪爲二稿，三年更潤色之爲三稿，四年又爲之修改而成定稿。其初稿、二稿今未得見，三稿、四稿各一冊，並藏杭州大學圖書館。」（雪克輯點撰：《籀廎遺著輯存》，山東：齊魯書社，1987年5月，頁1。）

〔註74〕此書爲詒讓少時讀書札記，原稿冊端自題《諷籀餘錄》，下識「丙寅以後」。雪克藉此知此篇創草於十九歲。（《籀廎遺著輯存》，頁2）。

　　　※詒讓撰〈寫本《劉忠肅公遺稿》校記〉。

　　　※詒讓撰〈影寫宋本劉攽《漢官儀》跋〉。

　　　※詒讓撰〈題揚州汪氏摹刻宋本《公羊何注》〉。

一八六九年（同治八年己巳）二十二歲

　　詒讓撰〈唐靜海軍考〉。〔註75〕

　　　　撰《永嘉郡記集本》一卷。〔註76〕

　　夏，撰《溫州經籍志》始稿。

　　　※詒讓撰〈書校集宋鄭緝之《永嘉郡記》後〉。

　　　※詒讓撰〈書張金吾《愛日廬藏書志》後〉。

一八七〇年（同治九年庚午）二十三歲

　　　※詒讓撰〈跋鈔本《四靈詩》〉。

一八七一年（同治十年辛未）二十四歲

　　詒讓撰《艮齋浪語集札記》□卷。

　　詒讓撰《溫州經籍志》成。〔註77〕

　　◎莫友芝辭世。

　　　※詒讓撰〈題邵位西《四庫簡明目錄校注》後〉。

　　　※詒讓撰〈書永嘉張氏《存愚錄》後〉。

一八七二年（同治十一年壬申）二十五歲

　　詒讓撰《周禮正義》始稿。

　　　　校勘《蒙川遺稿》。

　　冬，十月，詒讓撰《商周金識拾遺》三卷成。

　　　　《古籀拾遺‧敘》說：「端居諷字，頗涉薛、阮、吳三家之書，讀之展卷思
　　　　誤，每滋疑讁。間用字書及他刻，互相斠覈，略有所寤，輒依高郵王氏《漢
　　　　隸拾遺》例，爲發疑正讀，成書三卷。」〔註78〕

〔註75〕張謇撰詒讓墓表，列其遺著，其中有《溫州建置沿革表》一卷，原稿未見，朱芳圃懷
　　　　疑此篇即其中一部分。

〔註76〕劉宋鄭緝之《永和郡記》自宋以後久佚不見，詒讓從《世說注》諸書輯出逸文，共五
　　　　十餘條，撰成此書。（《清孫仲容先生詒讓年譜》，頁16。）

〔註77〕朱芳圃認爲詒讓的《四部別錄》應撰於此年前後。（《清孫仲容先生詒讓年譜》，頁
　　　　25。）

〔註78〕此書初成，名爲《商周金識拾遺》，後改名爲《古籀拾遺》，共三卷。上卷訂正薛尚功
　　　　《歷代鐘鼎彝器款識》十四條；中卷訂正阮元《積古齋鐘鼎彝器款識》三十條；下
　　　　卷訂正吳榮光《筠清館金石錄》二十二條。

同月，詒讓撰〈毛公鼎釋文〉

〈毛公鼎釋文・跋〉說：「德清戴君子高偶得桐城吳氏摹本，使余讀之。因鳩集《說文》古籀及薛、阮、吳諸家所錄金文，考定其文字，而闕其不可知者。」

◎大學士曾國藩辭世，年六十二。

◎吳縣潘祖蔭著《攀古樓彝器款識》二冊刊行。

◎歸安吳雲著《兩罍軒彝器圖識》十二卷刊行。

※詒讓撰〈題元本《廣韻》〉。

※詒讓撰〈邵氏《四庫簡明目錄校注》跋〉。

※詒讓撰〈傳鈔宋翔鳳校本《陸子新語》書後〉。

※詒讓撰〈題傳鈔盧校《越絕書》〉。

一八七三年（同治十二年癸酉）二十六歲

春，詒讓得劉寶楠所錄《大戴禮記舊斠》，手錄藏之。

◎戴望辭世，年三十一。

※詒讓作〈與陳蘭洲書〉。〔註79〕

※詒讓撰〈書戴望校本《諧聲補逸》後〉。

※詒讓撰〈題易山齋《周禮總義》〉。

※詒讓撰〈召伯虎敦拓本跋〉。

※詒讓撰〈題蘇時學《墨子刊誤》〉。

一八七四年（同治十三年甲戌）二十七歲

春，正月，詒讓撰〈周季子白盤跋〉。

冬，十二月，詒讓撰〈吳禪國山碑跋〉〔註80〕。

※詒讓撰〈鈔本會稽章氏《隋書經籍志考證》史部校記〉。

〔註79〕此書與以下致陳蘭洲各書，都錄自《冬暄草堂師友箋存》第三冊。（孫延釗輯，張憲文整理撰：〈孫詒讓書札輯錄（上）〉，《文獻》，1986 年 3 期，頁 182。）

〔註80〕詒讓考釋碑碣，另有〈書徐鼎臣臨秦碣石頌後〉、〈漢司隸校尉楊淮表紀跋〉、〈漢仙人唐公舫碑跋〉、〈漢衛尉卿衡方碑跋〉、〈漢三公山神碑跋〉、〈漢武班碑跋〉、〈漢郃陽令曹全碑跋〉、〈晉太公呂望表跋〉、〈北齊西門豹祠堂碑跋〉、〈周保定四年聖母寺四面造象跋〉、〈唐房玄齡碑跋〉、〈唐明徵君碑跋〉、〈唐攝先塋記跋〉、〈宋刻曹娥碑跋〉諸篇，均收於《籀膏述林》卷八。以上各篇因撰作年代不可考，朱芳圃暫將各篇繫年於此，並懷疑以上各篇是張謇所撰墓表中詒讓的遺著《百晉精廬碑錄》中的一部分。（《清孫仲容先生詒讓年譜》，頁33）。又，戴家祥在〈書孫詒讓年譜後〉中說《百晉精廬碑錄》應該是《百晉精廬碑錄》之誤。（頁22）。

※詒讓撰〈跋鈔本《周官記》〉。

※詒讓撰〈《不系舟漁集》鈔本跋〉。

※詒讓撰〈齊天保造象拓本碑文跋〉。

※詒讓撰〈書平津館本《華氏中藏經》後〉。

※詒讓撰〈書劉履芬重刻影寫宋本《鄧析子》後〉。

一八七五年（光緒元年乙亥）二十八歲

秋，八月，詒讓撰《六秝甄微》成。

※詒讓撰〈書戴校《墨子》錄本後〉。

※詒讓撰〈書舊著《廣韻姓氏刊誤》稿本後〉。

一八七六年（光緒二年丙子）二十九歲

春，二月，琴西先生到京，詒讓侍行，於河南項城道次，得「周要君盂」。

詒讓校刊同邑方成珪《集韻考正》。

詒讓購得葉志詵金文拓本二百種。

　　《商周金文拓本題詞》說：「光緒初元，余得漢陽葉氏金文拓本二百種，有
　　龔定庵禮部考釋題字，信足寶也。」〔註81〕

※詒讓作〈與陳蘭洲書〉。〔註82〕

※詒讓撰〈寫本《曹松隱集》題識〉。

※詒讓撰〈汲古閣本《孔氏家語》題識〉。

※詒讓撰〈復勘癸酉所鈔馬氏《集韻校勘記》題識〉。

※詒讓撰〈津逮秘書本《泉志》題識〉。

一八七七年（光緒三年丁丑）三十歲

詒讓撰《墨子閒詁》始稿。

◎冬，十月，海寧王國維生。

※詒讓作〈與陳蘭洲書〉。

※詒讓撰〈校檢同治壬申所鈔宋校本《陸子新語》題識〉。

※詒讓撰〈校讀漢《郭泰碑》拓本題識〉。

一八七八年（光緒四年戊寅）三十一歲

春，詒讓返回瑞安，遊陶山。

〔註81〕葉志詵性癖好金石，蒐藏豐富，其子為道光甲午舉人，內閣中書，因家道中落，因此
　　　　將家中所藏金文拓本，全數售給詒讓。（《清孫仲容先生詒讓年譜》，頁36～37）。
〔註82〕光緒二年，詒讓從弟詒燕浙闈獲雋，此書當作於是年。（〈孫詒讓書札輯錄（上）〉，頁
　　　　182～183）。

二月，詒讓與弟詒燕到陶山訪碑，乘潮上駛，過城西八里的白塔，停船登覽，拓得宋紹興三十一年辛巳〈焦石石塔題記〉；到了陶山，又拓得宋天禧四年庚申〈陶山寺佛頂尊勝陀羅尼經幢〉、宋治平二年乙巳〈彌陀殿後重建井記〉及〈鯉魚山磨崖〉。

夏，五月，詒讓整理《永嘉郡記集本》付梓。〔註 83〕

※詒讓作〈與陳子珊書〉。〔註 84〕（二篇）

※詒讓撰〈傳錄陸進《東甌掌錄》書後〉。

※詒讓撰〈題日本刊本金武學上舍施氏《七書講義》〉。

一八七九年（光緒五年己卯）三十二歲

春，二月，《集韻考正》刊成。

詒讓校刻《止齋集》。

詒讓訪古，得「晉升平」、「宋元嘉」、「梁天監」諸磚。

永嘉縣重修縣志，聘任王棻爲總纂、戴咸弼爲總纂兼提調總校、詒讓爲協纂。

詒讓作〈致宋平子書〉。〔註 85〕

※詒讓撰〈漢五鳳三年磚硯拓本跋〉。

※詒讓撰〈題丹徒莊蒿庵舊藏鈔本《避暑錄話》〉。

一八八〇年（光緒六年庚辰）三十三歲

夏，五月，詒讓遊密印寺，拓得宋元豐證覺院鐘款。

秋，詒讓訪得故〈通守朝散項公墓誌銘〉殘石，精拓數紙，再以南隄項氏譜中所錄全文校讀，而得項公生平事蹟大概。

冬，十月，詒讓得「晉泰和」諸磚。

十二月，詒讓《溫州古甓記》一卷成。

※詒讓撰〈鈔錄顧觀光校《吳越春秋》、《烈女傳》、《文子》題識〉。

一八八一年（光緒七年辛巳）三十四歲

詒讓校方成珪常侍《易注疏證》。

秋，劉壽曾辭世，年四十五，詒讓爲其撰墓表。

※詒讓作〈與周伯龍、仲龍書〉。〔註 86〕

〔註 83〕〈永嘉郡記集本・跋〉對於溫州建置沿革敍述詳細，朱芳圃懷疑與〈唐靜海軍考〉同爲《溫州建置沿革表》的一部分。（《清孫仲容先生詒讓年譜》，頁 38）

〔註 84〕此書信錄自溫州市博物館所藏手跡，原書信不著年月，但文中言及母喪，當作於光緒四年。（張憲文整理撰：〈孫詒讓遺文續輯（中）〉，《文獻》，1989 年第 4 期，頁 225）。

〔註 85〕〈孫詒讓遺文續輯（中）〉，頁 227。

※詒讓撰〈宋睿思殿石硯拓本跋〉。

※詒讓撰〈《補修宋金六家術》跋〉。

一八八二年（光緒八年壬午）三十五歲

夏，《永嘉縣志》完成。

詒讓撰《瑞安縣志局總例》六條。

詒讓校補戴咸弼《東甌金石志》。

◎陳澧辭世，年七十三。

※詒讓作〈致周伯龍、仲龍書〉四篇。

※詒讓撰〈藏磚拓本跋〉。

一八八三年（光緒九年癸未）三十六歲

春，詒讓應考禮部試，報罷。

秋，七月，詒讓代琴西先生撰〈舅母薛太恭人八秩壽序〉。

一八八四年（光緒十年甲申）三十七歲

◎劉師培生。

◎吳大澂撰《說文古籀補》十四卷，附錄一卷刊行。〔註87〕

※詒讓撰〈畢氏靈岩山館校本《山海經》題識〉。

一八八五年（光緒十一年乙酉）三十八歲

詒讓官刑部主事，與當代名流討論金石文字之學。

※詒讓作〈與友人某君書〉。〔註88〕

一八八六年（光緒十二年丙戌）三十九歲

※詒讓作〈與黃漱蘭先生書〉。

一八八七年（光緒十三年丁亥）四十歲

春，詒讓致書王棻，論《尙書》大麓義。

※詒讓作〈與王子莊書〉。

〔註86〕此書與以下致周伯龍、仲龍諸書，均錄自浙江溫州市圖書館館藏抄件。周瓏字伯龍，
　　　瑞安人，詒讓從妹夫，曾爲隨員出使英法各國，光緒二十一年卒於英國倫敦使館。
　　　周璪，字仲龍，光緒舉人，周瓏弟，工篆籀。（〈孫詒讓書札輯錄（上）〉，頁184）。
〔註87〕詒讓常稱引吳大澂此書。朱芳圃說兩人均爲當時金石學大家，但是兩人似乎並無往
　　　來。（《清孫仲容先生詒讓年譜》，頁53）。
〔註88〕孫延釗《孫徵君籀廎公年譜》卷三光緒十一年：「夏，閱日本澀江全喜森立之《經籍
　　　訪古志》六卷，補遺一卷，凡八冊。卷中佚書秘籍於眉上手加標識寄示友人某君，
　　　屬訪求之。」（〈孫詒讓書札輯錄（上）〉，頁186）。

※詒讓撰〈書薛福成《興辦鐵路疏》後〉。

一八八八年（光緒十四年戊子）四十一歲

春，琴西先生爲詒讓蓋玉海樓，爲讀書藏書的地方。

詒讓改《商周金識拾遺》爲《古籀拾遺》重校付刊。

※詒讓作〈致筱華書〉。〔註89〕

※詒讓作〈致羊心楣函〉。

※詒讓撰〈題許珩《周禮注疏獻疑》〉。

＊詒讓撰《籀頃讀書錄》。〔註90〕

一八八九年（光緒十五年己丑）四十二歲

詒讓撰〈井人殘鐘拓本考釋〉。

◎潘祖蔭辭世，年六十一。

一八九〇年（光緒十六年庚寅）四十三歲

春，正月，《古籀拾遺》刊成。

> 《古籀拾遺・跋》說：「此書成於同治壬申，時在金陵。光緒戊子，重校定刊於溫州。同里周孝廉亦嗜篆籀之學，爲手書以上板，並是正其文字。中牽於他事，三載始畢工。」

三月，詒讓撰〈克鼎釋文跋〉。

※詒讓作〈致筱華書〉。

※詒讓作〈致周伯龍書〉。

※詒讓撰〈重校刊《古籀拾遺》補記〉。

一八九一年（光緒十七年辛卯）四十四歲

春，二月，詒讓撰〈宋政和禮器文字考〉成。

※詒讓撰〈《宋政和禮器文字考》敍〉。

一八九二年（光緒十八年壬辰）四十五歲

詒讓撰《尚書駢枝》成。

◎孫文、陸皓東、楊鴻飛等人倡興中會，以圖革命。

〔註89〕此書與以下致筱華諸書均錄自浙江溫州圖書館館藏抄件。張筱華爲詒讓同治六年浙闈同年，後官湖北某地同知，其名與籍貫未詳。（《孫詒讓書札輯錄（上）》，頁188）。

〔註90〕雪克〈輯點前記〉說：「孫孟晉先生《孫徵君年譜》（未刊稿本）以不明校閱年月，姑係於光緒十四年戊子，時孫氏年四十一。這些札記，雖是隨手批校，多舉證不詳，未免精粗互見，價值亦有差別，然作爲一項學術資料與成果，實足爲我們所取資。」（《籀頃遺著輯存》，頁4）。

※詒讓作〈與黃仲弢書〉。

※詒讓作〈致黃仲弢書〉。〔註91〕

一八九三年（光緒十九年癸巳）四十六歲

◎兩廣總督張之洞奏設「自強學堂」於武昌。

冬，十月，詒讓撰《墨子閒詁》成。

十一月，詒讓撰《札迻》成。

※詒讓撰〈重斠宋校《新語》題識〉。

※詒讓撰〈閱任大椿《深衣釋例》題識〉。

※詒讓撰〈重閱《校邠廬抗議》題識〉。

一八九四年（光緒二十年甲午）四十七歲

夏，詒讓請吳門工匠毛翼庭以聚珍版印成《墨子閒詁》三百冊。

詒讓撰《周禮三家佚注》一卷刊成。〔註92〕

詒讓撰《札迻》刊成。

馬其昶〈孫詒讓傳〉說：「詒讓每讀一書，必尋其義據，按冊綴錄，名曰《札迻》。學者擬之王氏《讀書雜志》。」〔註93〕

※十月，詒讓撰〈防辦條議〉。〔註94〕

一八九五年（光緒二十一年乙未）四十八歲

◎春，三月，中日簽定〈馬關條約〉。

◎多，十月，康有為開「強學會」，詒讓友人黃紹箕列名會籍。

琴西先生辭世，年八十一。

詒讓著〈學約〉□篇。〔註95〕

◎吳式芬撰《攈古錄金文》三卷，刊行。

※詒讓撰〈興儒會略例並敘〉。〔註96〕

※詒讓作〈致俞曲園書〉。〔註97〕

〔註91〕 本篇錄自瑞安林鏡平先生所藏手跡。（張憲文整理撰：〈孫詒讓遺文續輯（中）〉，文獻，1989 年 4 期，頁 228）。

〔註92〕 此書為《周禮正義》附錄之一。（《清孫仲容先生詒讓年譜》，頁 66）。

〔註93〕 《清孫仲容先生詒讓年譜》，頁 67。

〔註94〕 此篇文章由張憲文從孫延釗《孫徵君籀公年譜》（稿本卷四）中輯錄出來。（張憲文撰：〈孫詒讓遺文續輯（上）〉，《文獻》，1989 年第 3 期，頁 217）

〔註95〕 此篇原稿已不存。（《清孫仲容先生詒讓年譜》，頁 68）。

〔註96〕 此篇文章由張憲文從《孫徵君籀公年譜》（稿本卷五）中輯錄出來。（〈孫詒讓遺文續輯（上）〉，頁 222）。

※詒讓撰〈重勘聚珍版《墨子閒詁》題識〉。

※詒讓撰〈創辦瑞安算學書院向府、縣申請立案文〉。

一八九六年（光緒二十二年丙申）四十九歲

春，正月，詒讓撰〈冒巢民先生年譜敘〉。

詒讓撰〈新始建國銅鏡拓本跋〉。

詒讓撰〈周星貽嵌橫詩質跋〉。

三月，詒讓於永嘉得「周麥鼎」，撰〈周麥鼎考〉。

同月，詒讓與同邑學人刱設學計館。

梁啓超致書詒讓，詢問〈學約〉。

夏，四月，王棻致書詒讓，呈《六書解》，請為審正。

同月，詒讓拓「周麥鼎」贈與黃紹箕。

秋，詒讓回覆王棻書，奉還《六書解》，並駁王棻假借說的錯誤。

七月，詒讓撰《逸周書斠補》成。

詒讓回覆梁啓超書。

※詒讓作〈與溫處道宗湘文書〉。

※詒讓作〈答海寧鄒景叔壽祺書〉。

※詒讓撰〈題吳式芬《攈古錄》〉。

※詒讓撰〈書莊述祖《尚書記》後〉。

※詒讓撰〈讀顧廣圻《墨子》校本題識〉。

※詒讓撰〈《孝寬塔銘》殘拓跋〉。

一八九七年（光緒二十三年丁酉）五十歲

詒讓校《顧亭林詩》寫為一卷。

由宋恕介紹，詒讓與章太炎定交。〔註98〕

詒讓撰〈長洲朱中我咸豐以來將帥別傳敘〉。

〔註97〕 原手跡藏上海圖書館。（〈孫詒讓遺文續輯（中）〉，頁229～230）。

〔註98〕 據朱芳圃說：「按先生與章氏定交時代無考，姑繫於是年。」（《清孫仲容先生詒讓年譜》，頁71）。周立人根據詒讓子孫延釗《孫徵君籀廎公年譜》（手稿）的敘述，1896年章太炎和他的好友宋衡（原名存禮，改名恕，後又改名衡）等人在杭州成立了一個學術研究團體「經世實學社」，章太炎以社約寄示詒讓，邀請他作為該社的贊助人，詒讓在收到社約後，隨即以自己所著的《札迻》、《墨子閒詁》、《古籀拾遺》等書郵寄社中，以表示他對章太炎等人的支持。這說明兩人在1896年即有過間接的接觸，至於兩人直接的書信往來，則是在1897年（光緒二十三年）。因此孫、章兩人的定交，當在1897年。（周立人撰：〈孫詒讓與章太炎〉，《溫州師院學報》，1988年第1期，頁82～83）。

※詒讓作〈致汪穰卿先生書〉。

八月,兩湖總督張之洞六十官壽,詒讓撰壽敘祝賀。

費屺懷寄贈詒讓金文拓本。

> 詒讓與費氏書:「前賜金文五十種,近寫定釋文一冊,大半用舊釋,當就管見改定一二;有數種前未著錄者,如〈乙亥鼎〉及〈猶鐘〉之類,尚有闕字,敬祈宷定理董。」

> 《古籀餘論‧後敘》說:「邇年杜門課子,舊友雲散,爲峐裒收羅彝器,時以拓本寄贈。」

※詒讓撰〈復閱所錄丁、嚴、趙、劉諸家校本《大戴記補注》題識〉。

※詒讓撰〈葉仲宣二尹六十壽序〉。

※詒讓撰〈爲創辦蠶學館告溫州同鄉書〉。

一八九八年(光緒二十四年戊戌)五十一歲

春,正月,詒讓校勘王德膚《易簡方》付梓。

清廷更政,尚書瞿鴻機、中丞陳右銘推薦詒讓。

◎秋,七月,政變。康有爲逃到香港、梁啓超逃到日本;楊銳、劉光第、譚嗣同、林旭等被殺。

※詒讓作〈致汪穰卿書〉。

一八九九年(光緒二十五年己亥)五十二歲

◎發現甲骨文字。

> 濰縣古董商人范維卿初以安陽小屯村出土的甲骨文字介紹於世。

秋,八月,詒讓撰《周禮正義》成。

十二月,詒讓撰《大戴禮記斠補》成。

※詒讓作〈與陳蘭洲書〉二篇。

※詒讓撰〈斠讀張惠言《墨子經說解》題識〉。

※詒讓撰〈題曹金《懷來山房吉金圖》及畫拓本〉。

一九〇〇年(光緒二十六年庚子)五十三歲

◎王懿榮購得甲骨文字。

◎春,義和團起,蔓延京津各處。

夏,五月,詒讓撰沈丹曾《東遊日記跋》。

◎秋,七月,八國聯軍攻陷北京,德宗、西太后出奔長安。

團練大臣王懿榮殉難。

※詒讓撰《九旗古義述》。

※詒讓作〈與金湜生書〉。

※詒讓作〈致陳栗庵書〉。

※詒讓作〈致陳栗庵第二書〉。

※詒讓撰〈楊葆彝《墨子經說校注》題識〉。

一九〇一年（光緒二十七年辛丑）五十四歲

夏，金武祥以鈔本張惠言《墨子經說解》寄贈詒讓，詒讓致書伸謝。

◎秋，七月，清廷與八國訂立和約。

冬，尙書端方以所藏的秦權精拓，手跋其後，並大騩權拓本，由黃紹箕介紹寄給詒讓，請詒讓審定。

◎大學士李鴻章辭世，年七十九。

※詒讓作〈致嚴儀韶書〉。

※詒讓作〈致劉紹寬論辦學手札〉（十二通之一）。〔註99〕

※詒讓作〈致劉紹寬論辦學手札〉（十二通之二）。

※詒讓撰〈重閱楊氏《墨經注》題識〉。

一九〇二年（光緒二十八年壬寅）五十五歲

春，正月，詒讓撰秦權、大騩權兩拓本跋。

◎同月吳大澂辭世，年六十八。

夏，四月，詒讓撰《周禮政要》四十篇。

五月，詒讓撰《自題變法條議後》詩八章。

詒讓至書金武祥，索取其所著筆記。

秋，七月，溫州知府王琛改中山書院爲溫州府中學堂，延聘詒讓及余朝紳爲總理。

◎王懿榮家人爲償清債務將其所藏古器物賣出，甲骨最後出，全部賣與劉鶚。

◎詒讓作〈與惠卿、雅周書〉二篇。

※詒讓作〈致劉紹寬論辦學手札〉（十二通之三）。

※詒讓作〈致張筱孟書〉。

一九〇三年（光緒二十九年癸卯）五十六歲

〔註99〕劉氏嘗手錄詒讓與其論辦學手札凡二十五件，張憲文擇要選錄十二通，因原書不著年份，僅依據事實編排次序。（孫延釗輯，張憲文整理撰：〈孫詒讓書札輯錄（下）〉，文獻，1987 年 4 期，頁 197～204）。

春，二月，詒讓重訂〈毛公鼎釋文〉。

夏，六月，詒讓撰《古籀餘論》二卷成。

清廷開經濟特科，吏部尙書張百熙、工部尙書唐景崇、兩湖總督張之洞推薦詒讓，詒讓因病未參試。

詒讓撰沈儼崑《富強芻議敘》。

秋，七月，詒讓撰〈秦大駟權拓本跋附記〉。

八月，劉鶚以所得甲骨文字選拓千餘片，編《鐵雲藏龜》六冊。

※詒讓作〈與陳蘭洲書〉。

一九〇四年（光緒三十年甲辰）五十七歲

春，詒讓重校《周禮》。

詒讓重校《墨子閒詁》。

詒讓撰〈籀文車字說〉。

冬，十一月，詒讓撰《契文舉例》成。

詒讓撰〈改紅封爲櫃完以期羨餘充學款議〉。

※詒讓作〈致劉紹寬論辦學手札〉（十二通之四）。

※詒讓作〈致劉紹寬論辦學手札〉（十二通之五）。

※詒讓作〈致劉紹寬論辦學手札〉（十二通之六）。

※詒讓撰〈題仇十洲《觀音圖》〉。

※詒讓撰〈許母洪太宜人七秩壽敘〉。

※詒讓撰〈東甌通利公司章程序〉。

※詒讓撰〈彤華館書畫潤格啓〉。

一九〇五年（光緒三十一年乙巳）五十八歲

春，二月，詒讓與同志於溫州開設瑞平化學學堂。

三月，溫屬六縣士紳發起創辦溫處學務處，開會成立，公推詒讓主持一切事宜。

俞樾致書詒讓，贈書集《曹景完碑楷帖》及新刻詩冊各種，詒讓覆書伸謝。詒讓撰〈劉紹寬東瀛觀學記敘〉。

夏，《周禮正義》刊成。

秋，七月，溫處兵備道甯鄉童兆蓉辭世，詒讓爲其撰神道碑及墓誌銘。

八月，清廷明令停止科舉。

京師大學堂聘任詒讓爲教習，詒讓不赴。

冬，溫處學務處遷入溫州校士館，改稱溫處學務總匯處，由發起人稟請溫處兵

備道，轉詳浙江巡撫立案，並委託詒讓接任總理，於是有創辦師範學堂之議。

十一月，詒讓撰《名原》成。〔註100〕

※詒讓作〈致郡邑各紳書〉。

※詒讓作〈與黃仲弢書〉。

※詒讓作〈爲于鹽棧租項下撥款充學務經費與溫處學務處同人書〉。

※詒讓作〈致劉紹寬論辦學手札〉（十二通之七）。

※詒讓作〈致劉紹寬論辦學手札〉（十二通之八）。

※詒讓作〈致溫處道觀察某書〉。

一九〇六年（光緒三十二年丙午）五十九歲

※詒讓作〈致黃仲弢書〉。

學部奏派詒讓充二等學部諮議官。

浙江提學史支恆榮聘詒讓爲學務議紳。

溫處學務總匯處創辦溫州師範學堂，省委任詒讓兼充總理。

◎秋，七月，清廷下詔，預備立憲。

※詒讓作〈與前溫處道觀察省三書〉。

◎俞樾辭世，年八十八。

◎費屺懷辭世，詒讓往昔治學朋儔，至此死亡殆盡。

※詒讓撰〈上浙撫論學務困難事〉。〔註101〕

※詒讓作〈位處州請分款別辦初級師範致學務處同人書〉。

※詒讓作〈致劉紹寬論辦學手札〉（十二通之九）。

※詒讓作〈致劉紹寬論辦學手札〉（十二通之十）。

※詒讓作〈致劉紹寬論辦學手札〉（十二通之十一）。

※詒讓作〈致劉紹寬論辦學手札〉（十二通之十二）。

※詒讓撰〈蔚文張君五十壽序〉。

※詒讓撰〈在溫州慶祝仿行立憲典禮大會上演說憲政〉。

※詒讓撰〈諭唱歌傳習所學詒讓生〉。（二篇）

※詒讓撰〈爲改辦勸學所事稟省文〉。

〔註100〕張謇撰詒讓墓表，列其遺著有〈大篆沿革表〉一卷，朱芳圃懷疑爲《名原》初稿的
　　　　一部分。（《清孫仲容先生詒讓年譜》，頁94）。

〔註101〕此篇原載於《中外日報》，民國初年經《直隸教育雜誌》第十一期節錄轉載。據張
　　　　憲文考證：清廷頒行《奏定學堂章程》在光緒三十年十一月，廢科舉設學校在光緒
　　　　三十二年，此論有「於是廢學堂復科舉之謠言充耳」等語，當作於光緒三十二年間。
　　　　（〈孫詒讓遺文續輯（上）〉，頁230～232）。

一九〇七年（光緒三十三年丁未）六十歲

章太炎致書詒讓，存問起居，並贈《新方言》一書。

溫州人士創辦圖書新社，詒讓與呂文起各捐巨冊助之。

詒讓重定《墨子閒詁》十五卷，目錄一卷，附錄一卷，後語二卷。

※七月，詒讓作〈復張相國電〉。

秋，八月，詒讓回覆章太炎書，贈《周禮正義》一書。

※八月，詒讓作〈致溫州府知府王雪廬書〉。

※八月，詒讓作〈辭釀金建築公園介壽與同人書〉。

詒讓六十誕辰，里中親舊，擬稱觴祝賀，詒讓撰〈辭壽啓〉遍告親友。

冬，十月，闔省士民公推詒讓爲教育會長。

禮部開禮學館，當局擬任詒讓爲總纂，詒讓遲遲未赴任。

※詒讓作〈與致永嘉縣尹大令書〉。

※詒讓作〈再致尹大令書〉。

※詒讓作〈致某君書〉。〔註102〕

※詒讓作〈致省學務公所及教育總會書〉。

※詒讓作〈復學務公所議紳書〉。

※詒讓作〈致黃仲弢書〉。

※詒讓作〈致支季卿提學書〉。

※詒讓作〈再致支提學書〉。

一九〇八年（光緒三十四年戊申）六十一歲

春，詒讓著〈學務本議〉四則，〈枝議〉十則。

※詒讓作〈致教育總會書〉。

夏，四月，詒讓患風痺。

五月二十二日，詒讓辭世。葬於永嘉南湖。張謇爲詒讓撰墓表。

秋，翰林院侍講吳士鑑奏請宣付史館，列入儒林傳，從之。

詒讓無法繫年的著作

〈養素字說〉：此文錄自溫州市圖書館藏詒讓從侄孫宣公達所著《朱廬筆記》稿本。據張憲文考證，林獬，字養素，瑞安人，曾任瑞安縣中學堂舍長。

〈論漢瓦當篆文〉：此文藏溫州市博物館。

〔註102〕 本篇錄自溫州市博物館所藏手跡。「某君」據張憲文考證爲樂清馮豹。（〈孫詒讓遺文續輯（中）〉，頁238）。

〈論漢銅印〉：此文手跡藏溫州市博物館。

〈論清人篆書〉：此文錄自溫州市許兆洪家所藏手跡。

〈募建雲峰山福應寺大殿疏〉：本文錄自《經微室遺集》鈔本卷四。

〈《（乾隆）溫州府志》題識三種〉：此文錄自溫州市圖書館所藏原書手跡。

〈鑒亭林君七十壽序〉：此文錄自《經微室遺集》未刊本卷七。

〈題廣雅本丁晏《易林釋文》〉。

〈徐曉峰六十雙慶文〉：此文錄自浙江省溫州市圖書館館藏鈔本《溫州地方資料
　匯編·瑞安孫籀頃先生文稿》。據張憲文考證，琴西先生卒於光緒二十年十月，
　文內有「先太僕」之稱，當作於光緒二十年十月以後。

〈書徐鼎臣臨秦碣石頌後〉：以下十四篇爲朱芳圃認爲撰作年代不可考。

〈漢司隸校尉楊淮表紀跋〉

〈漢仙人唐公房碑跋〉

〈漢衛尉卿衡方碑跋〉

〈漢三公山神碑跋〉

〈漢武班碑跋〉

〈漢郃陽令曹全碑跋〉

〈晉太公呂望表跋〉

〈北齊西門豹祠堂碑跋〉

〈周保定四年聖母寺四面造象跋〉

〈唐房玄齡碑跋〉

〈唐明徵君碑跋〉

〈唐撝先塋記跋〉

〈宋刻曹娥碑跋〉

＊〈輯周禮馬融鄭玄敘〉。

＊〈山海經錯簡〉。

＊〈商子境內篇校釋〉。

＊〈孔子家語校記〉。〔註103〕

＊〈籀頃碎金〉。〔註104〕

〔註103〕此篇由大陸學者孔鏡清輯錄，雪克收於《籀廎遺著輯存》（頁4）。
〔註104〕此篇由大陸學者孔鏡清輯錄，雪克收於《籀廎遺著輯存》（頁4）。

第三節　與《名原》關係密切的三部古文字學專著

　　孫詒讓從十六、七歲開始研讀經、史、小學。到了十八歲，詒讓得到杭州本的《歷代鐘鼎彝器款識》，反覆閱讀，愛不釋手，曾蒐羅《考古圖》、《博古圖》及王復齋的《款識》、王俅的《集古錄》相校讀，從此，便開始研究古文字。

　　關於詒讓的古文字研究，二十五歲時，他依據薛尚功、阮元、吳榮光三家金文著錄為底本，對其中有疑問的銘文內容進行校勘考證的工作，撰成《商周金識拾遺》三卷；同月，他又作〈毛公鼎釋文〉。二十六歲，作〈召伯虎敦拓本跋〉。二十七歲，作〈周季子白盤跋〉。二十九歲，得到「周要君盂」，又購得葉志詵金文拓本二百種，有龔定庵的考釋題字，詒讓非常珍愛這些資料。四十一歲，將《商周金識拾遺》改名為《古籀拾遺》重校付刊。四十二歲，作〈井人殘鐘拓本考釋〉。四十三歲，作〈克鼎釋文跋〉。四十四歲，撰成〈宋政和禮器文字考〉。四十九歲，於永嘉得「周麥鼎」，並撰成〈周麥鼎考〉。五十歲，友費屺懷寄贈金文拓本五十種給詒讓，詒讓寫定釋文。五十六歲，重訂〈毛公鼎釋文〉，並撰成《古籀餘論》二卷。五十七歲，作〈籀文車字說〉，並撰成《契文舉例》。五十八歲，撰成《名原》。其他無法繫年的古文字學著作多見於他的《籀庼述林》〔註105〕中。

　　詒讓去世之前（六十一歲），還念念不忘他的《契文舉例》、《名原》中有許多篆文不完全，必須由他一一手定不可。他窮究四十餘年的時間在研究古文字學上，他的努力及用心，從他的著作中可見一斑。以下將論述詒讓與《名原》有密切關係的三部古文字專著：《古籀拾遺》、《古籀餘論》、《契文舉例》。以見詒讓古文字研究的成果。

一、《古籀拾遺》

　　同治十一年（1872年），詒讓二十五歲，他依據薛尚功《歷代鐘鼎彝器款識》、阮元《積古齋鐘鼎彝器款識》、吳榮光《筠清館金石錄》三家的金文著錄為底本，對其中有疑問的銘文內容進行校勘考證的工作，撰成《商周金識拾遺》三卷。他在《古籀拾遺·敘》〔註106〕中說明金文的作用，在於「證經」與「說字」上，他說：

〔註105〕關於詒讓其他無法繫年單篇的古文字學論作，收在《籀庼述林》中的有撰：〈薛尚功鐘鼎款識跋〉、〈克鼎釋文〉、〈邵鐘拓本跋〉、〈乙亥方鼎拓本跋〉、〈周遣小子敦拓本跋〉、〈周唐中多壺拓本跋〉、〈周師酥父敦拓本跋〉、〈周大泉寶貨攷〉、〈無惠鼎拓本跋〉、〈記彝器款識䶅鐖文〉……等。（（清）孫詒讓撰：《籀庼述林》，臺灣：廣文書局，1971年4月。）

〔註106〕（清）孫詒讓撰：《古籀拾遺·古籀餘論》，（北京：中華書局，1989年9月。）頁1。

考讀金文之學，蓋萌柢於秦漢之際，《禮記》皆先秦故書，而《祭統》述李鼎銘，此以金文證經之始。漢許君作《說文》，據郡國山川所出鼎彝銘款以修古文，此以金文說字之始。

至於他的動機，《古籀拾遺・敘》又說：

詒讓束髮受經，略識故訓，嘗慨獷秦燔書，別㧑小篆，倉沮舊文，寖用湮廢，漢人掇拾散亡，僅通四五，壁經復出，罕傳師讀，新莽居攝，甄豐校文，書崇奇字而黜大篆，甄豐所定六書，一古文，二奇字，三篆文，即小篆，四左書，五繆書，六鳥蟲書，而無大篆，是其證也。建武中興，史籀十五篇，書缺有閒，魏正始石經，或依科斗之形，以造古文，晉人校汲冢書，以隸古定，多怪詭不合六書，蓋古文廢於秦籀，缺於漢，至魏晉而益鼓，學者欲窺三代遺跡，舍金文奚取哉？端居諷字，頗涉薛、阮、吳三家之書，讀之展卷思誤，每滋疑蕙，閒用字書，及他刻互相斟覈，略有所窺，輒依高郵王氏《漢隸拾遺》例爲發疑正讀，成書三卷。

詒讓認爲，古文字經過歷代的破壞，使得後人無法窺其全豹，後人想要獲得三代的遺跡，只有從銅器銘文中取得。

這部書剛寫成時，原名爲《商周金識拾遺》，光緒十四年（1888），經詒讓重新校定，在溫州雕版，改名爲《古籀拾遺》，光緒十六年問世。詒讓本身有很深的斟釀學的涵養，因此當他閱讀薛、阮、吳三家的著錄後，發現了許多的疑問，於是他蒐羅了各種的字書以及不同的刻本與這三本書相互斟覈，再將這些考證的結果綜合起來，依循王念孫《漢隸拾遺》的體例，撰成本書。

全書共分三卷：上卷從宋薛尚功的《歷代鐘鼎彝器款識》中選錄了十四件銅器的摹刻銘文，表列如下：

商鐘	己酉戌命尊	郰子鐘	聘鐘	盄龢鐘
齊侯鎛鐘	窖磬	晉姜鼎	師艅尊	單癸卣
孟姜匜	宰辟父敦	啟敦	寅簋	

薛尚功，字用敏，南宋錢塘人。嗜古好奇，深通篆籀之學。著《歷代鐘鼎彝器款識》二十卷，都據鐘鼎原器款識依樣摹錄，每篇銘文都作釋文，並就銘文中所涉及的人物加以考說，以定其時代。全書共錄五百一十一器。詒讓評此書說：

宋人所錄金文，其書存者，有呂大臨、王楚、王俅、王厚之諸家，而以薛尚功《鐘鼎款識》爲尤備。然薛氏之恉，在於鑒別書法，蓋猶未刊集帖之囿。故其書摩勒頗精，而平釋多繆，以商周遺文而迺與晉唐隸草絜其

　　　　甲乙，其於證經説字之學，庸有當乎？〔註107〕，
薛氏的書雖然是宋代著錄家中最完備的，但是這本書的重點在於鑑別書法，對於文字的考釋卻多有謬誤，因此，詒讓選出十四篇銘文，詳加考釋勘誤。

　　中卷從清阮元《積古齋鐘鼎彝器款識》中選錄了三十件銅器的摹刻銘文：

庚申父丁角	楚良臣余義鐘	祿康鐘	叔丁寶林鐘	宗周鐘
虢叔大林鐘	楚公鐘	周公華鐘	庎父鼎	䵼鼎
鬲攸从鼎	𣪘尊	周壺	象觶	寓彝
繼彝	𢎮彝	吳彝	叔殷父敦	遣小子敦
追敦	召伯虎敦	縮綽眉壽敦	祖辛敦	宂簠
張仲簠	曾伯霥簠	陳逆簠	宂盂	齊侯甗

　　阮元（1764～1849），字伯元，江蘇儀徵人。好古文奇字。著有《積古齋鐘鼎彝器款識》十卷，此書的完成，是阮元蒐集友人江德量、朱為弼、孫星衍、趙秉沖、翁樹培、秦恩復、宋葆醇、錢坫、趙魏、何元錫、江藩、張廷濟等人的藏器搨本，以及阮元本人自藏自搨的，合而為書，目的在接續薛尚功《歷代鐘鼎彝器款識》的工作，他說：

　　　　集為鐘鼎款識一書，以續薛尚功之後。薛尚功所輯共四百九十三器，
　　　　余所輯器五百六十數，殆過之。夫契字于版，自不如鑄字于金之堅且久，
　　　　然自古左國史漢所言各器，宋宣和殿圖無有存者矣。然則古器雖甚壽，然
　　　　至三四千年初土之後，轉不能久，或經兵燹之墜壞，或為水土之沈薶，或
　　　　為傖賈之毀銷，不可保也。而宋人圖釋各書，反能流傳不絕，且可家守一
　　　　編。然則聚一時之彝器，摹勒為書，實可使一時之器永傳不朽。〔註108〕
全書共收五百五十器，此書是研究清代所見古銅器銘文的第一部書。詒讓認為這是一部收錄較豐富，考釋較精確的書，他說：

　　　　我朝乾嘉以來，經術道盛，修學之儒，摯斠篆籀，輒取證于金文，儀
　　　　徵阮文達公遴集諸家拓本，賡續薛書，南海吳中丞榮光箸筠清館金石錄，
　　　　亦以金文五卷冠首，阮氏所錄，既富又萃，一時之方文遠學以辯證其文字，
　　　　故其考釋精確，率可依據。〔註109〕

〔註107〕《古籀拾遺‧古籀餘論》，頁1。
〔註108〕（清）阮元撰：〈積古齋鐘鼎彝器款識序〉，《積古齋鐘鼎彝器款識》（臺北：藝文印書館，百部叢書集成本），頁1。
〔註109〕《古籀拾遺‧古籀餘論》，頁1。

但是，其中仍存有許多的錯誤，因此，詒讓選出三十篇銘文，加以考證。

下卷從清吳榮光《筠清館金石錄》中選錄了二十二件銅器的摹刻銘文：

商女斃彝	周寰卣	周父癸角	周泰師盧豆	周敦
周冗敦	周史頌敦	周然睽敦	周師寰敦	周麋生敦
周豐姬敦	周大蒐鼎	周兵史鼎	周大鼎	周韓侯伯晨鼎
周寶父鼎	周申月望鼎	周作書彝	周居後彝	周井人殘鐘
周鐘	周安作公白辛彝			

吳榮光（1773～1843），字荷屋，廣東南海人。好金石文字。著《筠清館金石錄》五卷。全書共收二百六十七器。此書凡例說：

> 此書非續《積古齋鐘鼎款識》，亦非續《金石萃編》，不過紀四十六
> 年之所得，名之曰《筠清館金石錄》。而卷帙浩繁，《積古》、《萃編》二
> 書遍行海內已久，故於《萃編》所有，但存其目，而二書所遺者，悉錄
> 全文。〔註110〕

可見此書的目的在補《積古》、《萃編》的遺漏。此書金文初由龔自珍、陳慶鏞兩人擔任編纂，但因龔氏為詩人，陳氏為經學家，對於古文字不是太熟悉，所以有望文生訓的弊病。王國維〈《殷虛書契考釋》後序〉一文說他們：

> 而俗儒鄙夫不通字例、未習舊藝者，輒以古文所託者高，知之者鮮，
> 利荊棘之未開，謂鬼魅之易畫，遂乃肆其私臆，無所忌憚。至莊葆琛、龔
> 定庵、陳頌南之徒，而古文之厄極矣。〔註111〕

由此可見當時不識古文字，卻隨意猜測的情形是很盛行的。詒讓選出二十二篇銘文，加以糾謬。

【體例】

《古籀拾遺》全書的體例，筆者將其分析如下：

（一）列器名（於當行注中說明器數、別名、考證情形）

　　如：〈商鐘〉王楚《宣和博古圖錄》題為〈蛟篆鐘〉。（卷上，頁一右。）

　　　　〈鄦子鐘〉二器。（卷上，頁二左。）

　　　　〈晉姜鼎〉阮《款識》有〈乙亥鼎〉，文與此鼎全同，蓋即放此偽造，而冶鑄不精，遂不

〔註110〕 （清）吳榮光撰：《筠清館金石錄・凡例》（臺北：新文豐出版公司，1979 年），頁 3。
〔註111〕 王國維撰：〈《殷墟書契考釋》後序〉，《王國維論學集》（北京：中國社會科學出版
　　　　 社，1997 年 6 月），頁 186～187。

可辨，阮拼爲草篆，非也。（卷上，頁十九右。）

（二）列銘文（於當行注中標明古字、通用字及假借字）

如：〈臤尊〉——

隹惟十又三月既生霸，丁卯，臤伯受字。㣤師瞽滑父戌亏公曰卓之秊，臤蔑曆歷，中仲業父易錫□金，臤捒譎普，對揚業父休，用乍作父乙寶旅車未墇彝，其子＝孫＝永用。（卷中，頁十四右。）

（三）加案語

爲補充、駁正前人的說法，或交代版本，或發抒己見，視情況加入按語—「詒讓案」

如：〈商鐘〉——

詒讓案：此鐘薛書所載凡三本，一爲淮揚石本，一爲古器物銘本，一即博古錄本。文各不同，皆詰屈奇詭，多增益筆畫，目就緐繆，殊不易辨仞。舊釋多不墇，今元器拓本既不可見，亦無從辨其得失，然有所摹字形明晰可識，而薛誤釋者，今謹攷正之。（卷上，頁一右。）

（四）分析字形

詒讓分析銘文之形，有下列語例：

1. 繁文例

   如：「╱8╲」，此實當爲「公」字之緐文。（卷上，頁三左，〈聘鐘〉）

2. 緐字例

   如：古籀偏旁多緐字。若「敃」作「敄」、「悟」作「惡」、「刑」作「荆」、「貶」作「賦」、「則」作「劓」、「征」作「徎」之類，是其例也。（同上）

3. 省文例

   如：「生」即「性」字之省。（卷上，頁四左，〈盅龢鐘〉）

4. 異文例

   如：「吅昍」，諦寀其形，實當爲「絢」之異文。（卷上，頁二十六左，〈敔毁〉）

5. 合文例

   如：又「釐」字銘文作「釐」，總審之，當爲「釐邑」二字合文。（卷上，頁十一右，〈齊侯鎛鐘〉）

6. 奪文例

   如：「荿」，又〈齊侯鐘〉此字有重文，此無之，疑亦冶鑄偶奪之。（卷上，頁十八右，〈齊侯鎛鐘〉）

7. 變體例

　　如：「朝」，㑥軌、㑥𣍝，此左即「㐭」之變體。（卷中，頁十九右，〈叔殷父敦〉）

8. 或體例

　　如：《說文》無「戝」字，疑即「賊」之或體。

9. 古今字例

　　如：「猒」、「厭」古今字。（卷上，頁八左，〈齊侯鎛鐘〉）

10. 部首通用例

　　如：小篆㑥「丮」之字，古文多兼㑥「女」，如此鐘「殂」作「婜」，「訊」作「婑」……是也。他器亦多如此作，疑古「𦎫」、「婜」本一字。（同上）

11. 金文通用例

　　如：古金文皆藉「母」爲「毋」，無用本字者。（卷上，頁十二右，〈齊侯鎛鐘〉）

12. 後世通用，古不通用例

　　如：「乙」、「一」字古不通用，後世簿籍乃假用之。（卷中，頁一左，〈庚申父丁角〉）

13. 引《說文》釋形例

　　如：《說文》「貸」，㑥貝，代聲；「代」，㑥人，弋聲。（卷上，頁一左，〈商鐘〉）

14. 同文異範相校例

　　如：今目二器合校之，蓋即「匽」字也。（卷上，頁三右，〈鄦子鐘〉）

（五）分析字音

詒讓分析銘文之音，有下列語例：

1. 同聲通用例

　　如：「匽」、「宴」同聲孳生之字，古可通用，故此藉「匽」爲「宴」。（卷上，頁三左，〈鄦子鐘〉）

2. 當讀例

　　如：「妄」當讀爲「荒」，妄、荒亦同聲孳生字。（卷上，頁二十右，〈晉姜鼎〉）

3. 讀爲例

　　如：「招」讀爲「昭」。（同上）

4. 引古書釋音例

　　　　如：「沱＝」當讀爲《詩》「委委佗佗」之「佗」。（卷上，頁二十三左，〈孟姜
　　　　　匜〉）

　　5. 一聲之轉例
　　　　如：「輖」音周，「周」、「輖」一聲之轉，古字通借。（卷中，頁十九右，〈叔
　　　　　殷父敦〉）

　　6. 同部通藉例
　　　　如：「吾」𠚤吾聲，「扈」𠚤戶聲，古音本同部，相爲通藉，故其宜也。（卷
　　　　　中，頁二十一右，〈遣小子敦〉）

（六）分析字義

　　詒讓分析銘文之義，有下列語例：

　　1. 引古書釋義例
　　　　如：《韓非子·五蠹篇》，古者倉頡之作書也，自環者謂之私，背私者謂之公，
　　　　　故古文厶或作○，此𠚤𠔔者，即𠚤厶而重之。目就緜綷。（卷上，頁四
　　　　　右，〈聘鐘〉）

　　2. 古書通用例
　　　　如：古書凡言孫者，亦爲遠孫之通偁。《詩·閟宮》云：「后稷之孫，實維大
　　　　　王。」又云「周公之孫」、「莊公之孫」，是也。知叔及非即穆公之曾孫
　　　　　者。（卷上，頁十一右，〈齊侯鎛鐘〉）

　　3. 常語例
　　　　如：「用匽目喜」，古人銘鐘之常語矣。（卷上，頁三左，〈郘子鐘〉）

（七）闕疑

　　1. 義闕例
　　　　如：「造」，銘文作「𤕟」，𠚤女、𠚤辵、𠚤缶，未知何字，薛釋爲「造」、王
　　　　　俅釋爲「陶」、孫釋爲「達」，並不塙，缶與造聲類略近，今姑𠚤薛釋，
　　　　　後〈齊侯鐘〉則無此字，其義當闕疑。（卷上，頁十一右，〈齊侯鎛鐘〉）

　　2. 闕形聲例。
　　　　如：「繼」字諸釋並同，孫云不塙，目字形宋之，未能定其形聲，當闕疑。（卷
　　　　　上，頁十二，同上）

【版本】

　　本書的版本有：

　　（一）清光緒十四至十六年瑞安孫氏刊本，三卷，四冊，線裝，附錄《宋政和禮器

文字攷》一卷。

（二）清光緒庚寅（十六）年序溫州刊本，三卷，三冊，線裝。

（三）清光緒庚寅（十六）年原刊本，三卷，一冊，線裝，附錄：《宋政和禮器文字考》一卷。（經微室著書）

（四）香港崇基書店本（1968 年），一冊，平裝，與《古籀餘論》、《籀高閣集古錄跋尾》合刊。

（五）北京中華書局本（1988 年據原刻本影印，並加句讀），一冊，平裝，附錄：《宋政和禮器文字考》一卷。與《古籀餘論》合刊。

（六）續修四庫全書本（1995 年），據上海辭書出版社圖書館藏清光緒十四年自刻本影印，三卷，附錄：《宋政和禮器文字考》一卷。與《漢隸辨體》、《彙鈔三館字例》、《碑別字》、《說文古籀疏證》、《說文古籀補》、《古籀餘論》、《急就章考異》、《倉頡篇》合刊。

二、《古籀餘論》

《古籀餘論》一書撰於清光緒二十九年（1903），詒讓生前來不及印行，一九二六年容庚以王國維所得鈔本付燕京大學國學研究所延人刊刻，並爲之校補五百多字，後來戴家祥得見詒讓稿本，又爲之補闕一千多字。一九二九年刊成印行。原書分爲二卷，共考釋吳式芬《攈古錄金文》中摹刻的比較重要的銅器銘文共一百零五器。

吳式芬（1796～1856），字子苾，山東海豐人。著有《攈古錄金文》三卷，每卷分三冊，此書以銘文字數的多寡爲先後次序，但有時對於字數的計算也偶有誤差，而且各種器類分見於各卷，又沒有目錄，翻檢不甚方便。全書共收一千三百三十四器。他另著有《攈古錄》二十卷，是他所藏金石文字的目錄。咸豐六年（1856），吳氏卒，此書卻未完成，直到光緒七年（1881），他的兒子重涂延請丁艮善校刻，可稱善本。容庚校刻《古籀餘論》時將之改爲三卷，以與《攈古錄金文》卷次相應：

【卷一】

猲甗方鼎	召夫角	女壬爵	王癸彝	若母鐸
子冊父辛鼎	旁鼎	父丁鼎	犧形父丁尊	余爵壺
紀侯鐘	梁鼎	魚父丁觶	叔𠭯敢	芇侯敢
西弗生甗				

【卷二】

師獲鐘	木鼎	田強敦	姬單匜	父舟斝
鐘鉤	父丁卣	叔帶鬲	伯原□	丕隆槍
胥侯鼎	史燕簋	董武鐘	魯侯角	鼄鼎
邾討鼎	覜尋卣	戊午爵	丁師卣	女姬罍
右軍戈	楚公鐘	邾伯御戎鼎	頊簨簋	曾諸鼎
杞伯盨	伯侯父盤	改簋蓋	大梁鼎	伯躬父鼎
仲叡父盤	取盧子商盤	慧姬敦	刊宮尊	鄧公子敦
叔單鼎	虢文公鼎	孟爵	叔角父敦蓋	宗魯彝
孕林父敦	小子射鼎	乙亥彝	羌鼎	格仲尊
觶尊	西宮敦	師周敦	叔家父簠	叔皮父敦
趠鼎	單伯鐘	大保敦		

【卷三】

�… 侯敦	敔敦	史懋壺	邢人鐘	陳財敦蓋
封敦	豐姞敦	吳生鐘	亢彝	匡簠
琲仲簠	師湯父鼎	伯裕父鼎	師遽敦	叔向敦
大豐敦	多父盤	陳侯彝	格伯敦	楷改彝
師觶敦蓋	召伯虎敦	師酉敦	揚敦	大敦蓋
善鼎	盠伯戒敦蓋	兮田盤	卯敦	不嬰敦蓋
齊侯壺	晉邦盦	盂鼎	散氏盤	盂鼎第二器
習鼎				

　　關於詒讓撰作此書的動機，他在《古籀餘論・後敘》中說：

　　　　甄錄金文之書，自錢唐薛氏書外，近代唯儀徵阮氏、南海吳氏最爲精
　　富，倉籀遺跡，粲然可尋，固縣諸日月而不刊者也，余前著《拾遺》，於
　　三家書略有補正，近又得海豐吳子苾侍郎《攈古錄金文》九卷，搜錄尤閎
　　博，新出諸器，大半著錄，釋文亦殊精案，儀徵、南海信堪鼎足，攬涉之
　　餘，閒獲新義，又有足證余舊說之疏繆者，并錄爲二卷，蓋非第偶存札樸，
　　抑亦自資砭策煣矣。〔註112〕

對吳式芬這本書「搜錄尤閎博」、「新出諸器，大半著錄」、「釋文亦殊精案」詒讓大
加讚賞外，因爲詳細閱讀此書而「閒獲新義」、「又有足證余舊說之疏繆者」，詒讓於

〔註112〕《古籀拾遺・古籀餘論》，頁 1（《古籀餘論》）。

是決定仿照前著《古籀拾遺》的體例，繼續作成《古籀餘論》一書，並改正《古籀拾遺》的缺失。另外，他看到外國學者對於埃及、巴比倫的古文字孜孜矻矻的研究，世人卻「鄙棄古籀如弁髦」感到憂心。而「政教之不競，學術亦隨之」也是古文字學衰竭的原因，因此詒讓希望以自己微薄的力量，為古文字學盡一點心力。

容庚在《古籀餘論‧跋》中指出詒讓這部書的得失，他說：

> 竊謂治古文字之學，譬如積薪，後來居上。嘉、道之間，陳慶鏞、龔自珍、莊述祖皮傅經傳，魯莽滅裂，晦塞已極。吳大澂明於形體，乃奏廓清，然而訓詁、假借，猶不若孫氏之精熟通達，所得獨多。《餘論》專主校訂《攗古錄》金文之失，如 𠬝 之釋函（《西佛生甗》）；⋯⋯ 𡘼 之釋濂（《慧姬敦》）；𤔲 之釋啟（《鄧公子敦》）；鄜 之釋膚（《鄜侯敦》）；𡓦 之釋裏（《敔敦》）；吳 之即吳（《吳生鐘》）；泉、𣆓 之釋象弭（《師湯父鼎》）；𥞍 之釋縣（《楷妃彝》）；⋯⋯ 皆確當不易。⋯⋯ 𢆶 乃人名，字不可識，乃釋為弓十二三字（《宗魯彝》）；《乙亥彝》以為篆體散漫，文義疏舛，疑是偽作（《乙亥彝》）；士乃圭之泐，乃以士土通用（《召伯虎敦》第二器），誠有未為得者。然前人所見有不若後人之富，則其所得有不若後人之深，時代所限，未足為孫氏病也。〔註113〕

對詒讓身處當時學術資源缺乏的環境下，仍有這樣的成果產生，是不該苛責而應給予肯定的。

【版本】

本書的版本有：

（一）光緒癸卯（1903）序籀經樓校本，三卷，二冊，線裝。

（二）民國十八年（1929）燕京大學刊本，三卷，二冊，線裝。

（三）民國十八年（1929）燕京大學刊本，三卷，二冊，線裝。傅斯年先生批校標點。

（四）香港崇基書店本（1968），一冊，平裝，與《古籀拾遺》、《韡華閣集古錄跋尾》合刊。

（五）戴家祥先生點校本（1988），三卷，一冊，平裝。上海市，華東師範大學出版社。

（六）北京中華書局本（1988 年據原刻本影印，並加句讀），一冊，平裝，與《古籀拾遺》合刊。

〔註113〕《古籀拾遺‧古籀餘論》，頁 50（《古籀餘論》）。

（七）續修四庫全書本（1995），據上海辭書出版社圖書館藏清光緒二十九年籀經樓
　　刻本影印，與《漢隸辨體》、《彙鈔三館字例》、《碑別字》、《說文古籀疏證》、
　　《說文古籀補》、《古籀拾遺》、《急就章考異》、《倉頡篇》合刊。
　　　再者，戴家祥先生不僅對《古籀餘論》做過校勘的工作，也對容庚先生的校
本做過校對。他在《古籀餘論》校後語中說明，在一九二一年，他因姻親關係得
以寓居在孫宅中，詒讓次子因知戴家祥先生平日喜好書畫篆刻，便不時拿出家中
所藏清咸、同間學者致贈父祖的書札，以及漢陽葉東卿家藏鐘鼎彝器款識拓墨數
巨冊以供觀摩。並且在假日陪同其至「玉海樓」觀書，戴家祥因此發現了《古籀
餘論》未刊稿：

　　　　　　偶於籀公遺著中獲見《尚書駢枝》及《古籀餘論》未刻稿，不揣冒昧，
　　借來錄副，竭一月之功始畢，並錄其後序於首。

一九二六年，戴家祥先生師事王國維先生，曾聽王先生說「勝清一代，治古文字學
者，『近惟瑞安孫氏頗守矩矱』」。（《殷虛書契考釋・後敘》）因此便將抄錄的《古籀
餘論》送一份給他。王國維先生又將此本《古籀餘論》借給容先生僱人抄錄，容先
生補上篆文，並有意付梓，請戴先生代為轉告詒讓的後人。第二年暑假，戴先生偶
遇詒讓長子延釗先生，便為容先生轉陳心意，但是延釗先生與學術界甚少往來，不
知容先生所學為何物，雖然勉強答應，卻要戴先生在出版之前再校對一次，免蹈《名
原》、《述林》二書故轍。戴先生因容先生在學術界享有盛名，又不敢違背延釗先生，
因此不得已向容先生假稱手中有《古籀餘論》的稿本，為求周全，希望可以再校一
次，容先生接函，即以底本寄給戴先生重校。所以今天可以見到容庚先生與戴家祥
先生兩種校本。

三、《契文舉例》

　　　光緒二十九年八月（1903），劉鶚將其所藏的甲骨文字選拓千餘片，編成《鐵雲
藏龜》一書，成為我國第一部著錄甲骨文的著作；次年，詒讓即根據《鐵雲藏龜》
所著錄的甲骨文字加以考證，於十一月撰成《契文舉例》一書，而成為中國第一部
研究甲骨文的著作。
　　　劉鶚（1857～1909），字鐵雲，江蘇丹徒人。光緒二十九年（據甲骨文發現才經
過五年的時間）〔註114〕，他在接受羅振玉的建議後，將自己所藏、及從王懿榮家人
處收購來的甲骨文字片，挑選出較有研究價值的一○五八片，編成《鐵雲藏龜》六
冊。他在〈序〉中說：

〔註114〕關於甲骨文發現的情形，請參考本章第一節。

毛錐之前爲漆書，漆書之前爲刀筆小篆。𣍘字，漆書筆也。从手持丨，
象注漆形。蓋漢人猶得見古漆書，若刀筆無有見者矣。是以許叔重於古
籒文必資山川所出之彝鼎。不意二千餘年後轉得目睹殷人刀筆文字，非
大幸與？

以六書之恉推求鐘鼎多不合，再以鐘鼎體勢推求龜板之文，又多不
合。蓋去上古愈遠，文字愈難推求耳。〔註115〕

吳昌綬也在《鐵雲藏龜‧序》中說：

昔之稱古文字者，彝鼎之外，泉幣鉥印而已。至如濰縣陳編修之陶
器，海豐吳閣學之泥封，皆出自近五十年，其數並累至千百，所謂今人
眼福突過前賢也。迺茲龜甲古文，又別闢一蹊徑，薀蘊既久，地不愛寶，
一旦披豁呈露，以供好古耆奇者之探索，文敏（王懿榮）導其前馬，先
生備其大觀。

甲骨文的發現，對於清代以前一直以鐘鼎金文爲指標的古文字研究，起了巨大的變
化。

劉鶚在其序言中也大略地辨認了一些甲骨文字，如干支、「母庚」等殷先王之名、
「雨」、「羽」等數字。〔註116〕嚴一萍在《鐵雲藏龜‧跋》中認爲雖然劉鶚對甲骨文
字的開拓之功不可沒，但書中有「誤倒」、「僞刻」、「失拓」、「綴合」上的問題，應
該予以一一校讀重印。不過，這些都是因爲研究初期所無法全面考慮的緣故。

「契文」一名的由來，詒讓在《契文舉例‧敘》中說：

文字之興，原始於書契，契之正字爲栔，許君訓爲刻，蓋鍥刻竹木以
著法數斯謂之栔。契者，其同聲假借字也。

《詩‧大雅‧綿》云：「爰始爰謀，爰契我龜。」毛公詁契爲開，開、
刻義同，是之栔刻又有施之龜甲者。《周禮》：「垂氏掌共燋契，以待卜事。」
又云：「遂龡其焌刻，以授卜師。」杜子春云：「契謂契龜之鑿也。」亦舉
〈綿〉詩以證義。鄭君則謂契即〈士喪禮〉之楚焞所用灼龜也。綜覈杜鄭
之義，知開龜有金契、有木契，杜據金契用以鑽、鑿，鄭據木契用以燃、
灼，二者蓋同名異物。……〔註117〕

〔註115〕劉鶚撰：《鐵雲藏龜》（臺北：藝文印書館），頁2。

〔註116〕陳夢家《（殷虛）卜辭綜述》說：「1903年劉鐵雲在《鐵雲藏龜》自序上，曾嘗試
讀了幾條卜辭，他所認的40多字中，有34字是對的。其中包括19個干支和2個
數字。」（《（殷虛）卜辭綜述》，科學出版社，1956年7月，頁55。）

〔註117〕（清）孫詒讓撰，樓學禮校點撰：《契文舉例》（北京：中華書局，1993年12月），
頁1～2。

詒讓又認為，雖然古書中明文有記載，但是，這種文字未被人發現，直到晚清才被村民在偶然的機會中發現，他說：

> 然則契刻文字有漢時已罕覯，迄今數千年，人間殆絕矣。邇年河南湯陰古羑里城土得古龜甲甚夥，率有文字，丹徒劉君鐵雲集得五千版，甄其略明晰者千版，依西法拓印，始傳於世，劉君定為殷人刀筆書。余謂《考工記》「築氏為削」，鄭君訓為書刀，刀筆書即契刻文字也。

詒讓又認為，這些甲骨片雖然非常珍貴，但是「唯瑑畫纖細，拓墨漫漶，既不易辨認，甲片又率爛闕，文義斷續不屬，劉本無釋文，苦不能遍讀也」。〔註 118〕詒讓研究古文字四十年，所見的彝器款識超過二千種，他認為大都是周以後的器物，對於賞鑑家所斷定為商器的，多不能確信。最感遺憾的就是無法看見「真商時文字」。所以當詒讓得到《鐵雲藏龜》這本書後，高興得「愛玩不已」，「輒窮兩月力校讀之，以前後復緟者參互紬繹」得到以下大概的結論，他說：

> 大致與金文相近，篆畫尤簡渻，形聲多不具，又象形字頗多，不能盡釋。所稱人名號未有諡法，而多以甲乙為紀，皆在周以前之證。羑里於殷屬王畿，於周為衛地，據《周書·世俘篇》殷時已有衛國，故甲文亦有商、周、衛諸文，以相推證，知必出於商周之間，劉君所定為不誣。至其以「𡥩」為「子」，以「𤕨」為「係」，閒涉籀文，或疑其出周宣以後，斯則不然。夫《史籀》十五篇，不必皆其自作，猶之許書九千字，雖為秦篆而承用倉、沮舊文者十幾七、八，斯固不足以獻疑爾。甲文多紀卜事，一甲或數段，從橫、反正、交錯、糾互無定例。蓋卜官子弟，應時記識，以備官成，本無雅辭奧義，要遠古契刻遺文，秸存辜較，朽骼畸零更三，四千年竟未漫滅，為足寶耳。

《契文舉例》一書分為二卷，上卷又分為：〈釋月日第一〉；〈釋貞第二〉；〈釋卜事第三〉；〈釋鬼神第四〉；〈釋人第五〉；〈釋官第六〉；〈釋地第七〉；〈釋禮第八〉。下卷又分為：〈釋文字第九〉；〈襍例第十〉。各篇的範圍為：

〈釋月日〉分析十天干、十二地支。

〈釋貞〉分析「貞」字，以及與其相連屬成詞組的「立貞」、「兄貞」、「永貞」、「出貞」、「告貞」、「亘貞」、「完貞」、……等。詒讓說：「凡云『某貞』者甚多，不止四種，今於四者〔註 119〕外又得九事，與『大貞』而十。其餘文字漫闕，恐尚不止

〔註 118〕〈契文舉例·敘〉，頁 1。

〔註 119〕此四者為劉鶚在《鐵雲藏龜》中所說的：「凡偶問者有四種，曰哉問、曰厭問、曰復問、曰中問。」（〈鐵雲藏龜·序〉，頁 3。）

此也。」（頁 11）

〈釋卜事〉由《周禮‧春官‧大卜》中的「以邦事作龜之八命：一曰征，二曰象，三曰與，四曰謀，五曰果，六曰至，七曰雨，八曰瘳」來與甲骨文相對照，而得出：「龜文簡略，紀事不能詳，以八命校之，亦不盡合也。」的結果。其中分析了「征」、「𢎜」、「至」、「雨」、「獵」、「角」、「同」、「立」……等字。

〈釋鬼神〉由《周禮》大宗伯掌建邦之天神、人鬼、地示之禮。通謂之吉禮，而對照於甲骨，發現甲骨中三者咸有，天神則有「帝」，地示則有「方岳」，人鬼則有「田正」及「祖、父、母、兄」等。

〈釋人〉甲骨文中紀日以外，另有涉及人名字者，多紀占卜之人，亦有爲其人而卜，詒讓由甲骨文中錄得二十餘人。如「子漁」等。

〈釋官〉欲以《周禮》卜官之職掌與甲骨文對照，但由於詒讓不知商之官制與周是否相同，且甲骨中涉及卜官之事者少，故所釋字較少。

〈釋地〉由古書中之方國名與甲骨文比對，或由辭例推敲，欲尋殷代之方國名。

〈釋禮〉由《周禮》中之禮制與甲骨文對照，發現甲文中閒有倛述典禮，詒讓將其一一列出。

〈釋文字〉甄選篆形殊異及義訓略涉隱詭者，發疑正讀。

〈雜例〉其他字例不合於以上各篇所收範圍者，列入此篇。

雖然詒讓釋出的一百多字是甲骨文最基本的單字，但是對於這從未有人研究過的文字，詒讓仍抱著謹愼的態度，校勘比對金文、《說文》，分析偏旁，並廣搜一切可以印證甲骨文的古書。王國維與羅振玉在看到詒讓《契文舉例》的稿本時，認爲這本書「惟此書數近百頁，印費卻不少，而其書卻無可采」、「即欲摘其佳者，亦無從下手，因其是者與誤者常并在一條中也」；〔註 120〕「粗讀一過，得者十一，而失者十九。蓋此事之難，非徵君之疏也」。〔註 121〕誤釋的字雖多，實因當時詒讓所能參考的資料太少的緣故，這樣的評價對詒讓來說有失公允。近來學者對此書的評價漸漸能以較公允的態度來面對〔註 122〕，另外，近人白玉崢曾針對《契文舉例》做校

〔註 120〕王國維撰：《王國維全集‧書信》（北京：中華書局，1984 年）頁 159～160。

〔註 121〕羅振玉撰：〈丙辰日記〉12 月 11 日。

〔註 122〕裘錫圭先生在〈談談孫詒讓的《契文舉例》〉說：「《舉例》中對文字的錯誤考釋固然很多，正確的同樣也很多。正如嚴一萍所指出的，『然至今無可易者，猶比比皆是』。」；「關於此書的評價，不但王國維所說的『實無可取』、『全無是處』明顯不合事實，就是羅振玉所說的『得者十一而失者十九』也是不公允的。考慮到孫氏寫書時在資料等方面所受的限制，他所做出的那些貢獻就更加值得後人珍視了。孫氏在古文字和古文獻方面的學歷決不在羅、王之下，如果孫氏在甲古文研究方面能有羅王所具備的客觀條件，他所能作出的貢獻大概是不會比他們小的。」（《文史叢稿——上古

讀的工作。

【版本】

本書的版本有：

（一）民國六年上虞羅氏影印孫詒讓稿本，二卷，二冊，線裝。（收于《吉石盦叢書》，三集）。

（二）民國十六年蟬隱廬影印孫詒讓稿本，二卷，二冊，線裝。

（三）齊魯書社本（1993），據民國六年《吉石盦叢書》本補改，樓學禮校點，一冊，平裝。

樓學禮在〈《契文舉例》校點記〉〔註123〕中說明了《契文舉例》的傳本始末，歸納而言，可以以下幾點說明之：

（一）一九〇四年冬（光緒三十年甲辰十一月），詒讓的《契文舉例》成書，成書後即留存一個謄鈔清楚的底本在「玉海樓」。另以手稿寄予羅振玉、端方、劉鐵雲等人。

（二）一九一〇年，羅振玉著《殷商貞卜文字攷》，序文中曾提到詒讓曾以手稿見寄。但以後為羅振玉收入《吉石盦叢書》中印行的《契文舉例》，所據的卻是一九一六年冬王國維在上海舊書肆中購得，再寄給羅振玉的稿本。

（三）前一個稿本，羅振玉的評價是「未能洞悉奧隱」、「未能闡發宏旨」；後一個稿本，他認為「得者什一而失者什九」。對這兩個稿本，他並沒有比較異同，兩者之間有何關係也未交代。前一個稿本就此下落不明；後一個稿本，據一九三三年孫孟晉（詒讓子）的《孫徵君籀廎公年譜》（未刊）說明為端方死後，家藏書散出，此書流入上海舊書肆中。今收藏在北京大學圖書館中。

（四）詒讓寄給劉鶚的稿本未見有關記載。

（五）家藏底本今藏於杭州大學圖書館中。以藍格十二行紙鈔寫，版式較一般舊本為小，下卷首頁第一行下有「經㣆室」篆文朱印。此本重新改定篇目名稱，除第十篇〈雜例〉未動，其他各篇均加上「釋」字。〈貞卜篇〉改為〈釋貞篇〉，〈卜人篇〉改為〈釋人篇〉，〈官氏篇〉改為〈釋官篇〉，〈方國篇〉改為〈釋地篇〉，〈典禮篇〉改為〈釋禮篇〉。

（六）底本上有大量的墨筆和朱筆增改，其中不少內容為詒讓寄出去的稿本中所未見。樓學禮先生因此推斷詒讓在不同的時候增改，且於成書抄送時即修改的

思想、民俗與古文字學史》，上海：上海遠東出版社，1996 年 10 月，頁 184）。

〔註123〕樓學禮撰：〈《契文舉例》校點記〉，《契文舉例》（濟南：齊魯書社，1993 年 12 月），頁 1～2。

可能性不大，因此推定應於《名原》撰成之後，詒讓才會再冷靜地重檢舊稿
細加改定。

樓學禮先生的推斷是合理的。他的推斷同時也說明詒讓家藏底本的價值較羅振玉《吉
石盦叢書》中的本子要高出許多。雖然《契文舉例》的內容在今天看來錯誤仍多，
但相信羅振玉或王國維當初如果可能看到詒讓的家藏底本，應該就不會批評它「得
者什一而失者什九」、「此書數近百頁，印費卻不少，而其書卻無可采」，而做較公允
的評論了。

　　由以上的說明，可知詒讓對古文字研究的熱衷與其他學者對詒讓的評價。詒讓
的古文字研究至此已漸漸趨於成熟，在《古籀拾遺》、《古籀餘論》中已能準確地針
對各個學者的考釋加以糾謬，再加上對甲骨文的比對考證，《名原》這部代表詒讓古
文字研究精華的著作就由此醞釀產生。

　　《名原》的出現，正式結束以「著錄金文」、「考釋文字」為主的研究環境，而
純粹以討論古文字字形的著作，即將成為日後的主要趨勢。

第三章 《名原》的校本與體例

第一節 《名原》校本探析

一、校本流傳

　　《名原》一書是詒讓生前最後一部古文字的著作，很可惜的是，《名原》、《籀高述林》於詒讓死後，由詒讓家人倉促付梓，在刻工不明古文字的點畫，校者又以不識篆籀而闕之的情況下完成。詒讓也在他病重時說過：「《名原》、《契文舉例》，前以原稿寄示端午橋，家藏副本，篆文不完，皆非我手定不可，老病催人，奈何！」〔註1〕的話。因此，我們可以看到詒讓《名原》的自刊本上有許多的墨丁，應該是根據家藏副本所刊刻的，在閱讀上確實有許多的不方便。而詒讓寄給端方的《名原》原稿，也下落不明。

　　《名原》於光緒三十一年完成，但並沒有立即付梓。戴家祥先生〈斠點《名原》書後〉一文說此書「刊於公之身後」，詒讓卒於光緒三十四年，因此這部書的刊成應該在光緒三十四年之後。

　　中央研究院傅斯年圖書館紀念室中藏有一冊線裝《名原》，在墨丁旁有補字，扉頁上有傅斯年先生民國二十五年八月在南京的手題記：「余聞容希白有自補篆文一冊，請其迻錄，已許之矣。將此告寄去，則逕交程雨蒼過錄，程君細心，然不識篆，盼其無誤耳。」等語。又右下角有程雨蒼題記：「容本於此處寫有以下數字：十四年九月二十七日據沈兼士先生校本校正。容庚記。」可知此本墨丁所補的部分為容庚先生在民國十四年時根據沈兼士先生的校本校正，民國二十五年左右，傅斯年先生聽說容氏有校正本的《名原》，於是在徵得容氏同意後，寄去一冊未校

〔註 1〕見本論文第一章第二節〈孫詒讓的生平與著述〉。

正過的《名原》，請容氏代爲迻錄，容氏又交由程雨蒼先生代爲迻錄，程氏雖然細心，但是對於古文字沒有研究，傅斯年先生恐怕程氏在點畫形體上有所差距，因以記之。此即今日藏於傅斯年圖書館紀念室有補字的《名原》。

　　一九八六年五月，濟南齊魯書社所印行的《名原》，由戴家祥先生校點，他在〈斠點《名原》書後〉中說明原委：

> 　　壬戌夏五一九二二，公之猶子莘農丈以其傳斠本見貽，不言斠者姓氏，亦不知得自何所，友好之中，或疑傳錄鄞縣馬叔平衡所斠，以馬氏爲羅叔言弟子，時主講北京大學金石學課也。丁卯仲夏一九二七年，靜安先生自沈身亡，研究院聘馬氏爲講師。義甯陳寅恪師深以不得從靜安先生問《尚書》及古文字學爲憾事，家祥敢乞代詢馬君曾否斠補《名原》，馬君即以草稿見示。是年秋季爲陳師過錄一冊，並錄其斠於舊藏即莘農丈所貽冊耑。繕寫既竟，發現兩者歧異互見，得失間出。始知舊本既非傳錄馬斠，亦非過錄公之遺稿。然此僅就甲骨文、金文而言，至其全書之中，魚魯帝虎，譌迹皎然可知者，兩本都未匡違，隨手改易數百字，呈陳師存之。

> 　　甲戌之秋一九三四，余承乏南開大學講席，……（同鄉劉節）又言《名原》一書字譌難讀，私意蠢蠢，若有所窺，歸取《鐵雲藏龜》、《愙齋集古錄》、《殷文存》、《周金文存》、及《說文》段注，反覆核斠，補正若干字，而以斠補後語投天津《益世報》副刊。……醴陵朱耘僧芳圃則函請一覯底本爲快。……不料耘僧接書，要求留翫幾天。余次年離津赴蓉。又次年，抗日軍興，雖多次函索，或託辭遷延，或擱置不復。據姜亮夫寅清兄追憶，朱兄辛丑一九六一莅杭，曾以該書相示。或在十年浩劫中蒙受不測，亦未可知。

> 　　去歲偶讀蔣秉南天樞《陳寅恪先生編年事輯》，有云：「本年一九二七年秋，曾令學生戴家祥迻錄馬叔平斠孫仲容《名原》於所藏本上卷中六十七葉。」寅師藏書由北平啓運者，毀於長沙大火一九三八，從滇越鐵路啓運者，全被偷盜一九三九。遺存在廣州者又遭十年浩劫，而此《名原》初斠，因寄存秉南兄處，得保無恙，物之存沒，豈可逆料！

由戴家祥先生的敘述，可以歸納如下：

（一）一九二二年，詒讓的姪子莘農送戴氏一本《名原》的斠本，但不知爲何人所斠、得自何處。戴氏及友人猜測爲馬衡所斠。

（二）一九二七年，馬衡將《名原》的斠補草稿借給戴氏過錄，戴氏將馬氏所斠與莘農所贈的相比較，並將馬氏所斠記於冊端，發現兩本書斠補部分歧異互

見，得失間出，知莘農贈本不是傳錄自馬衡，也不是過錄詒讓的遺稿。戴氏
並過錄一冊給其師陳寅恪。

（三）一九三四年，劉節因《名原》一書字譌難讀，故取《鐵雲藏龜》、《憲齋集古
錄》、《殷文存》、《周金文存》及《說文段注》與《名原》核斟，並將斟補所
得投天津《益世報》副刊發表。

（四）朱芳圃因研究甲骨文，向戴氏借閱《名原》一書，但一借不還。據姜亮夫回
憶，一九六一年朱氏到杭州，曾以借自戴氏的《名原》出示姜亮夫。是不是
在文革的時候遺失，也無法知道。（一九六二年，杭州大學語言文學研究室
內部發行的《孫詒讓研究》論文集中，朱芳圃曾發表〈《名原》述評〉一文。）

（五）由蔣天樞先生的《陳寅恪先生編年事輯》中得知當年陳寅恪先生所藏的《名
原》，因寄存於蔣氏處而得以安然無恙。

綜合前述，可知曾經校過《名原》的有：沈兼士、容庚、馬衡、劉節、戴家祥
等人。今可見的校本只有由傅斯年所藏、程雨蒼逐錄的容庚補闕本及戴家祥的校點
本。劉節的校本雖然今天已不得見，但是在一九六二年，杭州大學語言文學研究室
內部發行的《孫詒讓研究》論文集中，有劉節的〈《名原》校證序〉一文，文中說：

> 近年古器及卜骨出土更多，考釋者風起。惟綜貫音、形、義，上探造
> 字之源，揭示甲文、金文、小篆譌變之異若《名原》者，實未之見。《名
> 原》成於清光緒乙巳，即一九○五年，距翁逝世三年，刊行時未能得翁親
> 自校定，墨丁未刻者多，五十餘年間新出奇字足以補正籀翁之說者，不一
> 而足；至翁所釋字甚碻當，諸家未能採擇者，尤不勝枚舉；故是書實有重
> 行刊布之必要。

至於沈兼士的校本應已由容氏擷拾正確的融入容氏的校本中；而馬衡、劉節的
校本應也融入戴本中，唯有莘農所得的校本，不知為何人所校。

容庚與戴家祥皆校過詒讓的《古籀餘論》（見第二章第四節），兩人應有學術上
的往來，為什麼戴氏在〈斟點《名原》書後〉一文中不提容庚也校過《名原》之事？
戴氏是否看過容氏的校本？由戴氏得到「莘農丈校本」，與容氏根據沈兼士的校本校
正的時間相差大約三、四年來看，戴氏文中所說的「莘農丈校本」會不會就是沈兼
士的校本？由於事隔多年，有些學者已去世，有些校本已亡佚，這些疑問目前尚無
法解決。

由於容氏與戴氏在校補詒讓《名原》書時有不同的看法，因此在下一部分，將
容庚先生與戴家祥先生的校本作一比較，以觀兩家校本的不同。

二、傅圖本與戴本的比較

【凡例】

（一）由於戴家祥先生的本子，已不見《名原》本有的墨丁，所有的錯字也都一一
　　　補正，並加上標點符號，因此以詒讓自刊本爲底本，進行程雨蒼迻錄容庚補
　　　闕本與戴家祥校點本的比較。

（二）孫氏自刊本簡稱「孫本」；程雨蒼所迻錄容庚補闕本已非容本原貌，而此本藏
　　　於中央研究院傅斯年圖書館，因此簡稱「傅圖本」；戴家祥校點本簡稱「戴
　　　本」。

（三）爲求清晰，二校本的比較以表格方式呈現，依序列頁數、行數、孫氏原文、
　　　傅圖本、戴本。

（四）頁碼依詒讓原本所標注，而分「前」、「後」，如：頁一前，表示第一頁前半部。

（五）墨丁及空白未補處以括弧作記號。

（六）依照《名原》一書卷次的順序作比較。

〈敍錄〉

頁　數	行　數	孫　氏　原　文	傅　圖　本	戴　本
二後	二	或得冥符於萬一		寞作冥

〔卷上〕
〈原始數名弟一〉

頁　數	行　數	孫　氏　原　文	傅　圖　本	戴　本
一前	十四	甲文作𠂇或作𠂆	七，古文作十，𠂉乃九字也。	
一後	十二	廿有五年	廿有七年，釋五誤。	
一後	十三	五三	三近由羅叔言考定爲彤形。〔註2〕	彡
二前	二	口申卜貞		口作□〔註3〕
二前	十二	召白虎		白作伯
二後	十二	淮南子氾論訓		氾作汜

〔註 2〕傅圖本的「彤」字實爲「彫」字。
〔註 3〕□爲匡郭（闕文），非口字。

〈古章原象弟二〉

頁　數	行　數	孫氏原文	傅圖本	戴　本
三前	二	尙書家說朋十二章		朋作明〔註4〕
三前	十一	絞畫爲亞文古弗字也		1 亞作亞。 2 古字前有亞字。
三前	十二	孔安國傳兩巳		巳作己
三後	六	古畫斧之形蓋當爲𠁁		𠁁作𠀡
四前	五	白淮父敢		白作伯
四前	五	白晨鼎		同上
四前	五	蓋白彝		同上
四後	一	癸亥父巳鼎		巳作己
五前	三	曾白霥簠		白作伯
五前	八	〔墨丁〕	𤔔	𤔔
五後	五	〔墨丁一、二、三〕	1 𤔲 𤰳 𤔲 2 第二字或作 𤰳	1 𤔲 2 𤰳 3 𤔲

〈象形原始弟三〉

頁　數	行　數	孫氏原文	傅圖本	戴　本
五後	十五	又鳥古文於		1 鳥作於 2 於作鳥
六後	十二	師奎父鼎作𤣥		𤣥作𤣥
六後	十三	史頌敢作𤣥		𤣥作𤣥
六後	十四	格白敢作𤣥		1 白作伯 2. 𤣥作𤣥
七前	九	師袁敢作𢆶		𢆶作𢆶
七後	一	下闕闕	第一個闕作文	同左
七後	七	古文作𠀤		𠀤作𠀤

〔註4〕周予同疑爲服字之誤。參見周予同、胡奇光撰：〈孫詒讓與中國近代語文學〉，《孫詒讓研究》（杭州：杭州大學語言文學研究室，1962年），頁1。

八前	三	上作〔字形〕		〔字形〕作万一
八前	十四	或作〔字形〕作〔字形〕		1〔字形〕作〔字形〕 2〔字形〕作〔字形〕
八前	十五	白姜甗		白作伯
八前	十五	白貞甗獻獻偏旁		1 白作伯 2 第二個獻作字
八後	五	隻奮兔		奮作奞
八後	十四	其侈□形		□作口
九前	十二	虍字即作〔字形〕		〔字形〕作〔字形〕
十前	三	夒貪獸也		夒作夒
十前	六	王省〔字形〕		〔字形〕作〔字形〕
十前	六	上从〔字形〕		〔字形〕作〔字形〕
十前	十五	右从〔字形〕當是釀字		1〔字形〕作〔字形〕 2 釀作釀
十前	十五	上從〔字形〕		〔字形〕作〔字形〕
十後	一	瓊爕籀瓊字		瓊作瓊
十後	二	瓊玉也		同上
十後	二	从玉夒聲		夒作夒
十後	三	與夒字		同上
十後	三	但釀字		釀作釀
十後	五	〔墨丁〕	〔字形〕	〔字形〕
十後	六	〔墨丁一、二〕	1.〔字形〕 2〔字形〕	1〔字形〕 2〔字形〕
十後	七	〔墨丁〕	〔字形〕	1〔字形〕 2〔字形〕
十後	七	紅巖古刻	紅巖古刻 非文字也。	
十後	七	〔墨丁〕	〔字形〕	〔字形〕
十後	十四	鳥之足似七从七		七皆作匕
十後	十五	〔字形〕		〔字形〕

十一前	一	雁公觶雁作〔字形〕		〔字形〕作〔字形〕
十一前	十	或作〔字形〕		〔字形〕作〔字形〕
十二前	一	〔墨丁〕	獣鼎作	獣鼎作
十二前	一	遽白還彝		白作伯
十二前	九	冏而兩朋字		1 冏作同 2 兩作貝
十二前	十一	烏盱呼也		盱作亏
十三前		魯白愈鬲		白作伯
十四前	四	白罰卣		1 同上 2 罰作魚
十四前	五	白魚彝		白作伯
十四後	八	甲文禾有作〔字形〕		〔字形〕作禾
十四後	十四	秝父已鼎		已作己
十四後	十四	實非从禾也		禾作木
十五前	十五	白雛父鼎		白作伯
十五後	四	彔白敢		同上
十五後	八	俗作穗从禾		穗俗从禾
十六前	五	陳侯因脊彝		彝作敢
十六後	三	貫从		貫作
十六後	十三	〔空白〕	〔字形〕	〔字形〕
十七前	二	□□其雨庚〔字形〕		高明作〔字形〕
十七前	二	占曰雨隹多〔字形〕		高明作〔字形〕
十七前	三	武庚武字作〔字形〕		高明作〔字形〕
十七前	三	步字作〔字形〕		高明作〔字形〕
十七前	四	陟字作〔字形〕		高明作〔字形〕
十七前	八	祖辛爵	爵作尊	同左
十七前	八	〔墨丁〕	〔字形〕	〔字形〕
十七前	十三	〔墨丁〕	〔字形〕	〔字形〕
十七前	十五	後定爲〔字形〕女		女作又

十七後	二	从口从夂		从口夂
十七後	四	〔墨丁〕	〔字形〕	〔字形〕
十七後	十二	文作〔字形〕		〔字形〕作〔字形〕
十七後	十四	出部	屮部	同左
十七後	十四	象艸過屮		屮作中
十八前	五	夂部		夂作夊
十八前	五	夂行遲		夂作〔字形〕
十八前	五	曳夂夂也		夂夂作夊夊
十八前	五	與夂形義		夂作〔字形〕
十八前	六	从夂之字		夂作夂
十八前	七	从夂		同上
十八前	十三	爲夂爲夊		1〔字形〕 2〔字形〕
十八前	十三	夂直案之爲		夂作〔字形〕
十八前	十三	夂橫		夂作夅
十八後	五	雨作〔字形〕		〔字形〕作〔字形〕
十八後	十五	〔墨丁〕	〔字形〕	〔字形〕
十九前	一	〔墨丁一、二〕	〔字形〕	〔字形〕
十九前	二	〔墨丁〕	〔字形〕	〔字形〕
十九前	三	〔墨丁〕	〔字形〕	〔字形〕
十九前	四	〔墨丁一、二〕	〔字形〕·未補	〔字形〕
十九前	五	古文作	古作籀	同左
十九前	五	〔墨丁一、二〕	〔字形〕	〔字形〕
十九前	七	〔墨丁一、二、三〕	〔字形〕	〔字形〕
十九前	八	〔墨丁〕	〔字形〕	〔字形〕
十九前	十一	侯壺作〔字形〕		〔字形〕作〔字形〕
十九前	十二	〔墨丁〕	〔字形〕	〔字形〕
十九前	十三	〔墨丁〕	〔字形〕	〔字形〕
十九前	十五	象□轉之形	□作回	同左
十九前	十五	〔墨丁〕	〔字形〕	〔字形〕
十九後	一	〔墨丁一、二〕	〔字形〕	〔字形〕

十九後	二	〔墨丁一、二〕	〔字形〕	〔字形〕
十九後	四	〔墨丁一、二、三〕	〔字形〕	〔字形〕
十九後	七	〔墨丁〕	〔字形〕	〔字形〕
十九後	十一	〔墨丁〕	〔未補〕	〔字形〕
二十前	七	嶽說文山部		說文山部嶽
二十後	十五	〔墨丁〕	〔字形〕	〔字形〕
二十一前	二	召白虎		白作伯
二十一前	三	〔墨丁〕	〔字形〕	〔字形〕
二十一前	四	說文口部	口作向	同左
二十一前	四	古文圖字作〔墨丁〕	1 圖作圖 2 〔字形〕	1 同左 2 〔字形〕
二十一前	十五	〔墨丁〕	〔字形〕	〔字形〕
二十一後	三	余弗敢〔字形〕		〔字形〕作〔字形〕
二十一後	三	从二大	大作木	同左
二十一後	五	釐白鐘		白作伯
二十一後	十二	楚公口		口作□
二十一後	十三	說文殳部		殳作舟
二十一後	十三	从支		支作攴
二十一後	十五	召白虎		白作伯
二十二後	五	〔墨丁一、二〕	〔字形〕	〔字形〕
二十二後	七	〔墨丁一、二〕	〔字形〕	〔字形〕
二十二後	十三	〔墨丁〕	〔字形〕	〔字形〕
二十二後	十四	〔空白〕	未補	〔字形〕
二十三前	九	〔墨丁〕	〔字形〕	〔字形〕
二十三前	十一	〔墨丁〕	〔字形〕	〔字形〕
二十三前	十二	〔墨丁〕	〔字形〕	〔字形〕
二十三後	六	〔墨丁一、二、三、四〕	〔字形〕.〔字形〕.未補.〔字形〕	〔字形〕
二十三後	六	王白姜鬲		白作伯
二十三後	七	魯白愈父鬲		同上

二十三後	七	單白鬲		同上
二十三後	七	邾白鬲		同上
二十三後	七	〔墨丁一、二、三、四、五、六、七、八〕	未補・ ・ ・ 未補・ ・未補・未補	
二十三後	八	單白鬲		白作伯
二十三後	八	艾白鬲		同上
二十三後	八	〔墨丁一、二、三、四、五、六、七、八〕	僅補第八個：	
二十三後	九	王白姜鬲		白作伯
二十三後	九	魯白愈父鬲		同上
二十三後	九	〔墨丁一、二、三、四〕	未補	
二十三後	十			
二十三後	十一	邾白鬲作〔墨丁〕		1 白作伯 2
二十四前	六	〔墨丁一、二、三〕		
二十四前	七	〔墨丁一、二、三〕		
二十四前	八	〔墨丁〕		
二十四前	九	〔墨丁一、二、三〕		
二十四前	十	〔墨丁一、二、三〕	・未補・	
二十四前	十	魯白俞父簠		白作伯
二十四前	十一	大保敢		敢作鼎
二十四前	十一	〔墨丁〕	〔未補〕	
二十四前	十二	〔墨丁一、二〕	1 2〔未補〕	
二十四前	十四	其用形當		用作
二十四前	十五	〔墨丁〕		
二十四後	二	〔墨丁〕		
二十四後	七	〔墨丁〕		

二十四後	七	即◻之		◻作◻
二十四後	八	〔墨丁〕	（字）	（字）
二十四後	九	〔墨丁一、二〕	（字）．（字）	（字）．（字）
二十四後	十	〔墨丁〕	（字）	（字）
二十五前	一	白躳父鼎		白作伯
二十五前	三	〔墨丁〕	（字）	（字）
二十五前	十四	〔墨丁一、二〕	1（字） 2〔未補〕	1（字） 2×
二十五前	十五	〔墨丁一、二〕	1（字）．（字） 2（字）	1（字）（字） 2（字）
二十五後	八	〔墨丁一、二〕	（字）．（字）	（字）．（字）
二十五後	九	〔墨丁〕	（字）	（字）
二十五後	九	㒳文		㒳作兩
二十五後	十一	〔墨丁〕	（字）	（字）
二十五後	十一	（字）		（字）作（字）
二十五後	十三	〔墨丁〕	（字）	（字）
二十六前	一	〔墨丁〕	（字）	（字）
二十六前	二	說文㺿部（字）		（字）作（字）
二十六前	二	洞越練		練作練
二十六後	十四	偏旁从（字）		（字）作（字）
二十七前	四	〔墨丁〕	（字）	（字）
二十七前	七	敊作（字）		（字）作（字）
二十七前	八	玉肇		玉作王
二十七前	十	楙作〔空白〕〔墨丁〕	1〔未補〕 2（字）	1（字） 2（字）
二十七後	三	矢古文作（字）		（字）作（字）
二十七後	四	〔墨丁一、二、三〕	（字）．（字）．（字）	（字）．（字）．（字）
二十七後	五	古文〔空白〕	未補	（字）

二十七後	六	如名白虎敞		1 名作召 2 白作伯
二十八前	一	〔墨丁〕	甲	甲
二十八前	十三	象三王之連		王作玉
二十八後	四	患之从忠聲	忠作串〔註5〕	
二十八後	九	說文攴部		攴作攵
二十八後	十三	作𣪘		𣪘作𣪕
二十九前	三	〔墨丁〕	慶	慶
二十九後	一	〔墨丁〕	㞢	㞢
二十九後	三	〔墨丁一、二〕	𣏐．㞢	𣏐．㞢
二十九後	四	〔墨丁一、二〕	𠳳．精	𠳳．精
二十九後	九	作𦞅形並相邇下作〔墨丁〕亦即四足形	𦞅下从文非四足形也。	茻
二十九後	十	〔墨丁一、二〕	㞢．竹	㞢．竹
二十九後	十五	〔墨丁〕	麤	麤
三十前	二	〔墨丁〕	麃	麃
三十前	三	〔墨丁〕	林	林

〔卷下〕

〈古籀撰異弟四〉

頁　數	行　數	孫氏原文	傳圖本	戴　本
一後	六	〔墨丁〕	袁．逌	朝．壽
一後	八	〔墨丁一、二〕	憂．輾	憂．輾
一後	九	金文婚字		婚作婚
一後	十	季良父壺		壺作壺
一後	十	作𩋲		𩋲作𩋲

〔註5〕原文爲：「……則董子亦不知患之从忠聲誤已在許君前矣。」容氏將「忠聲」改爲「串聲」，乃大意所致，當作忠。

一後	十一	又有❖		❖作❖
一後	十三	〔墨丁〕	❖	❖
一後	十五	〔墨丁〕	❖	❖
二前	四	殳壺		壺作壺
二前	十	與❖		❖作❖
二前	十一	但字字		第一個字作其
二前	十三	彔白敢		白作伯
二前	十五	命單白		同上
二後	四	〔墨丁〕	❖ ❖	❖ ❖
二後	八	〔墨丁一、二、三、四〕	❖ ❖ ❖ ❖	❖ ❖ ❖ ❖
二後	九	〔墨丁一、二〕	❖ ❖	❖ ❖
二後	十一	〔墨丁一、二〕	❖ ❖	❖ ❖
二後	十二	〔墨丁一、二〕	❖ ❖	❖ ❖
二後	十三	〔墨丁一、二〕	❖ ❖	❖ ❖
二後	十四	〔墨丁一、二〕	❖ ❖	❖ ❖
三前	六	〔墨丁一、二、三〕	❖ ❖ ❖	❖ ❖ ❖
三前	十	〔墨丁〕	❖	❖
三前	十	唐易古音近		易作易
三前	十五	唐中多壺、多作醴壺		壺作壺
三後	六	白□彝		白作伯
三後	七	白□尊		同上
四前	十二	拍尊		尊作舟
四前	十四	說文夊部、从夊		夊作夂
四後	一	復字作❖		❖作❖
四後	二	形並作❖.❖.❖	❖	❖.❖.❖
四後	三	〔墨丁〕	❖	❖形
四後	四	字若然		若前有同字
四後	七	〔墨丁〕	❖.❖.❖	❖.❖.❖

四後	八	〔墨丁〕	𡆥	𡆥
五前	一	〔墨丁〕	㐱㐱.芅芅	㐱㐱.芀芀.㐱㐱
五前	六	⌒⌒		⌒⌒作从
五前	九	从二⌒		⌒作人
五前	九	比从義		从作从
五前	十三	〔墨丁〕	关.禾	关.禾
五前	十四	从七		七作匕
五後	一、十二	白疑父敲		白作伯
六前	二	〔墨丁〕	𤕐	𤕐
六前	五	〔墨丁〕	㚄	㚄
六前	六	〔墨丁一、二〕	平.夕	夕.平
六前	六	金文矢作𡰪		夨作𡰪
六前	七	〔墨丁〕	夨	夨
六後	三	〔墨丁〕	羻	羻
六後	五	羻字當即爇之變體		羻作爇
七前	一	亦非从二七		七作匕
七前	二	〔墨丁〕	夨.夋	夋
七前	三	〔墨丁一、二〕	夨.⌒	夋.⌒
七前	七	〔墨丁〕	㲾	㲾
七前	九	〔墨丁〕	⊃	⊃
七前	十	〔墨丁〕	𥄬	𥄬
七前	十一	〔墨丁〕	𥄬	𥄬
七前	十三	〔墨丁〕	㚆	㚆
七前	十五	〔墨丁〕	屌	屌
七後	一	〔墨丁〕	希	希
七後	五	〔墨丁〕	㑒	㑒
七後	五	㑒朱向父敲、龠頌鼎		1. 㑒作龠 2. 龠作龠
七後	十二	〔墨丁〕	屌	屌
八前	二	虞司寇壺		壺作壺

八前	七	〔墨丁一、二〕	森.士	霖.寀
八前	八	〔墨丁一、二〕	乐.嵊	乐.乐
八前	九	〔墨丁〕	生	全
八前	十三	〔空白〕	嶸	嶸.龠
八前	十四	持米器中		米前有之字
八前	十五	〔墨丁〕	舞.鱳	霖.鱳
八後	二	〔墨丁一、二〕	鄘.鄘	鄘.鄘
八後	三	〔墨丁一、二、三〕	鉾.鱳.鲜	鉾.鱳.鲜
八後	四	〔墨丁一、二〕	察.⊂	烁.8
八後	六	〔墨丁一、二〕	昰.東.東.東	昰.昰.東.昰
八後	六	彔白散		白作伯
八後	八	〔墨丁〕	彡	彡
九前	一	〔墨丁〕	曻.影	曻.影
九前	三	許說則鼎下		鼎作鼎
九前	六	〔墨丁〕	畏	墨
九前	七	〔墨丁一、二、三〕	印.爪.毛	印.爪.毛
九前	八	〔墨丁〕	丌	丌.○
九前	九	〔墨丁一、二、三〕	个.力.毛	个.力.丫
九前	十一	〔墨丁〕	卜	卜
九前	十一	又口司土		口作□
九前	十二	散云口司		同上
九前	十二	〔墨丁一、二〕	彤.昩	卜.燒
九前	十四	〔墨丁一、二〕	畏.影	畏.影
九後	二	〔墨丁一、二〕	褐.畏	褐.畏
九後	五	〔墨丁一、二、三〕	屶.毛.曰	屶.屶.曰
九後	六	〔墨丁一、二〕	畏.夊	畏.畏
九後	七	〔墨丁〕	瞥.瞥	瞥.皂.搐
九後	八	〔墨丁〕	瞥	瞥
九後	九	瞥此即貴字		瞥作瞥

九後	十一	〔墨丁一、二〕	𤔔.𤔔	𤔔.𤔔
九後	十二	城虢敢作𤈷		𤈷作𤈷
十前	二	〔墨丁〕	妝.妝	妝.妝
十前	六	或从支		支作支
十前	七	支專		同上
十前	八	則肢		肢作肢
十前	九	其子土字作𣐽		1 土作上 2 𣐽作𣐽
十後	一	〔墨丁〕	𠄎	𠄎
十後	二	从肉酉		肉作肉
十後	三	〔墨丁〕	𦥑	𦥑
十後	四	〔墨丁〕	𦥑	𦥑
十後	五	〔墨丁〕	𦙾	𦙾
十後	六	〔墨丁一、二〕	𦥑.𦙾	𦥑.𦙾
十後	十	〔墨丁一、二〕	𦥑.月	𦥑.月
十後	十一	〔墨丁一、二、三〕	𦙾.𠂤.史	𦙾.𠂤.史
十後	十一	从肉而變		肉作肉
十後	十二	〔墨丁一、二、三〕	史.史.〇	史.史.〇
十一前	二	〔墨丁〕	妻.德	妻.德
十一前	三	〔墨丁一、二、三〕	惠.惠.德	惠.惠.德
十一前	四	盂鼎德作𢛳		𢛳作𢛳
十一前	五	虢朱鐘作𢛳		𢛳作𢛳
十一前	六	與壺文同		壺作壺
十一前	九	即省字之省		字作視
十一前	十二	德字作𢛳		𢛳作𢛳
十一前	十五	二字从屰		屰作屰
十一後	五	〔墨丁〕	吳.吳.吳	吳.吳.吳
十一後	七	〔墨丁〕	吳	吳
十一後	九	毛鼎		鼎前有公字
十一後	十	單白鐘		白作伯

頁　數	行　數	孫氏原文	傅圖本	戴　本
十二前	二	〔空白〕	牛	吳吳
十二前	三	〔墨丁〕	馬	吳
十二前	四	〔空白〕	〔未補〕	吳
十二前	八	艾白鬲		白作伯
十二前	十三	召白虎		同上
十二後	一	有厵字		厤作厵
十二後	二	即厂之省		厂作厵
十二後	四	召白散		白作伯
十二後	九	書無逸云		逸作逸
十三前	一	哭之必爲一		哭作哭
十三前	四	單白鐘		白作伯
十三前	四	無臭鼎		臭作臭
十三前	五	召白散		白作伯
十三前	八	眾作𪞶		𪞶作𪞶
十三前	八	金文馬字作𢒃		𢒃作𢒃

〈轉注楬櫫弟五〉

頁　數	行　數	孫氏原文	傅　圖　本	戴　本
十三後	一	其文旁沽		沽做詁
十四前	五	〔墨丁〕	𧰼 𦈎	𧰼 𦈎
十四前	六	余逑斯于之孫		逑作逑
十四前	七	而逑之字		同上
十四前	八	杞白壷		1 白作伯 2 壷作壺
十四前	十	生逑斯于、斯于逑字、逑生、僕兒之曾祖逑		逑俱作逑
十四前	十一	故逑字		逑作逑
十四前	十三	非古文逑字		逑作逑
十四前	十五	〔墨丁〕	𦈎𪩲	𦈎𪩲
十四後	二	當爲鐻之借字		鐻作鐻
十四後	三	从牟聲		牟作牟
十四後	四	田作鐻		鐻作鐻
十四後	四	亦無鐻字		鐻作鐻

十四後	七	〔墨丁〕	〔圖〕	〔圖〕
十四後	九	〔墨丁〕	〔圖〕	〔圖〕
十四後	十	作□〔圖〕		〔圖〕作〔圖〕
十四後	十五	金文白疑父敦		白作伯
十五前	三	〔墨丁〕	〔圖〕	〔圖〕
十五前	四	〔空白〕	〔未補〕	〔圖〕
十五前	五	又云舍〔圖〕		〔圖〕作〔圖〕
十五前	六	〔墨丁〕	〔圖〕	〔圖〕
十五前	十	从隹椞		椞作椞
十五前	十四	父字沽注		沽作詁
十五後	四	〔墨丁〕	〔圖〕	〔圖〕
十五後	六	〔墨丁〕	〔圖〕	〔圖〕
十五後	七	〔空白〕	〔圖〕	〔圖〕
十五後	十四	占與縣通	占作古	同左
十六前	三	〔墨丁〕	〔圖〕	〔圖〕
十六前	六	說文肉部		肉作肉
十六前	十一	字作〔圖〕		〔圖〕作〔圖〕
十六前	十一	邵鐘邵字作		邵作部

〈奇字發敛弟六〉

頁　數	行　數	孫氏原文	傳圖本	戴　本
十六後	三	說文所錄唯……㐁		㐁作㐁
十六後	十	〔墨丁〕	〔圖〕	〔圖〕
十六後	十一	〔墨丁〕	未補	〔圖〕
十六後	十二	从乙象相及也		1 乙作乁 2 相作物
十六後	十二	乙古文及字		乙作乁
十六後	十四	二尸二		二皆作＝〔註6〕
十七前	七	金文从〔圖〕		〔圖〕作〔圖〕

〔註 6〕＝，重文符號

十七前	八	亦復無菲字		菲作舛
十七後	二	又云裦		裦作表
十七後	八	〔墨丁〕	〔字形〕	〔字形〕
十七後	九	〔墨丁〕	〔字形〕	〔字形〕
十八前	四	〔墨丁〕	〔字形〕	〔字形〕
十八前	七	至於廟		廟做朝
十八前	九	〔墨丁〕	〔字形〕	〔字形〕
十八前	十	〔墨丁一、二、三〕	1〔未補〕 2〔未補〕 3〔字形〕	〔字形〕
十八前	十二	〔墨丁〕	〔字形〕	〔字形〕
十八前	十五	召白虎		白作伯
十八後	一	〔墨丁〕	〔字形〕	〔字形〕
十八後	三	召白彞作〔字形〕		1 白作伯 2〔字形〕作〔字形〕
十八後	四	不从臼召		臼作臼
十八後	八	白彞		白作伯
十八後	八	〔墨丁〕	〔字形〕	〔字形〕
十八後	十三	〔墨丁〕	〔字形〕	〔字形〕
十八後	十五	〔墨丁〕	〔字形〕	〔字形〕
十九前	十三	〔墨丁〕	〔字形〕	〔字形〕
十九後	一	〔墨丁〕	〔字形〕	〔字形〕
十九後	二	也从木		从前無也字
十九後	五	有梟義		梟作梟
十九後	八	〔墨丁〕	〔字形〕	〔字形〕
十九後	九	〔墨丁〕	〔字形〕	〔字形〕
十九後	十	〔墨丁一、二、三、四〕	〔字形〕	〔字形〕

十九後	十一	〔墨丁〕	（篆形）	（篆形）
十九後	十四	〔墨丁〕	（篆形）	（篆形）
二十前	二	數之積也		數前有卌字
二十前	四	大夫禮庶		庶前有士羞二字
二十前	五	皆有大		大後有蓋字
二十前	十	〔墨丁〕	（篆形）	（篆形）
二十前	十一	〔墨丁〕	（篆形）	（篆形）
二十後	一	毛鼎		鼎前有公字
二十後	一	〔墨丁〕	（篆形）	（篆形）
二十後	四	囟頭會堖蓋也		堖作𡦝
二十後	四	〔墨丁〕	（篆形）	（篆形）
二十後	七	〔墨丁〕	（篆形）	（篆形）
二十後	七	召白虎敢		白作伯
二十後	八	〔墨丁〕	（篆形）	（篆形）
二十後	十	〔墨丁〕	（篆形）	（篆形）
二十後	十五	〔墨丁〕	（篆形）	（篆形）
二十一前	九	又有兒字、說文兒部、兒頌儀也		兒皆作兒
二十一前	十	籀文作貌是兒上		1 貌作貌 2 兒作兒
二十一前	十一	〔墨丁一、二〕	（篆形）	（篆形）
二十一前	十二	几與兒同		1 几作儿 2 兒作兒
二十一前	十四	〔墨丁〕	（篆形）	（篆形）
二十一前	十四	下則从几		几作儿
二十一前	十五	〔墨丁一、二〕	（篆形）	（篆形）
二十一後	一	从几		几作儿
二十一後	五	黍良來麥		梁作粱
二十一後	七	〔空白〕	〔未補〕	麳

二十一後	十二	〔空白〕		保
二十二前	一	龜甲文厶		厶作云
二十二前	五	又壷作		壷作壺
二十二前	七	〔墨丁〕	〔字〕	〔字〕
二十二前	八	〔墨丁一、二〕	〔字〕	〔字〕
二十二前	九	〔墨丁一、二、三〕	〔字〕	〔字〕
二十二前	十二	〔墨丁〕	〔字〕	〔字〕
二十二後	二	〔墨丁〕	〔字〕	〔字〕
二十二後	十二	舊釋多門誤		門作闗
二十三前	一	〔空白〕	〔未補〕	〔字〕
二十三前	四	又以爲儿字		儿作几
二十三前	四	小篆省爲〔字〕		〔字〕作〔字〕
二十三前	八	如云口寅、上口日		口皆作□
二十三前	九	又云口、口鼀		同上
二十三前	十	且易口		同上
二十三前	十四	壷作		壷作壺
二十三後	四	子雲似巳〔註7〕		
二十三後	八	〔墨丁〕	〔字〕	〔字〕
二十三後	九	張字節史記正義	字作守	同左
二十四前	七	口鼎		口作□
二十四前	十	赤苗芑、維芑		芑皆作芑
二十四前	十三	〔墨丁〕	〔字〕	〔字〕
二十四後	二	〔墨丁〕	〔字〕	〔字〕
二十四後	三	〔墨丁〕	〔字〕	〔字〕
二十四後	三	〔空白〕	〔未補〕	〔字〕
二十四後	七	〔墨丁〕之爲嬌		嬌作嬌
二十四後	八	〔墨丁〕	〔字〕	〔字〕

〔註 7〕戴本亦作巳，當作巳。

二十四後	十五	如白矩鼎		白作伯
二十五前	一	亦大之省		大作夫
二十五前	十一	〔墨丁〕		
二十五前	十三	上从入	入作人	
二十五前	十五	从臼		臼作臼
二十五前	十五	辰爲晨皆同		晨作晨

〈說文補闕第七〉

頁　數	行　數	孫氏原文	傳 圖 本	戴　本
二十五後	七	魯白愈父鬲		白作伯
二十五後	十	或不可馮		馮作馮
二十六前	一	〔墨丁〕	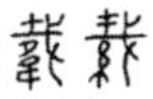	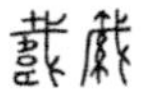
二十六前	三	又趩尊師		趩作趩
二十六前	四	趩尊皆从		同上
二十六前	十三	〔墨丁〕		
二十七前	五	爲足馮也		馮作馮
二十七前	九	二物相將		將作埒
二十七前	九	白晨鼎		白作伯
二十七後	五	白晨鼎		同上
二十七後	五	甲云甲		第二個甲加括弧
二十七後	十三	許君元文不足據		元作原
二十七後	十四	〔墨丁〕		
二十八前	五	龜甲文有		作
二十八前	六	說文心部		心作喜
二十八前	七	作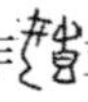並省		作
二十八前	九	〔墨丁〕	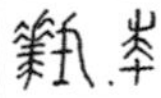	
二十八前	十	金文杞白鼎云杞		1 杞皆作杞 2 白作伯

二十八前	十	〔墨丁一、二〕	𣍐.𣍐	1 𣍐 2 伯
二十八前	十一	又有敔三壺		壺作壺
二十八前	十一	〔墨丁一、二〕	未補 𣬉.𣍐.𣬉	𣍐 𣬉.𣍐.𣬉
二十八前	十二	〔墨丁〕	𣬉	𣬉.𣬉
二十八前	十五	〔墨丁一、二〕	手.朵	屮.朵
二十八後	一	一曼簠		一作陳
二十八後	一	〔墨丁〕	餗	餗
二十八後	一、二	說文食部饋古文从𧥫 作一		1 饋作餗 2 𧥫作賣
二十八後	二	〔墨丁〕	柬	柬
二十八後	三	〔墨丁〕	柬.朵	柬.朵
二十九前	十二	書其形殺之成		形做刑
二十九前	十三	以日要攷日		日要作參互
二十九前	十四	格白敔		白作伯
二十九後	六	〔墨丁〕	𣂺	𣂺
二十九後	十	〔墨丁〕	豊	豊
二十九後	十三	故足馮也		馮作馮
二十九後	十四	〔墨丁〕	𠦵	𠦵
三十前	四	〔墨丁〕	十	𠦵
三十前	五	中白壺		壺作壺
三十前	五	〔墨丁一、二、三〕	个.十.坴	个.𠃌.坴
三十前	五	叔白父敔		白作伯
三十前	六	〔墨丁一、二〕	夫.敊	失.敊
三十前	七	魯白愈父敔		白作伯
三十前	七	〔墨丁〕	𠦵	𠦵
三十前	九	〔墨丁一、二〕	踂.敊	踂.敊
三十前	十四	〔墨丁〕	遽.匡	遽.匡

三十前	十五	匚聲		匚作匸
三十後	一	然匚逗兩字		匚作匸 逗作逗
三十後	一	〔墨丁〕		
三十後	三	可以互證匚		匚作匸
三十後	五	从匚芊聲		芊作羊
三十後	六	與匚字異		匚作匸
三十後	七	〔墨丁〕		
三十後	十五	〔墨丁〕		
三十一前	一	在之哈部		哈作咍
三十一前	三	〔墨丁〕		
三十一前	十三	〔墨丁〕		
三十一前	十四	〔墨丁一、二〕		
三十一前	十五	齊侯壷		壷作壺
三十一後	一	〔墨丁〕		
三十一後	四	環玉鈺.鈺		鈺鈺作 鈺.鈺
三十二前	三	養奴二入		奴後有誤字,入前無二字
三十二前	四	白吉父盤		白作伯
三十二前	五	說文門部十之省		十作鬥
三十二後	四	杞白		白作伯
三十二後	五	〔墨丁一、二〕		

　　由以上的比較,可以發現傅圖本最主要的工作是在補《名原》一書中的墨丁部分,對於錯字、別字、漏字、空白、體例不符、引用錯誤等方面並不是那麼的在意,即使在補墨丁的部分,也有漏補的情況發生:如卷上,頁十九前,行五的墨丁、頁二十三後,行七、八、九的墨丁等等。相對地,戴氏校本在這方面就非常的細心。在補墨丁的部分,二校本時有點畫形體的差距,如:卷下,頁二十四後,行二的墨丁,傅圖本作「牟」,戴本作「牟」;頁二十九後,行十四的墨丁,傅圖本作「竹」,戴本作「竹」等等。由於傅圖本是由程氏所迻錄給傅氏,程氏對於古文字並無研究,是不是因此而有影響,也需進一步的探討。

　　從上表中可以將《名原》一書所發生的錯誤歸結如下：

（一）墨丁待補。如：表中凡註明〔墨丁〕者皆是。

（二）空白待補。如：表中凡註明〔空白〕者皆是。

（三）形近而誤。如：卷上，二後，行十二，淮南子「氾論」訓誤作「汜論」訓。

（四）奪字。如：卷下，四後，行四，「字同若然」，奪「同」字。

（五）衍字。如：卷上，八前，行十五，「白貞甗獻獻偏旁」，衍「獻」字。

（六）俗字。如：卷下，三前，行十五，「唐中多壺」，作「壷」。

（七）錯字。如：卷上，十二前，行十一，「烏亐呼也」，「亐」作「肟」。

（八）引用《說文》顛倒。如：卷上，十五後，行八，「穗俗从禾」作「俗作穗从禾」。

（九）引用《說文》誤部。如：卷下，二十八前，行六，「說文喜部」作「說文心部」。

（十）引用器名錯誤。如：卷上，十七前，行八，「祖辛尊」作「祖辛爵」。

（十一）引用古書錯誤。如：卷下，二十九前，行十三，「以參互攷日成」作「以日要攷日成」。

（十二）不合體例。如：卷上，二十前，行七，「說文山部嶽」作「嶽說文山部」。

（十三）詞語之誤。如：卷下，十一前，行九，「省視」誤作「省字」。

（十四）不明致誤之由。如：卷下，三十二前，行五，「說文門部鬮之省」，「鬮」作「十」。

　　據戴家祥〈斠點《名原》書後〉記載：

> 《名原》一書約計四萬五千七百餘字，初斠曾爲補苴墨丁四百零七。
> 顧書中有稱引鐘鼎彝器器名之譌者、引用說文失檢者、空白待補者、空白
> 譌謄者、文字儌倒者、譌衍者、譌奪者、聲近而譌者、形體譌別者，多至
> 二百多處，亦有不明致譌之由者若干處，爲數亦二百五十九。連同墨丁，
> 總共六百六十又六，佔全書百分之一點三三，而相沿承用之通用字、別體
> 字爲學者所習見者，則固無須捃摭矣。

由戴家祥的敘述可知，在不包括通用字、別體字的情況下，《名原》需要校補的地方就有六百六十六處之多，再加上容氏校補而戴氏未校補、及容、戴二氏皆未校補的部分，《名原》一書可謂是滿目瘡痍。也就不難發現，民國以來的古文字學家雖然都推舉《名原》的古文字成就，但徵引《名原》或是研究《名原》的學者卻很少的原因。

第二節　《名原》使用的參考資料

《名原》一書所使用的資料，據詒讓在〈敘錄〉中說：

> 今略摭金文、龜甲文、石鼓文、貴州紅巖古刻，與《說文》古、籀互
> 相勘校，其岐（應爲歧）異以著渻變之原。

對於金文資料的取決，他說：

> 多據原器拓本，未見拓本，則以阮元、吳榮光、吳式芬三家橅本左之，
> 宋薛尚功、王俅諸家所橅多誤，不足依據，唯今拓本所無之字，略有援證，
> 餘悉不馮也。

對於龜甲文資料的取決則說：

> 據丹徒劉氏橅本。

對於石鼓文資料的取決則說：

> 據拓本及重橅天乙閣北宋拓本。

對於貴州紅巖古刻資料的取決則說：

> 據橅本。此蓋古苗民遺跡，篆形奇譎難識，與古文字例不甚符合。鄒
> 叔勣以爲殷高宗伐鬼方紀功石刻，肊說不足據也。

以下，對《名原》所使用的參考資料作一說明。

一、金　文

《名原》書中所使用的金文資料，詒讓說「多據原器拓本」。這些「拓本」的來源，應該就是詒讓二十九歲購得的「葉志詵金文拓本二百種」﹝註8﹞，以及五十歲時，友人費屺懷寄贈的金文拓本五十種，和詒讓數十年間陸續蒐集的拓本集合而成。﹝註9﹞但是詒讓手中的拓本並非完全，他便以阮元、吳榮光、吳式芬三家的橅本爲輔佐，這些也是他在寫《古籀拾遺》與《古籀餘論》這兩部書時所使用的資料。至於薛尚功及王俅等人的橅本錯誤較多，除非沒有拓本，否則詒讓不予採用。根據筆者所統計，《名原》一書所使用的青銅器表列如下：

【鼎】共八十三器

盂（盉）鼎	梁司寇鼎	師奎父鼎	大　　鼎	曶　　鼎
陳　侯　鼎	梁上官鼎	麥　　鼎	白　晨　鼎	㲃　㝮　鼎
木　　鼎	癸亥父巳鼎	毛（公）鼎	豙　　鼎	鬳　　鼎

﹝註 8﹞參看本論文第二章第二節〈孫詒讓的生平與著述〉「著作簡譜」部分。
﹝註 9﹞同上注。

頌　　鼎	師湯父鼎	乙亥方鼎	先獸鼎	且子鼎
戊午鼎	子女鼎	龜父丙鼎	魚父癸鼎	犀白魚鼎
秌父己鼎	白雝父鼎	無惠鼎	乙亥鼎	大君鼎
𥦬夫鼎	父丁鼎	父丙鼎	善　鼎	父己鼎
唯　鼎	鬲攸从鼎	召中鼎	鼄　鼎	周憲鼎
白貉父鼎	晉姜鼎	晉　鼎	南宮中鼎	臺　鼎
史頌鼎	子荷貝父丁鼎	宀　鼎	季娟鼎
戕子鼎	立旐鼎	王作鼎	婦姑鼎	南宮鼎
小臣夌鼎	無臭鼎	薑　鼎	戊寅父丁鼎	方　鼎
大梁鼎	戎都鼎	召白父辛鼎	匽侯鼎	番君鼎
簫　鼎	亞　鼎	明我鼎	且辛庚父鼎	且子鼎
曾諸子鼎	伯𥦬鼎	足跡鼎	冊命父癸鼎	白矩鼎
大𩜘鼎	趙鼙鼎	趙曹鼎	杞白鼎	叔夜鼎
先獮鼎	戈末朕鼎	竈白御戎鼎	鄭同媿鼎	

【敵】共七十一器

師虎敵	召白虎敵	淮父敵	焚虎敵	陳侯敵
大　敵	彔白敵	史頌敵	格白敵	師寰敵
卯　敵	函皇父敵	師酉敵	彔　敵	陳侯因𦞚敵
豐姞敵	叔龜敵	末向敵	白魚敵	大保敵
聑　敵	頌　敵	卓林父敵	魯士商𧧄敵	末皮父敵
畢鮮敵	望　敵	畢中孫子敵	陳肪敵	召白敵
都公秩人敵	都　敵	伯梂敵	司土敵	尊　敵
臺白敵	倍　敵	復公子敵	畢薰敵	白疑父敵
大豐敵	旬　敵	封　敵	靜　敵	艾　敵
末（叔）向父敵	虎　敵	吳象父敵	遣小子敵
城虢敵	寺季敵	遲　敵	揚　敵	追　敵
宂　敵	載侯敵	都公敵	陳逆敵	師害敵
師遽敵	師田父敵	伯淮父敵	尨姞敵	豐嫨敵
師友敵	末白父敵	豐兮敵	魯白愈父敵	陝　敵

【鐘】共三十一器：

邵　　鐘	龕公𦥑鐘	僕　兒　鐘	編　　鐘	宗　周　鐘
楚　公　鐘	虢叔旅鐘	釐　白　鐘	耒　氏　鐘	兮　中　鐘
虢　耒（叔）鐘	井　人　鐘	龕公望鐘	龕公乎鐘	
周　　鐘	齊侯鎛鐘	楚良臣余義鐘	楚良臣鐘	
益　公　鐘	曾　侯　鐘	紀　侯　鐘	單　白　鐘	大命單白鐘
師　戲　鐘	龕　　鐘	楚曾侯鐘	沈　兒　鐘	井　　鐘
吳　生　鐘	楚　　鐘	狄　　鐘		

【鬲】共十九器

母　辛　鬲	番　改　鬲	叔　帶　鬲	魯白愈鬲	虢　中　鬲
召　中　鬲	中　姬　鬲	魯白愈父鬲	單　白　鬲	耒　雙　父　鬲
邾　白　鬲	郊　姶　鬲	龕友父鬲	父　辛　鬲	白躬父鬲
虢　耒　鬲	王白姜鬲	艾　白　鬲	友　父　鬲	

【盤】共十五器

散　氏　盤	藻　　盤	虢季子白盤	多　父　盤	叔　父　盤
取　膚　盤	胖　侯　盤	兮　田　盤	歸　父　盤	宗　婦　盤
酥冶妊盤	干叔子盤	白吉父盤	茲　女　盤	袞　　盤

【壺】共十四器

齊　侯　壺	頌　　壺	父　辛　壺	鄭楙耒賓父壺
唐中多壺	虞司寇壺	宰德氏壺	杞　白　壺	明　我　壺
矩　耒　壺	中　白　壺	魚父癸壺	殳季良父壺	嬗　妊　壺

【彝】共二十八器

宗　周　彝	癸　山　彝	山　丁　彝	墓　白　彝	虎　　彝
母　戊　彝	遽白還彝	白　魚　彝	陳侯因育彝	父　丁　彝
旂　　彝	田　　彝	鬲　　彝	樆　改　彝	子荷貝父乙彝
女　夒　彝	郾　侯　彝	史　𢽾　彝		召　白　彝
且　女　彝	甲胄虡彝	禽　　彝	吳　　彝	曾侯乙宗彝
集　咎　彝	糾　　彝	戊　辰　彝	叡　　彝	

【簠】共十三器

曾白霖簠	史 宄 簠	疋 中 簠	黽大宰簠	宄 簠
魯白愈父簠	留 君 簠	朱家父簠	陳 曼 簠	衛 子 簠
尹 氏 簠	鄅子妝簠	朱 朕 簠		

【簋】共七器

夔龏簋	改 簋	瓔 龏	遣 朱 簋	朱 妊 簋
史 嚳 簋	滕 侯 簋	鄭井朱簋		

【甗】共九器

陳公子甗	白 姜 甗	白 貞 甗	畾 甗	鬲 甗
大史友甗	無 敄 甗	龏 妊 甗	突 甗	

【匜】共七器

取 膚 匜	酥甫人匜	周 窀 匜	魯大司徒匜	王 婦 匜
姬 單 匜	匽 公 匜			

【釜】共一器

子禾子釜				

【瓶】共一器

緐安君瓶（緻窓君瓶）				

【觥】共一器

兒 觥				

【爵】共十一器

立 戈 爵	貝鳥易爵	魚父癸爵	魚 爵	魚父丙爵
足跡父癸爵	山且丁爵	鬲 爵	戊 午 爵	受 爵
祖 辛 爵				

【觶】共十器

父 辛 觶	子作父戊觶	祖 辛 觶	應 公 觶	子 荷 貝 觶
足 跡 觶	父 戊 觶	子 父 乙 觶	為 觶	魚 父 丁 觶

【角】共四器

魯 侯 角	庚 申 父 丁 角	亞 形 父 丁 角	丙 申 父 癸 角

【觚】共四器

子 孫 祖 丁 觚	父 戊 觚	父 丁 觚	父 乙 觚

【戈】共四器

師 克 戈	陳 ⼌ 戈	羃 戈	秦 子 戈

【尊】共十二器

格 中 尊	拍 尊	父 丁 尊	封 尊	弘 尊
趩 尊	丁 子 尊	吳 尊	觮 尊	魚 尊
盉 口 尊	魚 父 己 尊			

【卣】共二十五器

⼁ 戊 卣	羊 卣	父 庚 卣	睘 卣	貉 子 卣
且 癸 卣	效 卣	寡 子 卣	白 罰 卣	父 癸 魚 卣
咎作父癸卣	圖 卣	子 廟 卣	瑟 中 狂 卣	宂 卣
仲 斁 卣	周 窀 卣	豚 卣	婦 女 卣	兄 孳 卣
丁 珇 卣	矢 伯 隻 卣	母 卣	矢 白 卣	且 乙 卣

【盒】〔註10〕共一器

杞 白 盒			

【盂】共一器

王子申盞盂			

〔註10〕孫稚雛將此字隸定為「盒」。

【盉】共四器

兹 女 盉	匽 侯 盉	白 憲 盉	父 辛 盉	

【盦】共一器

晉 公 盦 （ 晉 盦 ）			

【鉼】共一器

棗 史 鉼			

【鎛】共一器

齊 侯 鎛			

【矛】共一器

司 寇 矛			

【勾鑃】共一器

句 鑃			

【甀】共一器

齊 侯 甀			

【鋗】共一器

龍 鋗			

【豐】共一器

子 孫 豐			

　　按：詒讓在引用這些青銅器時，有簡稱的現象，如：〈毛公鼎〉簡稱毛鼎；〈散氏盤〉簡稱散盤；〈齊侯鎛〉簡稱齊鎛等。

二、龜甲文

　　在劉鶚出版《鐵雲藏龜》後的第二年，詒讓就根據《鐵雲藏龜》寫了《契文舉例》這部書。由於當時對於甲骨文的研究不是那麼普遍，研究環境不良，詒讓僅能根據唯一一部模糊不清的甲骨拓本與金文、《說文》作比對，做出有限的成果，即使

是如此,在一些學者還不承認甲骨文價值的當時,第一部研究甲骨文的書——契文舉例》就已完成。而《名原》所參考的甲骨文資料,與其說是《鐵雲藏龜》,還不如說是《契文舉例》來得妥當。《名原》這部書的形成,其實不是詒讓重新蒐集資料完成的,而是建立在《古籀拾遺》、《古籀餘論》、《契文舉例》三部書的基礎上完成的一部新的著作。

關於《鐵雲藏龜》及《契文舉例》已在第二章第三節〈與《名原》關係密切的三部古文字專著〉中說明,在此便不多作陳述。

三、石鼓文

石鼓文是春秋時期秦國的刻石文字,因刻於頂圓底平、形狀似鼓的石頭而得名。「石鼓」是唐太宗貞觀年間,在陝西舊鳳翔府天興縣(今鳳翔縣)南二十里的田地裡發現的,當時稱為「獵碣」(古代天子打獵時紀事的碣石)。這些石鼓直到唐憲宗元和六年,才由鄭餘慶移到鳳翔孔廟裡。因石形似鼓,韋應物、韓愈曾作〈石鼓歌〉來讚頌這些刻辭,於是又以「石鼓文」見稱。

石鼓共有十個,每一石上以篆文雜籀文刻成一首詩,內容或是頌揚天子、或是紀田漁之事、車馬之盛。這批石鼓,在五代之亂時散失,到北宋司馬池任鳳翔知府才又找回來,但是其中《作原》石已亡佚;仁宗皇祐四年,向傳師任鳳翔知府,從民間搜得時,已被人鑿成石臼的形狀,字多磨損,每行僅存四字,四字以上皆亡。清程瑤田〈石鼓硯記〉記載:

> ……形如鼓,以今尺度之,徑五寸又四分寸之一;高一寸又十分寸之八。前明上海顧汝蘇氏摹石鼓文十,周刻於其圍及其面與背之兩旁有其文,凡四百卅有四字。顧氏生嘉靖間,博洽能鑒古,……此硯石鼓文蓋以北宋拓本摹勒上石者。今惟四明范氏天一閣藏北宋拓本,後有皇祐四年向傳師得民間一鼓之跋。近日海鹽張芑堂借摹校雠上石,其字數與此正同,若《金薤琳琅》載洪武間趙撝謙所得之宋搨本,止四百十有九字,此較多十五字。其為出於北宋拓本無疑。今石鼓在太學,曾往摩挲之,其文僅存二百九十有八字。有至元間潘愜山音訓,其時僅三百九十有七字。此硯字數與歐陽文忠《集古錄》及薛尚功《鐘鼎款識》略同。〔註11〕

可見石鼓文字在不被重視的情況下,經過朝代的更換,人為的破壞,而越來越少。

宋徽宗大觀年間,將石鼓移到京師(河南開封),為了表示貴重及防止摹拓之患,

〔註11〕收入羅振玉撰:〈石鼓文考釋〉,《羅雪堂先生全集》三編(臺北:文華出版公司,1970年4月),頁 920〜921。

皇帝下詔以金塡其文。宋室南渡之後，金人將石鼓遷到燕京，而且把塡上去的金剔掉。之後，元、明、清三朝都在北京，置於太學，直到七七事變之前，仍存於故國子監。抗戰期間，輾轉上海、四川等地，抗戰勝利後，才遷歸北京，今藏於北京故宮博物院。雖然十尊石鼓至今都俱在，但是經過歷年的災厄，文字的殘損是不可避免的。

　　關於石鼓文刻成的時代，各家的意見紛歧，據馬衡及屈萬里兩先生〔註12〕的統計有以下各說：

（一）以爲周文王之鼓，至宣王時刻詩，唐韋應物（《集古錄》引）主之。

（二）以爲周宣王時者，唐張懷瓘、韓愈（〈石鼓歌〉）等主之。

（三）以爲周成王時者，宋董逌（〈廣川書跋〉）、程大昌（〈雍錄〉）主之。

（四）以爲秦時者，宋鄭樵（〈石鼓音序〉，《寶刻類編》引）主之。

（五）以爲秦襄公時者，郭沫若（〈石鼓文研究〉）主之。

（六）以爲秦文公時者，清震鈞（《石鼓文集註》）、民國馬敘倫（〈石鼓爲秦文公時物考〉，《石鼓疏記》卷十）等主之。

（七）以爲秦穆公時者，民國馬衡（〈石鼓爲秦刻石考〉）主之。

（八）以爲秦靈公時者，民國唐蘭（〈石鼓文刻於秦靈公三年考〉，民國 36 年 12 月 13 日《申報》〈文史週刊〉）主之。

（九）以爲漢時者，清武億（〈金石一跋〉）主之。

（十）以爲元魏世祖時者，清俞正燮（《癸巳類稿》）主之。

（十一）以爲宇文周者，金馬定國（〈石鼓考論〉，《金史》本傳引）、元好問（《中州集》）、清顧炎武（〈金石文字記〉）等主之。

以上各說，綜合而論，有宗周、秦、後周三種說法，近來學者對於石鼓文產生於秦，已無異說，至於屬何代秦公所作，則仍無一致的意見。

　　由於經過歷朝的磨損，石鼓原來刻了多少字，目前很難確切的推定，學者必須要根據古代的拓本來做研究，現在可見的石鼓文拓本，最古的是北宋時代的拓本。

　　世傳以四明范氏「天一閣」所藏趙松雪家的北宋拓本爲最古，字數有四百七十二字。清乾隆五十二年，海鹽張燕昌到浙東范氏「天一閣」，摹其所藏的北宋拓本，並多方校定，五十四年，用他所校的「天一閣」本，重刻於石，在當時視爲最精善的摹本。嘉慶二年，儀徵阮元認爲張氏的本子不夠精善，又重撫「天一閣」本，刻

〔註12〕見於馬衡撰：〈石鼓爲秦刻石考〉，《凡將齋金石叢稿》（北京：中華書局，1996 年 12 月初版二刷），頁 166。及屈萬里撰：《先秦文史資料考辨》（臺北：聯經出版事業公司，1993 年 9 月初版三刷），頁 273～275。

石於杭州府學；十二年，又刻於揚州府學，並加以說明：

> 天下樂石以周石鼓文爲最古，石鼓脫本以浙東「天一閣」所藏北宋本
> 維最古。海鹽張氏燕昌曾雙勾刻石，尚未精善。元於嘉慶二年夏，細審「天
> 一閣」本，復參以明初諸本，推究字體，摹擬書意，刻爲十石，除重文不
> 計，凡可辨識者四百七十二字，置之杭州府學明倫堂壁閒，使諸生究心史
> 籀古文者，有所師法；十二年又摹刻十石置之揚州府學明倫堂壁閒，並拓
> 二本爲冊審玩之。〔註13〕

阮元並說明「天一閣」本的來源，他說：

> 「天一閣」本《鮚埼集》以爲北宋吳興沈仲說家物，而彭城錢逵以薛
> 氏釋音附之者也，錢氏篆文甚工。後歸趙子昂「松雪齋」。明中葉歸鄞豐
> 氏，繼歸范氏蒼，然六百餘年未入燕京時搨本也。元登「天一閣」見之，
> 但未見錢氏篆耳，曾加題識屬范氏子孫謹守之。

明代嘉靖年間，錫山安國「十鼓齋」收藏的北宋拓本，十鼓完全的就有十本之多，他把其中最好的三本分別命名爲「先鋒本」、「中權本」、「後勁本」，這三個版本是目前學者認爲最精善的石鼓文拓本。自安國的本子一出，「天一閣」的本子就較少人參考。

安國非常珍視這些拓本，唯恐子孫不知愛惜，便將所有石鼓拓本藏在「天香堂」樑上。直到清道光中，後人拆售「天香堂」才被發現。可惜的是，後來這些石鼓拓本輾轉被變賣到日本，近人所得安國的拓本，是民國以後由郭沫若到日本影印回國的。因此，雖然安國的本子較精善，但是詒讓並沒能看到這些拓本，只能參考當時最古的本子——「天一閣」的石鼓文拓本。

四、貴州紅巖古刻

「貴州紅巖古刻」對大部分的古文字學家而言是從未運用過的資料，詒讓在《名原》一書就利用來作爲佐證的資料。

紅巖古刻（如圖一），在貴州關岭縣城東面壩陵河東岸，曬甲山頂西面的紅色絕壁之上。俗稱「紅巖碑」。紅巖古刻爲丹書，不是鐫刻，因年代久遠，受風雨剝蝕，直到明代貴州普安詩人邵元善發現時，已有相當的文字被泯滅。清光緒中，更有好事者爲了便於摩拓，曾洗刷苔蘚，以石灰補填字跡筆畫，使其成爲陰刻狀之外，更妄增草書「虎」字；之後又將石灰鏟去，致使面目全非。因此，要研究紅巖古刻，

〔註13〕 （清）阮元撰：〈杭州揚州重摹天一閣北宋石鼓文跋〉，《揅經室三集》（上海：商務印書館），頁 20～21。

唯有仰賴各家鉤勒縮摹本的相互比較，才較爲妥當。

【圖一】：《永寧州志》本

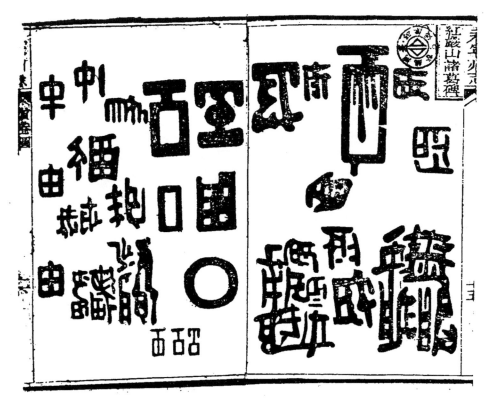

清代鄒漢勛（勛）於道光二十九年著有〈紅崖碑釋文〉一文。根據《金石彙目》記載，貴州省安順府永寧州的「紅巖磨崖古刻」曰：

> 文奇古不可識，字大者周尺三四尺，小者尺餘，約二十五字。鄒漢勛攷爲殷高宗伐鬼方，還經其地，紀功之刻。〔註14〕

但是詒讓並不贊成鄒氏的說法，認爲：「鄒叔勛（漢勛）以爲殷高宗伐鬼方紀功石刻，肊說不足據也。」

關於紅巖古刻的來源，根據貴州省民族研究所王正賢先生的統計，共有十說：

（一）禹跡說：此說又分爲「禹導黑水碑」說和「禹征三苗碑」說。前說者認爲，現南北二盤江即古之黑水，曬甲山之紅巖，即古之三危。因此，禹導黑水而成，勒石於此以紀其功，稱爲「紅巖碑」或「禹碑」；後說者認爲，此「所釋禹碑，以參貌爲三苗，定爲禹征三苗銘，非導水紀跡，正四千年之誤，其

〔註14〕（清）吳式芬撰：《金石彙目分編》，卷二十，《石刻史料新編》第28冊，目錄題跋類（臺北：新文豐出版公司，1982年12月二版），頁2左。

功甚鉅。」

（二）殷高宗伐鬼方紀功碑說：主張此說者，從考據學方面引用文獻資料進行考證，運用訓詁學對其釋讀。但目前無法確定當時鬼方是否即在貴州，因此此說疑點頗多。

（三）武侯南征手跡說：此說又分爲「武侯南征紀功碑說」、「武侯誓苗碑說」、「武侯爲夷人所作圖譜說」。一說者認爲武侯南征，七擒孟獲，平定西南，刻石紀功。二說者認爲武侯平定西南各少數民族後，採取結盟修好的政策，讓他們自己管理自己，便用當時這些地區的苗民古書，把這種結盟修好的誓辭記錄於紅巖之上，便有此碑。俗稱「誓苗碑」。三說者認爲，《華陽國志‧南中志》說：「夷人俗征巫鬼，好詛盟。要之諸葛亮，乃爲夷作圖譜，先畫天地日月君長城府；次畫神龍，龍生夷及牛馬羊；後畫主吏乘馬幡蓋巡行安撫；又畫牽牛負酒齎金寶詣之象，以賜夷，夷甚重之。」因此此碑「碑文頗類似諸葛武侯教夷圖譜之遺跡。」

（四）天然岩石花紋說：主張此說者認爲，他們曾親作實地考察，反覆審視碑文，只見後人纂改的深紅痕跡，不敢斷定是何文字；也不能辨明是何圖譜；只能證明是岩石的自然花紋。從地勢說，要攀登約一百公尺高的懸巖上去刻石紀功，或摩巖繪鐫，是很難想像的。但是據王正賢先生的考證，紅巖古刻下端離地面不過五公尺。可見此說者並未眞正實地考察過。

（五）道家符籙說：主張此說者認爲，此碑是道家禳神送鬼時所畫的符籙咒文，但王先生認爲，符籙咒文一般都是雲頭鬼腳，紅巖古刻之形，與之相隔甚遠。

（六）苗民古書說：主張此說者懷疑可能是蜀漢時當地的苗族古書。此說是從第三說中的第二說推論的。王先生據史家考證，苗族的先民在蜀漢時尚未遷徙到現在貴州關岭一帶，因此此說中的苗民古書，並非現在苗族的先民。

（七）古濮文說：主張此說者認爲，春秋時濮人被楚人所逼，遷入雲貴一帶，有一支定居關岭地區，祭祀紅巖山時，巫師所作，用以宣揚功德，祈求福蔭。濮人爲白族、彝族的先民，因此濮文與白文、彝文有淵源關係。王先生考證，濮人被楚人逼入雲貴一帶，於史無徵，且古濮文的形體，目前貴州任何民族中，未見餘留，因此此說所據爲何，甚爲可疑。

（八）古牂牁文說：主張此說者認爲，牂牁近鄰的古雕題、黑齒等國有文字，因此牂牁也應有文字，故此碑爲古牂牁文。此說僅爲推測之語，毫無根據，因此不可信。

（九）古夜郎遺跡說：此說又分爲二，一爲「夜郎文說」；一爲「現布依族先民在夜

郎時的祭祀文說」。此二說與「古濮文說」及「古牂牁說」同樣的立論，因此也不甚可信。

（十）原始彝文說：主張此說者認為，其碑文是古彝文的前身，從後來彝族的「巫教文字」推測是最早的彝文。對於其非篆非籀非八分，不僅不是漢後文字，也不是漢族的文字。比較字形的結構，比較像「爨文」，「爨文」就是「古彝文」。此說也是推論之說。

以上十說，從類型來分，紅巖古刻可分為「文字」、「圖譜」、「天然岩石花紋」三種說法；從種族的角度來看，又可分為「漢族文字」、「少數民族文字」的兩種說法。到底「貴州紅巖古刻」是不是文字，直到目前學者仍無定論，詒讓認為「此蓋古苗民遺跡，篆形奇譎難識，與古文字例不甚符合」。「古苗民遺跡」之說從何而來，詒讓並沒有交代清楚，但他說「與古文字例不甚符合」，可推測「紅巖古刻」即使是文字，也不應是中原文化的文字。既然如此，何以詒讓要使用「紅巖古刻」？筆者推想，詒讓作此書的目的在「上推書契之初軌」，又說「古文字與畫繢同原」，紅巖古刻接近圖畫式的形體，或許使詒讓產生了聯想，而認為可以作為佐證的資料。

容庚先生在校讀《名原》時在書眉上寫有「紅巖古刻非文字也」幾字，認為紅巖古刻不是文字。近來學者偏向由「古彝文」的角度來解釋。〔註15〕

王正賢先生在〈紅巖古文字研究〉一文中說：

> 本世紀初，日本著名漢學家德丸作藏、鳥居龍藏和法國學者弗蘭海爾、勒伯如等親往考察，也未能破譯成功，感嘆這片「天書」「含有絕對神秘性」。郭沫若等現代著名學者生前也未能解開這道難題。著名地質學家丁文江三十年代在貴州考察時，曾與當地彝族文化界人士合作編纂過彝文古文字著作《爨文叢刻》。他提出紅巖古文字可能是原始彝文，但未能作進一步的解釋。〔註16〕

可見「貴州紅巖古刻」之謎仍須學者努力解開。

由於「紅巖刻文奇譎難識」〔註17〕，據筆者統計，《名原》全書僅有在解釋「象」字一處才用到紅巖古刻的資料。

〔註15〕這類的研究可以參考徐自強編，王正賢、王子堯等人撰：〈貴州紅巖古蹟研究〉，《中國石文化叢書・石刻論著匯編》第一集，上編（北京：北京圖書館出版社，1997年12月），頁1～132。

〔註16〕王正賢撰：〈紅巖古文字研究〉，《貴州民族研究》1996年1期，頁166。

〔註17〕（清）孫詒讓撰：〈象形原始弟三〉，《名原》（山東：齊魯書社，1986年5月），頁六後。

第三節 《名原》的體例

清段玉裁《說文解字注》說：

> 凡文字有義、有形、有音。《爾雅》已下，義書也；《聲類》已下，音
> 書也；《說文》，形書也。凡篆一字，先訓其義，若始也、顚也是；次釋其
> 形，若從某某聲是；次釋其音，若某聲及讀若某是。合三者以完一篆，故
> 曰，形書也。（《說文》一篇上，「元」字注，頁1。）

由段玉裁對《說文》一書性質的定義，可知「形書」的標準需具備釋義、釋形、釋
音三個條件。由這個標準來看《名原》，詒讓說：

> 今略摭金文、龜甲文、石鼓文、貴州紅巖古刻，與說文古、籀互相
> 勘校，楬其歧異以著渻變之原。而會最比屬，以尋古文、大、小篆沿革
> 之大例。

結合各種古文字與《說文》古文、籀文相互比較其形體，以尋文字的沿革。而在互
相勘校各字字形的過程中，也同時解釋字義及字音，因此，《名原》一書可說是「形
書」。這部書雖然只解釋一百多個字，卻是我國第一部綜合甲骨文、金文來解說古文
字字形的著作。

一、釋 名

《名原》之所命名，「名」者，字也。《周禮・春官・外史》：「掌達書名於四方。」
鄭玄曰：「古曰名，今曰字。」〔註18〕「原」者，源流也。因此《名原》爲正名之
書，以推文字的源流。

二、撰作動機

對於作《名原》的動機，詒讓在〈敘錄〉中說：

> 汝南許君云：「倉頡之初作書，蓋依類象形，故謂之文；其後形聲相
> 益，即謂之字。」是文字之初，固以象形爲本，無形可象，則指事爲之。
> 遝後孳乳寖多，而六書大備。今說文九千文，則以秦篆爲正，其所錄古文，
> 蓋捃拾漆書經典，及鼎彝款識爲之。籀文則出於史篇，要皆周以後文字也。
> 倉沮舊文，雖襍廁其閒，而叵復識別況，自黃帝以迄於秦，更歷八代，積
> 年數千，王者之興，必有所因於故名，亦必有所作於新名，新故相襲，變
> 易孳益。巧厤不能計，又孰從而稽覈之乎？
>
> 自宋以來，彝器文閒出，考釋家或據以補正許書之譌闕。邇年又有龜

〔註18〕《周禮》（十三經注疏本，臺北：藍燈出版社），頁408。

甲文出土，尤簡渻奇詭，閒有原始象形字，或定爲商時契刻，然亦三代璩
迹爾。

　　余少耆讀金文，近又獲見龜甲文，咸有誤錄，每惜倉沮舊文，不可
復觀，竊思以商周文字展轉變易之迹，上推書契之初軌，沈思博覽，時
獲塙證。

可知詒讓對於歷代文字的變易貿亂，以致於無法循線求得古文字的初軌，感到不滿
與疑惑。宋代以後，青銅器不斷出土，許多考釋家便根據青銅器銘文來改正許慎《說
文》上對於古文字解釋的缺失，一些牽強附會的解釋才得以消除；清代末年，甲骨
文的出土，更是幫助學者瞭解古文字最好的資料，詒讓在作《古籀拾遺》、《古籀餘
論》、《契文舉例》之後，曾設想若利用這些商周古文字轉變的跡象，或許可以往上
推求文字初作的軌跡。這就是《名原》所以作成的動機。

三、各篇收字原則

　　《名原》共分上下二卷，由於象形字是所有文字之源，因此上卷專就象形字的
原始初文作探討，共分爲三篇：「原始數名弟一」、「古章原象弟二」、「象形原始弟三」；
而歸納出象形字可以分爲三種，即「原始象形字」、「省變象形字」、「後定象形字」。
這三種象形字是隨著時代的進展而演變。起初的社會，文字偏向圖畫；之後，由於
社會漸漸複雜，文字的需求改變，爲了便利書寫，「或改文就質」，「或刪繁成簡」，
形成詒讓所謂的「省變象形字」；而後爲求整齊美觀，離開圖畫式的文字書寫，而形
清段玉裁《說文解字注》說：

　　下卷共分爲四篇：「古籀撰異弟四」、「轉注楬櫫弟五」、「奇字發敚弟六」、「說文
補闕弟七」。前三篇明文字形體的變化，後一篇補許慎《說文》的闕漏。都由原始初
文上立說。

　　此書二卷七篇，以收古、籀文爲主，七篇的收字原則爲：

（一）原始數名：凡計數之字收入此篇，如：一、二、三、三（四）、Ⅹ（五）、ᑎ
　　　（六）、ㄜ（七）、ㄏ（八）、ㄢ（九）、｜（十）等。

（二）古章原象：即漢時尚書家所言服十二章紋收入此篇，如：日、月、星、山、
　　　龍、藻、黹、火米等。

（三）象形原始：凡原始象形字收入此篇，如：馬、牛、羊、豕、犬、虍、鹿、隹、
　　　鳳、燕、魚等。

（四）古籀撰異：凡古文大籀，傳寫訛誤者收入此篇，以正其說，如：婚、麗、彝、
　　　張、將、德等。

（五）轉注楬櫫：凡古文增易偏旁，然既非倉沮舊文，字書又無載者，收入此篇，
　　　如：簹、玟斌等。

（六）奇字發微：凡古文與說文特異者，收入此篇，如：豐、至等。

（七）說文補闕：凡甲文、金文常見，而說文未收，收入此篇，如：載、嬉等。

四、體　例

《名原》一書約計有四萬五千七百餘字，此書主要將甲骨文、金文、石鼓文、
貴州紅嚴古刻與《說文》古、籀文相勘校，以尋求古文字沿革的大例。詒讓在〈敘
錄〉說「約舉辜較，不能備也」，因此，在本書中，詒讓只將一些較特殊的字例作比
較分析。以下，將此書的體例分述如下：

（一）每篇前皆有序言

《名原》共分二卷七篇，每篇前都有一百字到五百字不等的序言，說明各篇主
旨：或文字的流變、或古文偏旁訛變的原因，茲將各篇序言分如下。

〈原始數名第一〉

　　　《說文解字》五百四十部，託始於一，其說解云：「惟初大極，道立
　　於一，造分天地，化成萬物。」蓋文字生於形，而書契之作，上原卦畫，
　　下代結繩，又以紀數爲尤重，合形數以紀物，由一而摹爲萬。一者，象數
　　之權輿，而書名之原始也。綜考古文，知數名形最簡易，而義實通毋，倉
　　沮字例，斯其肇矣。

〈古章原象第二〉

　　　《說文》敘云：「書曰，『予欲觀古人之象』，言必遵修舊文，而不穿
　　鑿。」此依漢時《尚書》家說，明十二章亦原始象形文字也。今篆文唯
　　日、月、古文作⊙☽今作日月，篆勢微異，。。《說文》晶部「晶，精光也，從三日。」
　　曟，「從晶，生聲。一曰象形，從○，古○復注中，故與日同。」古文作曑，或省作星。
　　今攷晶即星本字，象其小而眾，原始象形當作。。《說文》曟亦從晶。金文〈梁上官鼎〉
　　曑分字，省作。。，是也。後人增益作曟，遂生分別耳。原文尚可見。金山又有作
　　山、〈癸山彝〉、〈山丁彝〉、〈父丁觚〉，亦詳後。龍、〈龍絹〉，形未甚塙。藻，〈藻盤〉。
　　諸形者，或皆其遺象。近儒攷定斂文亦塙，古文字與畫績同原，此其義
　　證矣。

〈象形原始第三〉

　　　文字之流變，唯象形致爲緐緕。《說文》五百四十部首，象形幾居其

太半。蓋書契權輿，本於圖象，其初制，必如今所傳巴比倫、埃及古石刻文，畫成其物，全如作繢，此原始象形字也。畸形奇詭，不便書寫，又不能齊若畫一，於是省易之。或改文就質，戕具匡郭。或刪繁成簡，牁寫大意。或舉偏晐全，略規一體，此省變象形字也。奕有原始象形字簡，而後增易之者，然不多見。最後整齊之，以就篆引之體，而後文字之與繢畫，其界乃截然別異。此後定象形字。今《說文》所載。大略如是。《說文》革、西並云「象古文之形」。弟、民竝云「從古文之象」，即小篆變古文之例。又於古文烏云「象古文烏省」。是古文前後自相變之例。蓋自古文放失，最初原始象形字，今不得見，金文唯魚隹字多象形，它復罕覯。別有象鹿形、馬形、犧形、爵行等，皆後人肊測，不能確定其字，今並不論。龜甲文字象形較猓，惜其文多省約奧衍，又漫闕不易讀。今尋文討義，參互鉤覈，得其可確定爲某形者數名。更以後定省變之字，稽合奇異同，似尚可推其先後流變之跡，故略箸之。

〈古籀撰異第四〉

古文爲李斯所變亂，漢時已無完書，《籀篇》復闕於建武之際，故其形聲義例，許君已不能盡釋。《說文》所載漢人說亦多皮傳之論，如「對」古文本從士不從口，而許以爲漢文帝所改，及「易」下引《祕書》「日月爲易」。「禿」下引王育謂「倉頡出見禿人伏禾中」之類。去古益遠，無從攷正。然六書大義，要有較然不紊者，如古象形文，其偏旁離析之，皆不能獨成一字，而凡駢合文雖重紊複錯，形聲必有所取，此不易之達例也。自籀經改竄失其本恉，而後定象形字，強變諍曲爲整齊，或依傳它字以易其原形，蓋始於晚周，而秦篆爲尤甚。許書古籀重文，傳寫舛互，後人不案所從，輒依形近字臆改之，以牽就篆法，此弊尤夥。如籀文車作軒，龜甲文作𨏔，此半象車雙輪，半象軸持衡及兩輗形。而《說文》譌作軒，則以其偏旁與戔相近也。古文射作𭥦，象手執弓注矢形。而篆文改作射，則以其偏旁與身寸相近也。鬥本從兩丮，依段若膺說，甲文省作𢇇，足證段說之確。而許君以爲「兩士相對」，則以丮從出，與士相近也，遣本從象聲，而篆文譌作遣，則以象與㝟相近也。若茲之類，小學家多知之，今更以金文龜甲文校覈許書古籀，或舛誤昌然而沿襲莫辨，或義例兩通而意恉迥異，攷釋家未及詳者，更僕難數。雖未必原始舊文，而較之秦篆則猶近古，落摭數名，以發疑辨例，不能盡箸也。凡古文大篆譌變不可知者，儻以茲例求之，或可得其大較耳。凡古文增省，璅畫小差，無關字例者皆不箸。

〈轉注揭櫫第五〉

　　許君之說轉注云：「建類一首，同意相受，考老是也。」徐楚金《繫傳》以《說文》部首說解，「凡某之屬皆從某」釋之，其義確。蓋倉沮制字之分，爲數尚少，凡形名之屬，未有專字者，則依其聲義，於其文旁詁注以明知。《說文》晶部說疊字云：「古〇復注中，故與日同。」又金部說金字云：「左右注，象金在土中。」即「注字」之義。其後遞相沿襲，遂成正字，此「孳乳浸多」之所由來也。自來凡形聲駢合文，無不兼轉注，如江河爲齰生字，亦即注水於工、可之旁，以成字也。後世儻作新名，凡有特別異訓者，則亦可用茲例，按其義類，權注文以相揭示。蓋轉注以形箸義，與假借以聲通讀，其例皆廣無畔岸，故古文偏旁多任意變易。如宮縣之樂謂之牆，鐘磬之縣半爲堵全爲肆，而因鐘爲金樂，則作「鑪」作「鍺」作「鏵」，並詳前。簋有鑄金刻木，則作「頛」〈未妊簋〉。金文通例簋皆作𥂒。作「椢」〈鄭井卡簋〉。以盛黍稷，則又從米做「糧」〈史𨔣簋〉。是也。或增益偏旁，如「眛爽」之爽，借惡爲之，則注日作「瞽」〈宄敦〉。武事執伏者從爪，則注戈作「戒」〈虢季子白盤〉、〈𥿊戈〉。是也。若斯之類，不可殫舉，既非倉沮舊文，字書固無由盡載。今舉其罕見者，以明達例。由是推之，凡古今石刻文字，其詭不見於字書者，或爲此例所晐，故亡足異矣。金文人名字多歧異，疑各有特別注記，如後世花押之類，不能盡詳也。

〈奇字發微第六〉

　　古文自倉史迄秦，歷年數千，遞更傳寫，錯異閒出，此奇字所由擧也。亡新改定古文，別有「六書」，而「奇字」爲其一，則其數必甚多。而今《說文》所錄，唯「儿」、「旡」、「𠃊」、「仝」、「𣅀」諸文，則知凡古文而異者，皆宜入奇字之科，許書不悉識別也。今所見金文龜甲文亦恆覯變體，繇則偏旁重復，駢枝爲累；省則瑑畫刪簡，形聲並隱。攷釋家目眩思瞀，率從蓋闕，或強以它字傅會之。然悉心推校，形義可說者尚多，雖篆勢奇譎，有佹正體，而揆之字例，各自有精義，固非鄉壁虛造比也。今摭古文與許書殊異，而略涉隱祕者，楬箸一二，以示略例。凡不合字例，及明析易通者，咸不論也。

〈說文補闕第七〉

　　許書九千文，爲字書鼻祖，小學家奉爲職志。凡經典文字，《說文》所無者，概斥爲俗書。自金文發見，古文繇出，如「袁」、裛同見袁盤。「妥」、

〈晉公盦〉、〈尨娸敦〉。「愈」、〈魯伯愈父鬲〉。「嫵」〈王子申盂〉。之類,皆相承習見之字。而《說文》咸未甄錄,以上諸文璨畫明析,攷釋家多已論及,此一一不著。然三代彝器,固墻有其文,則非後世增益造作,昭較可知。至於詭形異體,日出不窮,宋以來攷釋家所說,鑿空者奇,或不可憑,然古文正字,多襍出其閒,精思博攷,輒得墻證,而許書闕如,亦其疏也。推尋厥由,或小篆本無此字,許君不能盡見古文,遂不免漏略。或《說文》本有,而傳寫挩佚,皆未能決定。今就新攷定古文,甄其形聲確可推繹,合於經話字例者,略舉一二,以補許書之遺闕。其璨畫太奇,隱詭難通,或音義並闕,經典無徵者,咸非所及也。

(二)首列欲釋字之古文

在討論每個(組)古文字之前,先列古文字,其例如:

1. 字組:

   如:卷上,頁一前,「一、二、三、三、乂、八、㇆、八、ㄋ、丨」;卷下,頁十三後,「琀、瑲」;

2. 單字(無異文):

   如:卷上,頁六前,「寶」;卷下,頁二十三後,「鬣」;

3. 單字(有異文):

   如:卷上,頁十九後,「⺲、⺲」;卷下,頁十一前,「㝵、傳」。

(三)次引《說文》

釋字之前,先引《說文》的解釋,其例如下:

1. 全引:

   如:卷上,頁一後,說文五部「乂,五行也。从二,陰陽在天地閒交午也。」

2. 全引而稍有改動:

   如:卷上,頁六前,說文馬部「馬,怒也,武也,象馬頭髦尾四足之形。古文作𢒉,籒文作𢒉,與影同有髦。」(《說文》作:𢒉古文,𢒉籒文馬,與影同有髦。)

3. 兼引段注:

   如:卷上,頁十後,說文象部「象,南越大獸,長鼻牙,三季一乳,象耳、牙、四足、尾之形。」段若膺云,「耳牙疑當作鼻耳」。近是。

(四)釋 形

《名原》在釋形時有一些常用語,茲根據本書,歸納如下:

1. 金文例：
   卷上，頁一後，「四」，金文甲文皆作三。
   卷上，頁十四後，「禾」，金文〈智鼎〉禾作「𣎇」。

2. 甲文例：
   卷上，頁十五前，「來」，甲文來字，又有作𣎆者，恆見。
   卷上，頁十八前，「韋」，甲文亦作「𡔈」，又有「𠀎」、「𠀎」二字。

3. 金文恆見例：
   卷上，頁三後，「𤕫」，金文又有𤕫字，亦恆見。
   卷上，頁二十一後，「嗇」，金文牆鐘字屢見。
   卷下，頁十八前，「𤔲」，金文从召得聲字甚多，如召、邵諸字，皆與小篆同，
   　　唯召國字，獨緜重詭異，爲字書所無，而彝器文恆見。

4. 甲文恆見例：
   卷上，頁二十前，「岳」，甲文岳字屢見，作𡶷，又作𡶶。
   卷上，頁二十後，「氏」，甲文是字恆見。

5. 古文例：
   卷上，頁十九前，「回」，古文作𡇧。此與雲古文皆象回轉之形。
   卷下，頁三，「唐」，古文作啺，从口易，易亦聲。

6. 籀文例：
   卷上，頁一後，「四」，籀文作三。

7. 篆文例：
   卷上，頁五前，「米」，小篆作米。

8. 異文例：
   卷上，頁四前，「火」，異文有作𤈦。
   卷下，頁十五前，「𤳉」，說文隹部「𤳉，繳𤳉也。从隹枚聲。」，此疑即𤳉
   　　之異文。
   卷下，頁三十後，「匡、㢎」，匡、㢎兩字，《說文》並未收，尋文討義，或
   　　爲匡之異文。

9. 變體例：
   卷上，頁四前，「火」，𦫽、𦬁皆變體。
   卷下，頁二前，「𣑯」，當即搯之變體。

10. 變形例：
    卷下，頁二前，「ㄓ」，或又之變形。

11. 省變例：

卷上，頁五前，「米」，稻从㫃、从舀、从米；粱从米、从刅。皆古文省變。

卷上，頁二十七後，「季」，此疑亦矛字之省變。

卷上，頁二十八前，「𠂤」，……又有作𠂤者，則𠂤之省變也。

12. 別體例：

卷上，頁十五後，「采」，別體本作𥝢。

13. 繁文例：

卷上，頁十六後，「𣎵」，或即果之緐縟文。

14. 俗字例：

卷上，頁二十後，「堆」，即𠂤字之俗字。

卷下，頁二十三後，「累」，即絫之俗。

15. 倒文例：

卷上，頁二十二前，「牆」，此爲嗇之到文。

卷上，頁二十二後，「㐭」，疑即啚到文。

16. 反文例：

卷下，頁三十一後，「𤥐」，𤥐字奇古難識，諦宷字形，从玉从桼，蓋瑧之反文。

17. 同文異字例：

卷上，頁二十一後，「牆」，兮中鐘，弟二器作𤕬；弟三器作𤖩；弟四器作𤕬；弟五器作𤕬。五器文同，而此字通爲三體。

18. 形近而誤例：

卷上，頁二十七前，「戹」，與厄形近而誤。

19. 形近貿亂例：

卷下，頁二十後，「堖」，以匕爲刀，以𡿺爲𦥑，皆形近貿亂。

20. 涉某字而誤例：

卷上，頁二十八後，「患」，今篆文似涉申字而誤。

卷下，頁二後，「㡯」，小篆變𢊁爲㡯，似涉鹿字篆文而誤。

21. 幖識文例：

卷下，頁六前，「系」，左卜似當爲增注幖識文。

卷下，頁十四前，「逘」，因偁祖之名，特加□以爲幖識。

22. 隸古譌變例：

卷下，頁二十後，「堖」，《墨子·褋守篇》，「堖」字作「𡎼」，即隸古譌變

之體。

23. 正字例：

　　卷下，頁二十九前，「媒」，黽媒，正字當作媒。

24. 引書釋形例：

　　卷上，頁十三後，「禹」，以形義攷之，光當即禹字。詒讓注：《漢書‧藝文
　　志》大禹字作帟，即此。

25. 傳寫誤例：

　　卷下，頁三前，「夔」，其耳變爲巳，手形變爲止，中从丨丨者，或即且之譌，
　　下从夊者又女之譌，此皆傳寫者以近似之字，改竄象形字。

　　卷下，頁五前，「蒜、蒜」，蒜、蒜字罕用，傳寫誤變爲丽、祘。

26. 壞字例：

　　卷下，頁三前，「夔」，右微有漫闕，僅存㇏形，疑當爲邑之壞字。

（五）釋　音

《名原》在釋音時有一些常用語，茲根據本書，歸納如下：

1. 古音相轉例：

　　卷上，頁十六前，「果」，盥與祼古音相轉。

2. 古音同部例：

　　卷上，頁二十六，「卹」，卹从血聲，與必聲古音同部也。

　　卷下，頁八後，「彝」，彝、希古音同部，於聲例亦通。

3. 音同例：

　　卷下，頁四前，「晝」，晝，此字與古文墉音同，形亦相近。

4. 別讀例：

　　　卷下，頁七後，「希」，古希字或別讀爲殺。

5. 一聲之轉例：

　　卷下，頁十二後，「嫛」，嫛讀爲拼，與俾亦一聲之轉。

6. 省聲例：

　　卷下，頁十七前，「屮」，……小篆變作「之」省聲。

7. 同聲母例：

　　卷下，頁二十七前，「紂」，弋、才同屬一聲母。

8. 引《說文》標音例：

　　卷下，頁二十九前，「媒」，《說文》本「讀若滔」，與曹古音同部。

9. 引古書釋音例：

卷上，頁十六前，「祼」，詒讓注，《周禮·大宗伯》：「則攝而載果」，鄭注云：
　　「果讀爲祼。」

（六）釋　義

《名原》在釋義時有一些常用語，茲根據本書，歸納如下：

1. 引《說文》釋義例：

卷上，頁七前，「牛」，說文牛部，「牛，事也，理也。象角頭三，封尾之形。」

卷下，頁五前，「麗」，說文鹿部「麗，旅行也。鹿之性，見食急則必旅行，
　　從鹿㸚聲。」

2. 引古書釋義例：

卷上，頁九前，「烝者，眾也。」詒讓注：《爾雅·釋詁》文。

卷上，頁二十前，「阜」，攷《釋名》云：「土山曰負。」

3. 闕義例：

卷下，頁十一後，石鼓文有「𣥠」字，似亦臭之異文，而其義殘闕未詳。

第四節　孫詒讓在《名原》中的文字觀

詒讓治古文字四十餘年，他對於古文字的觀點除散見在《古籀拾遺》、《古籀餘論》、《契文舉例》的考釋中之外，《名原》一書，在每篇前皆有一百字至五百字不等的序論，這些序論即代表詒讓對於古文字的觀點。本節即針對詒讓《名原》一書中的文字觀作探討。

一、對文字起源的看法

對於文字起源的看法，詒讓認爲文字是起源於圖畫的。詒讓在《名原·古章原象》中說：

> 《說文》敘云：「書曰，『予欲觀古人之象』，言必遵修舊文，而不穿鑿。」此依漢時《尚書》家說，明十二章亦原始象形文字也。今篆文唯日、月、㸚，原文尚可見。金文又有作山、龍、藻諸形者，或皆其遺象。近儒攷定籀文亦塙，古文字與畫繢同原，此其義證矣。

他又從古字考釋上推求，根據甲骨文、金文從「火」的字都作「屮」，參證《考工記》：「畫繢知識，火以圜。」鄭康成注云：「形如半環。」的解釋，而提出古原始象形字與繢畫是同出於一源的。

詒讓認爲文字是起源於圖畫，這樣的觀念是沒有錯的，但是更進一步說，文字

是起源於「有意識的圖畫行為」就更為清晰。因為圖畫有時是抽象的概念，有時候甚至是沒有意義的。許慎說「畫成其物，隨體詰詘」，當先民看到一個物體，隨著物體的曲直畫成形象，這個形象即代表這個物體，而「形象」同時也有「物體」的意義存在其中。

至於文字的起源如何？李孝定先生在〈中國文字的原始與演變〉一文中，針對他所認為「可能最早的中國文字」——陶文與甲骨文相互比較，得出以下的結論：

（一）已知的中國文字，應推半坡陶文為最早，其年代可上溯至西元前四千年。

（二）推測半坡時代已有近二千的文字，但仍須更多資料佐證。

（三）對陶文作六書的分析，得出中國文字的發生，以表形文字最早，表意文字次之，表音文字又次之。〔註19〕

唐蘭先生曾說：

> 所以我們在文字學的立場上，假定中國的象形文字，至少已有一萬年以上的歷史，象形、象意文字的完備，至遲也在五六千年以前，而形聲字的發軔，至遲在三千五百年前，這種假定，決不是誇飾。〔註20〕

唐蘭先生的假設，因半坡陶文中假借字的發現，而得到有力的證明。

二、對文字演變的看法

對於文字演變的看法，詒讓在《名原·序》中說：

> 書契初興，形必至簡，逮其後品物眾而情偽滋，簡將不周於用，則增益分析而漸縣。其最後文極而敝，苟趣急就，則彌務省多，故復減損而反諸簡。其更迭嬗易之為，率本於自然。而或厭同耆異，或襲非成是，積久承用，皆為科律，故歷季益遠，則譌變益眾。

詒讓認為，文字在初興的時候，形體必定非常簡單，後來因人事物漸漸繁雜，簡單的文字形體與數量不敷使用，必需以較繁複的形體來表示。發展一段時間，又因繁複的文字形體在使用上不方便，於是文字再次歸於簡略。這種由簡而繁，由繁入簡的規律本是自然而成的。

但是，有些人喜歡與眾不同，有些人積非成是，久而久之，這些不同寫法或錯誤的字卻成了金科玉律，年代越久，錯誤越多，造成文字的混亂。而其中成為文字的大蠹的，就是李斯的統一文字：

〔註19〕 參見李孝定撰：〈中國文字的原始與演變〉，《漢字的起源與演變論叢》（臺北：聯經出版事業公司，1992 年 7 月），頁 91～183。

〔註20〕 參見唐蘭撰：《古文字學導論·殷虛文字記》（臺北：學海出版社，1986 年 8 月），頁 26～28。

而李斯之作小篆、廢古籀，尤爲文字之大戹。蓋秦漢間諸儒傳讀經典，已不能精究古文。如古多段「忞」爲「文」，與「密」形近，而《書·大誥》曰：「密考」、「密王」、「前密人」、「密武」，則皆「文」之譌也。古文有「載」巿，即《禮》之爵韠；又有「裁」字，當爲爵帛本字。而《毛詩·絲衣》曰：「載弁俅俅」，載則載、裁之段也。「庸」古文作𩫆，與敢偏旁相涉。而《左傳》說成王賜魯「土田倍敦」，倍敦則「附庸」之譌也。《書》、《詩》傳自伏生、毛公；《左氏春秋》上於張蒼，大毛公當六國時，前於李斯。伏固秦博士，張則柱下史，咸逮見李斯者。三君所傳，尚不無舛駁，斯之學識，度未能遠過三君，而迺奮肊制作，徇俗蔑古，其違失倉史之怡，宵足責邪！

詒讓謂李斯「作小篆、廢古籀」，似乎與事實不符，許慎《說文》中說：

秦始皇帝初兼天下，丞相李斯乃奏同文字，罷其不與秦文合者。斯作《倉頡篇》，中車府令趙高作《爰歷篇》，太史令胡毋敬作《博學篇》，皆取《史籀》大篆，或頗省改，所謂小篆者也。

王國維在〈戰國時秦用籀文六國用古文說〉一文中認爲，秦國的小篆實本出於大篆，在〈倉頡篇〉、〈爰歷篇〉、〈博學篇〉尚未問世，大篆尚未省改以前，秦國用的就是籀文。而所謂的「秦滅古文」，於史無徵，有的只是統一文字與焚滅《詩》、《書》這兩件事。六藝之書盛行於齊魯趙魏之間，而罕流行於秦，就如同〈史籀篇〉不流行於東方諸國般。六藝中所使用的文字是東方諸國流行的文字，即漢人所謂的「古文」；而秦所廢的文字與所焚的書，都是用這種「古文」書寫的。

又，秦書八體中，有「大篆」無「古文」，而孔子壁中書與《春秋左氏傳》所用的文字爲「古文」非「大篆」，可見「古文」、「籀文」的分別，「乃戰國時東西二土文字之異名，其源皆出於殷周古文」。

由此可知，不論是「古文」或「籀文」，實際上是名異實同的先秦古文，李斯的「作小篆」，也只是對古籀做一些省、改的工作，仍是以先秦古文爲基礎的。

三、對六書的看法

詒讓在《名原·古籀撰異·序》中說：「古象形文，其偏旁離析之，皆不能獨成一字。而凡駢合文，雖重絫複趮，形聲必有所取，此不易之達例也。」這裡所說的「象形文」包括許慎六書中的「象形」、「指事」二者而言；「駢合文」包括「形聲」、「會意」而言。即符合「獨體爲文，合體爲字」的觀念。

他又將象形字分爲三類，即由近於畫繢的「原始象形」字，發展到爲求便利書

寫的「省變象形」字，到最後爲求美觀整齊的「後定象形」字。他對「原始象形」
的定義是：

> 蓋書契權輿，本於圖象，其初制，必如今所傳巴比倫、埃及古石刻文，
> 畫成其物，全如作繢，此原始象形字也。

對「省變象形」的定義是：

> （原始象形）其形奇詭，不便書寫，又不能斠若畫一，於是省易之。
> 或改文就質，具匡郭，或刪成簡，牏寫大意。或舉偏晐全，略規一體，此
> 省變象形字也。

對「後定象形」的定義是：

> 最後整齊之，以就篆引之體，而後文字之與繢畫，其界乃截然別異。
> 此後定象形字。

可知詒讓對象形字的分類，不是從文字類別的角度，而是以文字發展階段的角度來
分的。他這種分類觀念，貫通全書，正符合他作《名原》「以商周文字展轉變易之，
上推書契之初軌」的目的。

對於形聲、會意，由於詒讓認爲「會意、形聲字則子母相檢，沿譌頗夥，而與
轉注相互爲例，又至廣博，其字或秦篆所不具，或許氏偶失之，故不勝枚舉。」因
此在他的著作中著墨甚少。

對於轉注字，詒讓說：「轉注從徐鍇說。」〔註21〕又，在〈轉注楬櫫〉中說：

> 許君之說轉注云：「建類一首，同意相受，考老是也。」徐楚金《繫
> 傳》以《說文》部首說解，「凡某之屬皆从某」釋之，其義最搞。

徐鍇轉注爲：

> 屬類成字，而復於偏旁加訓，博喻近譬，故爲轉注。
> 人毛七爲老：壽、耆、臺亦老，故以老字注之，受意於老，轉相傳注，
> 故謂之轉注。義近形聲而有異焉，形聲江河不同，灘濕各異，轉注考老實
> 同，妙好無隔，此其分也。〔註22〕

又說：

> 轉注者，建類一首，同意相受，謂如老之別名，有耆、有臺、有耇、
> 有耄，又孝子養老是也。此等字皆以老爲首，而取類於老，則皆從老以轉
> 注之。〔註23〕

〔註21〕《名原·敘錄》，頁 2。
〔註22〕（宋）徐鍇撰：《說文繫傳》，卷 39（臺北：台灣中華書局，1970 年 1 月），頁 1。
〔註23〕《說文繫傳》，卷 39，頁 1。

王更生先生對徐鍇的說法提出質疑：

> 徐氏之意，以同部義同者爲轉注，同部義不同者爲形聲，故曰江河不
> 同，灘濕各異，考老實同，妙好無隔，蓋以同部爲建類一首，以義同爲同
> 意相受，猶可説也。至爲耆、臺、耇、耄皆老也，故以老字注之，此則似
> 是而非者也。夫七十曰老，八十曰臺，九十曰耄，面黎若垢曰耇，善事父
> 母曰孝，各有專名，雖同以老字注之，豈可謂之同意相受也？〔註24〕

陳光政先生亦說：

> 依徐氏言，轉注與形聲皆屬類成字，然亦有別，轉注爲偏旁加訓，形
> 聲是偏旁加聲，故云「義近形聲而有異焉」。其實，形聲字的聲符大多表
> 聲又表義，徐氏之分徒淆亂會意、形聲與轉注之界罷了。〔註25〕

對於詒讓的批評，陳先生則說：

> 此視形聲皆爲原部首之轉注，其涵蓋實太廣，按形聲字有來自聲義同
> 源者，亦有聲義相近而不盡同者，更有聲義毫無相關者，豈能一律視作「同
> 意相受」之轉注呢？若約而視之，凡形聲字之聲義同源者，必與其原部首
> 相轉注則可矣，此即累增字與其原字必相轉注的道理。

歷來對於轉注的定義眾說紛紜，據陳光政先生統計，至少有一百五十種以上。「轉注」
的定義如此混亂，沒有一個定論，要之，詒讓對於轉注的界定太過廣泛且欠周詳的
考慮，是可以確定的。

詒讓對假借字的看法，雖然在〈敘錄〉中說：「古文叚借至多，茲不遑論。」但
在〈與王子莊論叚借書〉中仍有所說明：

> 許敘之言叚借曰：「本無其字，依聲託事，令長是也。」蓋謂世所謂
> 縣令邑長者，本無正字，特依其聲類借訓發號之令，訓久遠之長以爲名。
> 自二徐以來迄于近世，江段諸家曾無異説，……夫依者，憑藉之詞；託者，
> 坿寄之義。曰依聲，則非諧聲；曰託事，則非指事。詁訓本殊，不宜併爲
> 一論。

> 蓋天下之事無窮，造字之初，苟無叚借一例，則將遂事而爲之字，而
> 字有不可勝造之數，此必窮之勢也。故依聲而託以事焉，視之不必是其本
> 字也，而言之則其聲也，聞之足以相喻，用之可以不盡，是叚借者，所以
> 救造字之窮，而通其變，即以爲造字之本，亦奚不可乎？

段玉裁在《說文敘·注》中說：

〔註24〕王更生撰：《籀廎學記》（臺北：文史哲出版社，1983年），頁574～575。
〔註25〕陳光政撰：《轉注篇》（高雄：復文圖書出版社，1989年4月），頁61-62。

　　　　大氐叚借之始，始於本無其字，及其後也，既有其字矣，而多為叚借；
　　又其後也，且至後代，譌字亦得自冒於叚借，博綜古今，有此三變。
由以上所述，明詒讓本許、段之說，謂假借始於「本無其字」，若無假借一例，則凡
遇一事皆造新字，如此一來，字不勝造，必有窮盡而無法造字的一天。因此，詒讓
認為假借是救造字之窮而通其變最好的方法。

四、對古文字作用的看法

　　詒讓對於古文字作用的看法，在《名原》中雖然沒有說明，但在《古籀拾遺‧
敘》中卻說明了古文字「證經」、「說字」的作用：

　　　　考讀金文之學，蓋萌柢於秦漢之際，《禮記》皆先秦故書，而《祭統》
　　述孔悝鼎銘，此以金文證經之始。漢許君作《說文》，據郡國山川所出鼎
　　彝銘款以修古文，此以金文說字之始。誠以制器為銘，九能之選，詞誼瑋
　　奧，同符經藝。至其文字，則又上原倉籀，旁通雅故，博稽精覈，為益無
　　方。然則宋元以後最錄款識之書，雖復小學枝流，抑亦秦漢經師之家法與？
對於先秦典籍中的制度與文字，在歷代傳鈔的過程中，必定由於人為的因素而有所
訛亂，詒讓對於古文字的作用，給予了兩個重要的使命，一是「證經」，一是「說字」。

　　歷來的漢學家雖然都注意到銅器銘文的重要性，也做了不少的考釋以證經說
字，但成就都不及清代為高，詒讓在這方面的成績顯現在他的《墨子閒詁》、《周禮
正義》等著作中。直到王國維提出「二重證據法」後，直接史料（出土實物）與間
接史料（歷代文獻）的相互印證更成了研究學者的不二法門。

五、對古文字通例、變例的認定

（一）通　例

　　詒讓在寫作《名原》一書的過程中，發現一些關於古文字的通例，依據本書，
可以歸納如下：

　　1. 古文紀數字皆獨體。（卷上，頁二前）
　　2. 紀數字古多趣簡易。（卷上，頁二前）
　　3. 甲文凡从目字皆作 ⊄。（卷上，頁六後）
　　4. 小篆多依相近字改竄象形文，大氐如是矣。（卷上，頁二十九後）
　　5. 古人名字，義必相應。（卷下，頁七後）
　　6. 古文偏旁手、攴、又形多互通。（卷下，頁十前）
　　7. 古文爪與又亦多互通。（卷下，頁十前）

8. 金文通例，簋皆作𣪘。（卷下，頁十三後）

9. 古文多假且為祖，金文、龜甲文通例如是。（卷下，頁十四前）

10. 凡古文而異者，皆宜入奇字之科。（卷下，頁十六後）

11. 古從「無」聲之字，與「大」義多通。（卷下，頁二十前）

12. 金文凡作「𤏳」字者，多著亞於其外，或為人名，或亦即地名，皆無可質證，要其為一字，亦無可疑也。（卷下，頁二十四後）

13. 凡從𣜩者，當為𣝒之正；凡從𣜊者，為𣝒之省變。（卷下，頁二十八後）

14. 凡原始象形字，隨體詰詘，殆無一定之瑑畫，大氐有「通共體」，如獸為獸形，鳥為鳥形是也；有特別體，如同一獸形，而馬長頭有毛蹏，牛有封、羊有文，三者大同小異是也。（卷上，頁六前）

（二）變　例

古文字有通例，亦有變例，依據本書，可以歸納如下：

1. 周時已有用貳、參紀數者，經典中借用者尤多，斯皆後世簿籍，紀數用大字之濫觴，亦一變例也。（卷上，頁二後）

2. 「𣏃」，右作丁者二，即二六也，與籌策從橫列數正同，亦古文紀數之變例。（卷上，頁二後）

3. 「达」字三見，前作𨑒，後二作𨒪、𨒫，下增□形，當即且字。因儥祖之名，特加□以為幖識，故與上文殊異，非古文「达」字或從且也。又因其為幖識文，非正字，故作□與下文「𢓊且」字亦異，皆金文之變例也。（卷下，頁十四前）

第五節　孫詒讓古文字研究的方法

研究古文字，首要「識字」。民國以後，一些學者根據前人研究的經驗及個人的心得，歸納出一些識字的方法，唐蘭先生在《古文字學導論》下編〈怎樣去認識古文字〉中提出以「對照法（或比較法）」、「推勘法」、「偏旁分析法」及「歷史的考證」等的方法來考釋古文字。楊樹達先生在〈新識字之由來〉一文歸納出十四種考釋古文字的方法：

（一）據《說文》釋字

（二）據甲文釋字

（三）據甲文定偏旁釋字

（四）據銘文釋字

（五）據形體釋字

（六）據文義釋字

（七）據古禮俗釋字

（八）義近形旁任作（按：即偏旁通用例，如偏旁人、女古通用）

（九）音近聲旁任作（按：即偏旁因聲韻關係而假借之例）

（十）古文形繁

（十一）古文形簡

（十二）古文象形會意字加聲旁

（十三）古文位置與篆文不同

（十四）二字形近混用。

　　林澐先生在《古文字研究簡論》中提出以字形爲出發點，然後利用「研究字形的根本方法──歷史比較法」及「歷史比較法的主幹──偏旁分析」考釋古文字。雖然條目分得有略有詳，各人的著重點也有些差異，但大體上的意義是相同的〔註26〕。高明先生即在整理各家說法後，歸納出四種考釋古文字的方法：「因襲比較法」、「辭例推勘法」、「偏旁分析法」、「據禮俗制度釋字」，現在學者大約是遵循這些方法考釋文字。這些方法應相輔相成，互相檢驗，才能準確地考釋古文字。

　　在民國以前，研究古文字的學者並沒有像這樣一套依循的標準，他們依賴的是各人在學術上的涵養、對文字的靈敏度以及對古銅器銘文的熱衷，才有這些可觀的成績。

　　同樣的，在詒讓所有的古文字著作中，並沒有說明自己用何種方法來考釋古文字，眞要追究起來，詒讓在《名原‧敘錄》中說：

　　　　今略摭金文、龜甲文、石鼓文、貴州紅巖古刻，與《說文》古、籀互

　　相勘校。

由以上這句話，說明了《名原》這部書所用的方法是「比較法」。但是，詒讓最爲後世學者推崇的，是有系統的運用「偏旁分析法」來考釋古文字。如唐蘭先生就曾說：

　　　　同、光時的學者才知道古文字的眞價值是超《說文》的，於是，古文

　　字學就日漸昌大起來了。以前止偶爾舉金文來比較篆文，現在要用金文來

〔註26〕楊樹達先生雖然條分十四目，然尚可將其歸納如下：（一）、（二）、（四）、（五）爲「比較法」；（三）爲「偏旁分析法」；（六）爲「辭例推勘法」；（七）爲「古制釋字法」。（八）、（九）、（十）、（十一）、（十二）、（十三）爲漢字演變的規律，（十四）爲訛亂字，不應視爲研究古文字的方法。

補正篆文了。在這一個趨勢裡，孫詒讓是最能用偏旁分析法的，我們去繙
開他的書來看，每一個所釋的字，都是精密地分析過的。〔註27〕

高明先生也說：

但是，把這種通常使用的方法（偏旁分析法），提高到一種具有科學
意義的研究手段，是從清末孫詒讓開始的。〔註28〕

「偏旁分析法」是許多清代古文字學家，如方濬益、吳大澂等人考釋古文字最基本
且通用的方法。詒讓會為後世學者特別提出，原因應在於《名原》打破以往古文字
研究者「以一器釋一器之文」的方式〔註29〕，而以「一個字」或「一組字」為基準，
較諸其他的古文字，並分析其偏旁差異。本節即就詒讓在《名原》中所使用的方法
作一說明。

一、比較法

秦以前的古文字，字體沒有定形，結構繁雜多樣，雖然同為一字，但卻會因
時代與地域的不同而有多種的形體。可喜的是，中國文字的演變有一定的規律，
同字異形的情況雖然麻煩，但字與字之間有其共同的字原及特點。因此要辨認這
些文字，就必須從各個時代字體的因襲關係中進行綜合比較的工作。在這項工作
中，必須要有一個可以比對的基準。《說文》是我國最早的一部字書，其中保存了
五百多個古文、籀文，而小篆也比後代的隸書、楷書更接近古文字。書中保存文
字的本形、本音、本義，因此，當碰到不認識的古文字，首先要比對《說文解字》。
另外，出土資料越來越多，可供比較的資料範圍也越來越廣泛，如甲骨文、鐘鼎
文、石鼓文、石刻、簡帛、陶文、印璽、盟書……等等，都是比對文字有利的資
料。而比較的目的在找出字的「歷史」，更進一步找出未識字與已識字之間的聯繫。
詒讓在其前三部古文字學著作中即大量利用此法，以下，以「鹿」字為例，說明
《名原》利用「比較法」釋字的流程：

（一）在解釋每個字之前，先舉出《說文》的說法：說文鹿部：「鹿，獸也。象頭角
四足之形。鳥鹿足相比，從比。」

（二）舉金文「鹿」字：金文〈貉子卣〉「鹿」作「🦌」。

（三）舉石鼓文「鹿」字：石鼓文「鹿」作「🦌」，「麋」作「🦌」，「麀」字作「🦌」。
三文角形或緐或省，與小篆異。

〔註27〕唐蘭撰：《古文字學導論》，下編，頁23後。
〔註28〕高明撰：《中國古文字學通論》（北京：北京大學出版社，1996年6月），頁170。
〔註29〕在《古籀拾遺》、《古籀餘論》中，詒讓也大量使用偏旁分析的方法，但其仍沿襲「以
一器釋一器之文」的形式。

（四）舉甲骨文「鹿」字：龜甲文「鹿」字作🦌，又有🦌、🦌。二字亦鹿之省。

（五）比較各文的差異，以觀「鹿」字演變之跡：卣文上從🦌，鼓文上從🦌，角形最備，疑原始象形字如是。後省作🦌，又省作🦌，甲文從🦌、🦌兩形又微異，皆省變象形字也。依甲文則是以角屬於橫目，卣文同，即象首形，古文首亦從目也。石鼓文作🦌，尚存橫目之匡郭，小篆變作🦌，乃與首目形不相應矣。

（六）援「廌」字以證其說：說文廌部：「廌，解廌，獸也。似牛，一角。象形，從豸省。」金文〈盂鼎〉「灋」字作🦌，〈師虎敦〉作🦌，〈叔帶鬲〉「薦」字作🦌，〈陳侯因育敦〉作🦌，所從廌形雖錯異，而皆從橫目形。唯〈師酉敦〉字作🦌，偏旁與小篆略相近，而目形亦尚可辨，並竝足互證。

「鹿」字甲骨文寫作「🦌」，圖畫性很強，象頭、角、四足之形。省文的鹿字只見得到二足，但特徵都是以眼睛代表整個頭部；金文寫作「🦌」，形體比甲骨文複雜；到了石鼓文寫作「🦌」，形體更為複雜，且更強調鹿角的形狀，但「🦌」部分仍尚存眼睛的匡郭；到了小篆寫作「🦌」，角形又不太明顯，「🦌」部分也與首、目形無法相應。

由幾種古「鹿」字的對照，並藉由「廌」字亦是橫目形的佐證，證明小篆形體已違失造字原始之形。

二、偏旁分析法

漢字從它原始構造來看，少部分的字是一個不可分割的圖形符號，即所謂的「獨體字」；更多部分的字是由兩個或兩個以上的這種圖形符號複合而成的，即所謂的「合體字」。這些無法分割的圖形符號是構成全部文字體系的基本單位。文字的數量雖多，但是構成文字的基本單位卻有限。

許慎《說文解字》一書的作用在於一方面闡述每個「獨體的文」的原始圖形所表現的意思，另一方面解釋「合體的字」是由哪些基本單位合成的。他並將所有收集來的文字，分部統屬成五百四十部，該部所有的字都是他認為含有此一構字單位的。但是在《說文》中，並不是每一個部首都是最基本的構字單位，如《說文》中有「田」部、有「土」部，但也有從田從土的「里」部。這樣的概念傳到唐、宋，開始有了「偏旁」的說法。因此，現在所謂的「偏旁」，並不是指最基本的構字單位，而是泛指一切具有獨立性的構字單位。如：「東」可以分析成「木」、「日」兩個最基本的構字單位，亦可以稱作是偏旁；但在「棟」、「蝀」、「凍」、「鶇」等字中，「東」承擔著表音的角色，因此也可以稱為「偏旁」。所以，林澐先生說：

「我們今天所稱的偏旁，實際有『基本偏旁』和『複合偏旁』之分。每一個獨體字，都可以看作是只含一個基本偏旁的字。」〔註30〕

自許慎《說文》以後，利用分析字體偏旁的觀念來考釋文字，已是學者們常用的方法。詒讓利用這個觀念，首先將已認識的古文字按照偏旁分析成若干個單體，然後將各個單體偏旁的不同形式收集起來，研究它們發展的變化，以認識偏旁為基準，最後再認識每個文字。在《古籀拾遺》、《古籀餘論》中已廣泛使用，到了《名原》一書，雖然他沒有說明「偏旁分析」為其考釋文字的方法，但卻更有系統地利用此法考釋古文字，以下即舉「止」字例說明：

（一）提出《說文》對止的解釋（以《說文》為出發點）：

說文止部「止，下基也。象艸木出有阯，故以止為足。」依許說則「止」本象草木之有阯，而假借為足止。

（二）列出甲文、金文「止」字之寫法：

1. 金文有足跡形，皆無文義可推，或即與止同字。

如：〈母卣〉作𡳐；〈㝡夫鼎〉作𡳐。

2. 龜甲文則凡止皆作𠁗。

如云：「□ □其雨庚 𠁗。」又云：「占曰雨，隹多𠁗。」又云：「雨克𠁗。」。

（三）列出甲文、金文以「止」為偏旁的字：

1. （甲文）從止字偏旁，亦皆如是作：

如：武庚「武」字作𢻻；「步」字作𡵂；「陟」字作𨸏是也。

2. 金文足跡形可識者：

如：〈糾彝〉𣥂字；

〈子父丁鼎〉𣥂字，疑竝「衛」之省。

〈足跡父丙鼎〉𣥂字，疑是「疋」字。

〈兕觥〉𤑳字，從四火，則疑「遴」、「躙」之異文。

3. 重絫者：

如：〈足跡觶〉𣥗字，疑即「徙」之古文。

〈祖辛尊〉𣥂字、〈足跡父癸爵〉𣥂字，疑皆「步」字。

（四）列出甲文、金文以「止」為偏旁的字，但形體或橫或反：

1. 「降」字

〈大保敦〉「降」、「征」字作𨺅𢔁，皆為足跡形；

〔註30〕林澐撰：《古文字研究簡論》（吉林：吉林大學出版社，1986年9月），頁62～64。

〈聃敲〉「降」字則作𨼪𨽥。

龜甲文又作𨽢，與〈聃敲〉略同。

攷《說文》𨸏部「降，从夅聲。」又夊部云：「夅，服也。从夊屮，相承不敢竝也。」「夊，从後至也，象人兩脛後有致之者。讀若黹。」依許說「夊」、「屮」不爲足跡，而爲足脛，依甲文則夊从到止，即象足止。〈大保敲〉从𩰬𩰬，正象其本形，此皆古止屮同字之明證也。蓋原始象形字，當作屮𩰬，省變作屮𩰬，後定爲止夊，乃與足止形不相侣，遂有夊象兩脛之說，實非造字之初恉也。

2.「各」、「咎」字

《說文》口部「各，異詞也。从口夊。」

甲文「各」字作𠭯。

又「咎」字从人从各，金文「咎」字或作𠬝〈集咎彝〉，作𠭧〈咎作父癸卣〉。甲文有𠭯字，蓋亦「咎」之異文，此皆以𩰬爲夊也。

3.「正」、「征」字

甲文正月字亦作𡳿。

《說文》正部云：「正，是也。从一，一以止。」古文作𠙺，从二，又作𠙽，从一足，足亦止也。此亦以屮爲止，而迻一箸下，與一止之義無迕也。甲文「征」字亦作𨗇，又或借「正」爲「征」，其字作𧻚。如云：「貝多𧻚方。」是也。此即《說文》古文𠙽字之省，然與篆文「足」字正同。疑古唯有「止」字，後別制「足」字，乃與「止」殊別，蓋皆後起之音義也。

4.「出」字

《說文》出部云：「𡳴，進也。象艸木益茲，上出達也。」

金文《毛公鼎》作𡳴。

石鼓文作𡳴。皆从止。

龜甲文則作𡳴，中从亦止。

明古出字取足形出入之義，不象艸木上出形，蓋亦秦篆之變易，而許君沿襲之也。

5.「先」字

《說文》先部「兟，莽進也。从儿从屮。」又屮部「屮，出也。象艸過中，枝莖漸益大，有所之也。」

甲文屮與小篆同，而先則作𠑇，从止。二文絕不相通。

金文〈善鼎〉「先」作𠑇，略同。竊疑古文字本从止，與莽从止在舟上意略

同。「止」皆謂人足趾所履，不行而進，則謂之岦，岦進不已，則謂之先，咸與會意字例無迕，或亦倉、沮之初制與。

6.「夊」、「舛」、「韋」字

《說文》夊部「𡕨，行遲曳夊夊也。象人兩脛有所躧也。」此與夂形義竝相近而微異。

甲文从夊之字亦作ᚠ，如夏作ᨁ是也。又《說文》舛部「舛，對臥也。从夊屮相背。」又韋部云：「韋，相背也。从舛，口聲。」甲文亦作ᨂ，又有ᨃ、ᨄ二字。疑亦韋之變體，其字亦似从止，而橫從反背書之，與許書象「兩脛」之義亦異。

（五）歸納結論

綜考金文、甲文，詒讓得出以下結論：

1. 疑古文ᚢ爲足止，本象足跡而有三指。猶《說文》又部ᚣ字注云：「手之列多略不過三。」是也。

2. 金文足跡實繪其形，甲文則粗具匡郭。

3. 「止」字反正顛倒、縱橫錯列，則成異字。如：「止」倒之爲「ᚤ」，爲「夂」；「夂」直錯之爲「夅」，橫列之爲「癶」；「夅」，橫列之爲「舛」，爲「舜」；直錯之爲「韋」，形皆相似，要並象足止行也。

由詒讓對偏旁精密的分析，可以將「止」字偏旁的演變作成如下的表格：

【止字正形】

	甲　骨　文					母　卣
字例	ᚥ	ᚦ	ᚧ	ᚨ	ᚩ	ᚪ
偏旁			ᚫ	ᚬ	ᚭ	ᚮ
	奢夫鼎	糾彝	兒觥	足跡觶	祖辛尊	足跡父癸爵
字例	ᚯ	ᚰ	ᚱ	ᚲ	ᚳ	ᚴ
偏旁		ᚵ		ᚶ. ᚷ	ᚸ. ᚹ	ᚺ ᚻ

	甲骨文	說文古文	說文古文	說文小篆	甲骨文	甲骨文
字例						
偏旁						
	甲骨文	毛公鼎	石鼓文	說文小篆		
字例						
偏旁						
	甲骨文	說文小篆	甲骨文	善鼎	說文小篆	
字例						
偏旁						

【止字倒形】

	甲骨文	大保敦	耶敦	子父丁鼎	足跡父丙鼎
字例					
偏旁					
	甲骨文	甲骨文	集咎彝	咎作父癸卣	
字例					
偏旁					

【止字橫縱反背形】

	甲骨文	甲骨文		
字例				
偏旁				

因此，利用偏旁分析法，便可以更清楚看出「止」字的演變，而可以達到詒讓作這部書的目的——「上推書契之初軌」。

三、辭例推勘法

　　「辭例推勘法」作爲主要的考釋古文字的方法，並不是被每個學者所接受，林澐先生即認爲，在古文字研究史上，對字形的分析研究還缺乏成熟方法時，不少研究者往往把「辭例」作爲主要出發點，「這種情況，就好像遇到不識的字，不是根據字形去查字典，而是單憑上下文去推測它是什麼字或什麼意思」〔註31〕。單靠辭例推斷不認識的字爲什麼不一定可信？原因在於「辭例」的存在使我們在考慮不識字爲何字時，有一個不是「唯一的可能」的範圍。如果有一個不認識的字，只知道它的後面可以連「燈」字，以現代的語言推測，這個不認識的字可以是「紅燈」、「花燈」，如果知道它可以和某字連用，範圍就可以縮小。然而即使範圍漸漸縮小，也還存在許多可能性。在研究古文字時，由於對古代語言知道的不夠全面，想要根據辭例去限定範圍，是較沒有把握的。另外，林澐先生認爲先秦時代文句中不使用標點符號的情況下，假設不同的句讀方式就可以使文句中相連諸字的關係發生很大的變化。因此「以辭例爲出發點的『推勘法』，是不宜作爲考釋古文字的獨立方法」〔註32〕。

　　不論哪一種方法都有它可能的漏洞，最重要的是使用的人，本身的學養是否充備，不被「方法」所牽絆，反覆求證，如此，釋錯字的可能性便可減至最低。

　　所謂的「辭例推勘法」，其實可以分爲兩個方面來進行，一是依據文獻中的成語推勘；一是依據文辭本身的內容推勘。依文獻成語推勘，是利用文獻中的辭例來校核銘文。兩周時代的銅器銘文，多是當時貴族爲歌功頌德或紀念先祖、本人的勛功大事之作，以便傳給後代子孫永遠稱頌。正如《禮記‧祭統》所記：「夫鼎有銘，銘者，自名也。自名以稱揚其先祖之美而著之後世者也。」由於內容多爲頌揚勛功美德，因而有些辭例往往與當時流傳下來的經書用語相同或相近，而爲辨識古字提供相互推勘的條件。如《名原》卷下，頁二十前，金文〈毛公鼎〉云：「母毋敢𤲃于酒酒。」詒讓以《說文》「湎」字引《尚書‧酒誥》：「罔敢湎於酒。」二文相同，而推斷「𤲃」即爲「湎」字。

　　依據文辭內容推勘，是指僅從銅器銘文中的文辭內容，經過分析句義，推勘出應讀的本字，並不完全依靠文獻的根據。如讀「十」爲甲乙丙丁之甲，不讀「十」，

〔註31〕《古文字研究簡論》，頁 37。
〔註32〕《古文字研究簡論》，頁 41。

即從銅器銘文所用干支辭例中推勘出來。又如「半」，宋代學者讀爲伯仲叔季的「叔」，即根據銘文中常謂「某叔」等一些專謂行輩的辭例中推勘出來。又如《名原》卷下，頁二十七前，詒讓以金文紀錫兵器有甲冑，宷校文義，甲冑二物相埒，不宜偏舉，〈伯晨鼎〉、〈盂鼎〉又以「絲」與冑、貝同錫，而推斷「絲」必與甲同物。

在《名原》中，詒讓常利用辭例推勘法來考釋文字，以下即以「牆」字爲例，說明其釋字的流程：

（一）對難識字予以分析

〈盂鼎〉云：「𢔶于玟王正德，若玟王令二三正。」𢔶字最奇古難識。今參互宷斠，知亦即卣字也。……此西周最古文字，近原始象形文，義例至精。

（二）解釋文義

「卣于玟王正德，若玟王令二三正。」卣，受也。（詒讓自注：《說文》䪴字注云：「卣，受也。」卣令，猶言稟命。）謂所受於文王中正之德，及命二三官正之令也。

（三）由「卣」衍生相關難識字。

1. 《說文》嗇部：「嗇，愛濇也。从來卣。來者，卣而臧之，故田父謂之嗇夫。一曰棘省聲。」古文作𠬶，从田。

2. 龜甲文云：「乎嗇射□于□隻。」嗇字作𡷠，正是从來省、卣省，其字絕簡古。乎嗇者，謂評嗇官令躬獸於某地而奪之，蓋不獲也。

3. 金文則皆从林：

〈大敦〉云：「余弗敢𤏳。」此即各「嗇」字。

〈虢叔旅鐘〉云：「用作朕皇考重朿大𡘜龢鐘。」別器作𡙁，作𡙂。

〈編鐘〉作𡙁。

〈𪘚伯鐘〉云：「用作朕文考𪘚白龢𡙁鐘。」

〈朿氏鐘〉云：「作朕皇考朿氏寶𡙁鐘。」此並「嗇」之異文。

（四）證之古禮制，以確定其用法。

上从林者，疑即从秝省，下从卣，大致略同。宷繹文義，並當爲「牆」之借字。「牆鐘」者，謂宮縣之鐘，宮牆義相應，猶編縣鐘磬半爲堵也。《周書·大匡篇》亦云「樂不牆合」，「牆合」即謂宮縣四合。諸侯軒縣三回合，蓋亦得稱「牆」矣。此與〈大敦〉義異，而字則同。

以上三種，即是詒讓在《名原》一書中考釋古文字的方法。又由於他撰寫過《周禮正義》一書，對於古制度有相當的認識，因此他也會利用這方面的知識來考釋文字。對詒讓來說，他並未信服任何一種考釋方法，只是在考釋每一字時，務求充分利用一切可供證明的資料。

第四章 《名原》內容的探討

第一節 〈原始數名〉的探討

《名原》一書由〈原始數名〉開始。因爲詒讓認爲「蓋文字生於形，而書栔之作，上原卦畫，下代結繩，又以紀數爲尤重，合形數以紀物，由一而孳爲萬」。「一」，不僅是計數的權輿，也是文字的原始。計數之字雖然在形體上是最簡易的，而其義是可以通貫成一體系的。因此，詒讓將計數之名列於第一篇討論。這樣的作法，實際上是受了許慎《說文》中對「一」所作的解釋「惟初大極，道立於一，造分天地，化成萬物。」的影響。詒讓對計數之名的解釋的用意，正如許慎對九千三百五十三字，五百四十部首賦予「始一終亥」生生不息的宇宙思想是相同的。

在這一部分中，詒讓分析「一」至「十」的古文，以及「貳」、「丅」等字。以下擇要分析之。

一、【一、二、三、亖、X、介、七、八、九、丨】

詒讓對古文字「一」至「十」的解釋爲：

> 形學之始，由微點引而成線，故古文自一至亖，咸以積畫成形，皆爲平行線。至五爲天地之中數，則从二而午交其中，然亦四直線也。至六則龜甲文皆作介，又由緐而反於簡，故由平線變爲弧曲線。穹隆下覆，略爲半圜之形。此殆倉沮初制，最簡古文之僅存者。至七甲文作七，或作十，則以平線與曲線互相拘絞，實承五而小變之。八之爲八，則以曲線分列爲二，又承六而小變之。九金文作九，或九，則以兩曲線詰詘糾互，又承七而小變之。蓋六之與八，七之與九，皆間一數，相對爲形。還數究於九，進而爲十。甲文皆作｜，則又以平線直書之，與後世筭式同，亦與一始終

從橫相對。則此十文者，實立形數之原，總分理之要。

按：詒讓將「一」至「十」解釋爲一個由直線與曲線變化而成的系統。「一」到「四」爲積畫成形，詒讓的說法是正確的。

《說文》說：「四，陰數也，象四分之形。」古文四作𦉻，籀文四爲積畫的「亖」。馬敘倫以爲「四」和「亖」是兩個不同意思的字，他說：「說文裡四字是篆文，古文寫作𦉻，籀文寫作亖，其實四、亖是兩個不同意思的字，曹籀以爲是泗字的初文，象鼻子裡有涕，其實四字的確从鼻。」〔註1〕依照馬氏的說法，「四」的本義應爲鼻中有涕，假借成計數的「四」，另造一「泗」字以代初義，與積畫的「亖」不相涉。丁山的說法亦與馬氏接近，唯丁氏以爲「四」爲「呬」之初文，丁山說：「說文口部：『呬，東夷謂息曰呬，从口，四聲。詩曰：犬夷呬矣。』犬夷呬矣，今左傳作『喙矣』，廣雅『喙，息也。』……以呬義證四形，冥然若合符節。則四呬一字可以斷言。」丁山又說：「象口形，或作㗊、㗊者，兼口舌氣象之也。」〔註2〕可知「四」爲假借。甲文、金文「四」皆作「亖」，與《說文》籀文同，到了晚周的金文才有「四」形，如：〈邵鐘〉作㗊、〈梁司寇鼎〉作㗊，詒讓認爲此二者是小篆的權輿，而《說文》古文、小篆則沿用之。

又按：「五」到「十」是假借成字，不是線條變化而成字的。此處詒讓的說法有待商榷。「五」，《說文》：「五行也。从二，㑒易在天地間交午也。」許愼言「五行也」，非「五」字本義，漢時五行之說盛行，許愼亦受其影響。「五」字本義應爲象交午之形，引申爲一切交錯之稱，假借爲計數之「五」。

「六」，于省吾以爲栔文「六」字作「∧」形者，皆爲早期卜兆側之紀數字，後世不作「∧」字形，以其與「入」字形同易混淆，因而區別之。〔註3〕

「七」，爲「切」之初文，假借爲計數之「七」，而另造切字。

「八」，《說文》：「別也。象分別相背之形。」訓別之八，假借爲計數之「八」。

「九」，朱芳圃以爲九象動物足指踐地〔註4〕；于省吾以爲九象蟲形之上曲其尾〔註5〕；丁山以爲九本肘字象臂節形〔註6〕，假借爲計數之「九」。

〔註1〕馬敘倫撰：〈原流與傾向〉，《馬敘倫論文集》，頁168。

〔註2〕丁山撰：〈數名古誼〉，《中央研究院歷史語言研究所集刊》1本1分（廣州：中央研究院歷史語言研究所發行，1928年），頁90～91。

〔註3〕于省吾撰：《雙劍誃殷栔駢枝三編》，收於《殷栔駢枝全編》（臺北：藝文印書館，1975年11月再版），頁67。

〔註4〕朱芳圃撰：《殷周文字釋叢》卷下，頁187。

〔註5〕于省吾撰：《雙劍誃殷栔駢枝三編》，頁68。

〔註6〕丁山撰：〈數名古誼〉，頁94。

「十」，丁山、于省吾〔註7〕以爲先民以十進位爲據，至「十」而復歸於「一」，但已進位，恐與「一」相混，故直書之爲「｜」，後金文作「╇」、「╆」加點爲飾，由點孳化爲小橫。

「五」至「十」亦可用積畫表示，但不如假借來得方便，因此後世便以假借字行之。

二、【貳】

詒讓說：

> 紀數字古多趣簡易，故《說文》十部廿字解云：「古文省多。」然亦有改簡爲緐者，……而古文又有弎弍弌，字竝从弋，則彌緐矣。又或假借壹、貳、參爲之。金文〈召伯虎敦〉云：「公宕其參，女則宕其貳，公宕其貳，女則宕其一。」貳字作貳，偏旁弍，从戌从二。又〈斧文〉云：「邵大米貳車之斧。」以文義校之，貳當即貳字。則又从戈从貝，而省二，咸與《說文》不同。又〈智鼎〉云：「母卑弍于所。」以敦文互證，弍當即弍字。从戌亦與彼敦貳字同。又〈緻安君瓶〉有弍字作弍，則亦从戈。諸文皆不从弋，未案其義。據敦文則周時已有用貳、參紀數者。經典中借用者尤多，斯皆後世簿籍，紀數用大字之濫觴，亦一變例也。

由詒讓所述，可將各器形「貳」字列之於下：

	召白虎敦	斧　文	智　鼎	緻安君瓶
字例	貳	貳	弍	弍

按：商承祚〈釋貳說〉說：「祚按，呂大叔貳車之斧作貳，从戈，與此同。」〔註8〕容庚曰：「『邵大弔貳車之斧。』，『貳車』之文常見于經典，如《周官・道僕》『掌貳車之政令』，〈少儀〉『乘貳車則式』，此殆是貳字。」〔註9〕李孝定先生說：「按《說文》：『貳，从人求物也。从貝弍聲。』从弍之字古作╈與戈形近，契文从戈从貝，篆或譌从弋耳。然此說亦殊無據，姑從商說，收之於此，容釋『貳』，非是。」〔註10〕由上述可知〈斧文〉中的「貳」，容庚與詒讓都認爲是「貳」字，李孝定先生則

〔註7〕丁山說見〈數名古誼〉，頁94；于省吾說見《雙劍誃殷契騈枝三編》，頁68。
〔註8〕商承祚撰：《殷虛文字類編》卷六，頁7。
〔註9〕容庚撰：《金文編》卷六（北京：中華書局，1985年7月），頁430。
〔註10〕李孝定撰：《甲骨文字集釋》第六（臺北：中央研究院歷史語言研究所，1965年6月），「貳」字條按語，頁2135。

懷疑古「弋」、「戈」字形近，或許因此而產生訛誤，但因無據，故存之待考。

三、【丅】

詒讓說：

> 宋元人算艸六七八九，有作丅丌冊冊者，象算策從橫分列。新莽金布文正如是作。六之爲丅，與原始古文作ᐱ，反正弧直適相變。金文〈宗周彝〉云：「隹八月甲申，公中才宗周，易ㄈ貝五朋。」ㄈ即弓字，右作丅者二，即二六也。與算策從橫列數正同，亦古文紀數之變例。蓋錫弓十有二，與貝五朋文正相儷也。《淮南子·氾論訓》：「訟而不勝者，出一束矢。」高誘《注》：「箭十二爲束。」若然，錫弓以十二爲數，猶出矢以十二爲束與。

按：《說文》：「算，長六寸，所以計厤數者。」算，是一種六寸長的竹製計數工具，其發明的時代因年代久遠而不可考，但至遲不會晚於春秋、戰國時期。《老子》曾說過「善算者不用籌策」，另外，在《儀禮》中亦屢次提到射箭時用「算」來計數的記載。〔註11〕可見算籌在當時已經是很普遍的計算工具。以算籌來表示數目，有兩種形式，一種是縱式，一種是橫式：

	1	2	3	4	5	6	7	8	9
縱　式	|	||	|||	||||	|||||	丅	丅	冊	冊
橫　式	一	二	三	亖	亖	⊥	⊥	皿	皿

個位數用縱式，十位用橫式，百位用縱式，千位用橫式，萬位用縱式，以此類推。遇到零的時候，就留個空位。依個、十、百、千、萬的次序，由右到左排列〔註12〕。如：1102，可以一丨‖表示。又如：378，可以‖‖⊥冊表示。

詒讓所謂的〈宗周彝〉，在他所著的《古籀餘論》中名爲〈宗魯彝〉〔註13〕，對「ㄈ」有所解釋，他說：

> 諦審此字，左爲弓甚明。右爲キ，不可識。竊疑丅當爲六之紀數。

〔註11〕如撰：《儀禮》〈鄉射禮〉、〈大射〉兩篇都有射箭時用「算」來計數的記載。特別是在〈大射〉篇的記載中還有類似區別十位數和個位數的記法。（參看李儼撰：《中國古代數學簡史》，臺北：九章出版社，頁10。又〈籌算制度考〉，《燕京學報》，第6期，頁1129～1134。）

〔註12〕《中國古代數學簡史》，頁10。

〔註13〕此器在吳式芬《攈古錄金文》中即命名爲〈宗魯彝〉，詒讓在《古籀餘論》中承襲之，但已懷疑「魯」字爲「周」字，至《名原》便改爲〈宗周彝〉。

左襄三十年傳，史趙説亥有二首六身，爲二萬六千六百六十日，孔廣森本梅文鼎説，以亥下三｜，爲古籌算縱橫紀數之法，即宋元算艸六作 $\top$ 之權輿。其説甚確。此二 $\top$ 者，即十有二，錫弓十二，與貝五朋，文例亦正相儷也。

《三代吉金文存》中將此器名爲〈𥄂父辛彝〉，《金文著錄簡目》、《金文總集》中名爲〈𠩧／𥄂乍父辛簋〉。《金文編》中稱爲〈𥄂簋〉。歷來對「𥄂」字多無解釋，容庚將此字收於《金文編》附錄下〔註 14〕，〈凡例〉說：「形聲之未識者，偏旁難於隸定者，考釋猶待商榷者，爲附錄下。」此字偏旁難於隸定，學者無法肯定爲何字。是否如詒讓所說「𥄂」爲錫弓十二，又頗值得懷疑，甲文、金文「六」字未有作「 $\top$ 」者，算籌與文字，兩不相涉，不宜牽合在一起。「 $\top$ 」爲標識符號或文字，仍有待考證。

第二節　〈古章原象〉的探討

《名原》的第二部分是〈古章原象〉，在這一部分，他分析「十二章文」中的「㠭」、「火」與「米」字。

詒讓認爲，古文字與圖畫是出於同源的，最早的文字，都由圖畫演變而來。〈古章原象‧敘〉說：

> 《説文》敘云：「書曰，『予欲觀古人之象』，言必遵修舊文，而不穿鑿。」此依漢時《尚書》家説，明〔註 15〕十二章亦原始象形文字也。今篆文唯日、月原文尚可見。金文又有作山、龍、藻諸形者，或皆其遺象。近儒攷定斂文亦塙，古文字與畫續同原，此其義證矣。

按：段玉裁《説文》注〔註 16〕説：「尚書：『日、月、星辰、山、龍、華蟲作會，宗彝、藻、火、粉米、黼、黻希繡。以五采彰施于五色作服。』，日月以下象其物者，實皆依古人之象爲之。古人之象，即倉頡古文是也。……文字起於象形，日、月、星辰、山、龍、華蟲、宗彝、藻、火、粉米、黼、黻皆象其物形，即皆古象形字，古畫圖與文字非有二事。」十二章服的圖像如下：

〔註 14〕《金文編》，頁 1259。
〔註 15〕周予同疑爲「服」字。(〈孫詒讓與中國近代語文學〉，《孫詒讓研究》，杭州大學語言文學研究室，1963 年)，頁 1。
〔註 16〕《説文解字》注，十五卷上，頁 21。

【圖二】本圖取自《欽定書經傳說彙纂》卷首上

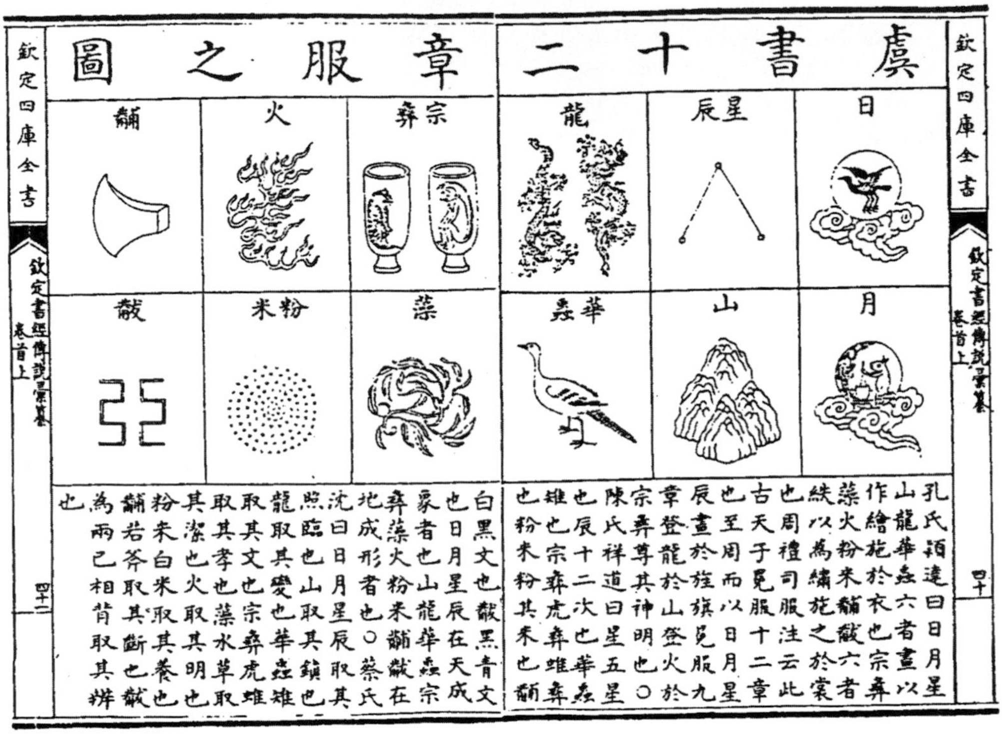

這十二種圖象皆有其所代表的意義：日、月、星辰取其在上而能照臨；山，取其鎮靜而又生物；龍，取其隨時變化；華蟲，即雉鳥，取其有文理又耿介；宗彝，即祭器，上畫虎與蜼（長尾猴），取其能服猛，有智捷；藻，即水草，取其文秀而清潔；火，取其文明；粉米，即白米，取其能養；黼，爲斧形，刃白而銎黑，爲兩斧相背，因此，也有人說黼是黑白相間的花紋，取其斷；黻，阮元說是象兩弓相背，是古弗字〔註17〕，另有一說是青赤相間的花紋，取其有違而輔直。〔註18〕這十二種圖象，日、月、星辰、山、龍、華蟲六物是繪畫在上衣；宗彝、藻、火、粉米、黼、黻是刺繡在下裳。此即十二章紋，相傳爲商朝天子服所備。這就是詒讓拿來作爲古文字與畫繪同源的例證。

〔註17〕 詒讓云：「古章黼黻相儷，黻，金文作✕形，其文恆見，宋人多釋爲亞字。阮文達定爲古文「黻」。據《漢書‧韋賢傳》顏師古注云：『紱畫爲亞文，亞，古弗字也。』謂亞當爲亞字。古畫黻作亞，形爲兩弓相背。正《爾雅》孫炎、郭璞注，《書‧益稷》僞孔安國《傳》兩己相背之誤，其義致塙。…… 此原始象形黻字，與十二章繪畫之形正同者也。」（《名原》卷上，頁 3 前。）

〔註18〕 參見李振興撰：〈尚書皋陶謨大義探討〉，《孔孟學報》第 44 期（1982 年 9 月），頁 127。

一、【屮屮】

詒讓說：

> 金文又有屮屮字，亦恆見，或省作屮屮，又省作北。宋人多釋爲「析」字，蓋據《說文》「鼎」字說解，然古字書無此字。今案之，實四斧相背文也。《爾雅》孫炎注云：「黼文如斧形，蓋半白半黑，似斧刃白而身黑。」郭注及《書》僞孔《傳》說並略同。蓋黻爲兩弓相背，黼爲四斧相背，其例正合。金文之「屮屮」即斧形也。凡黼皆一刃，旁出而爲銎以箸於柯，金古銅斧有存者，尚可見其大略。古畫斧之形，蓋當爲屮，篆文約略寫之則爲屮，或趣便省之則爲屮，更省之則爲十。是其曲畫上下出者，即刃也。直畫旁豎者，即柯也。屮者上下各一斧，同柯連理，左右相背，合而成屮屮，則成四斧。猶之𢎏字，左右二弓，直列相背。上下兩弓，橫列亦相背。是𢎏雖云兩弓，而從橫通共，……後世通行黼黻字，而原始象形文遂不可復識矣。

按：「屮屮」形金文常見，但是否獨立成字，仍眾說紛紜。「屮屮」常與「𡉞」一同出現，作「𡙛」或作「𡊀」或作「𡙛」（據《金文編·附錄上》統計約有四十五個左右的銅器銘文上有此形），宋人多釋爲「析」字，如：呂大臨在〈父乙卣〉中說：「按盧江李氏所藏〈人形父己卣〉文作『北』字，又爲大小二人形相重，此器亦然。惟改『北』爲『屮屮』，疑皆析字。」〔註19〕薛尚功在〈文姬匜〉中說：「作『析子孫』者，貽厥子孫之義。」〔註20〕清代阮元陳述此種說法的由來說：「屮屮字《說文》所無，唯鼎字下有此形，叔重以爲象析木以炊，後人遂定爲析字。」〔註21〕由於「屮屮」字《說文》所無，鼎字下形與「屮屮」形相近，後人便以爲是析木形，而定爲「析」字。

有以爲是床形者，如林義光《文源》說：「實皆爲床上抱子形，古以爲銘器吉語，與《詩》『乃生男子，載寢之床』同義。」又，于省吾〈釋𡊀〉說：「象舉子于床上，不外乎撫育幼稚之義。……字從𡊀，從屮，𡊀亦聲，故𡊀也應讀爲舉。」〔註22〕

〔註19〕（宋）呂大臨撰：《考古圖》卷四，（北京：中華書局，1987年2月），頁53～54。（與《續考古圖》、《考古圖釋文》合刊）

〔註20〕（宋）薛尚功撰：《歷代鐘鼎彝器款識》卷十二（臺北：廣文書局，1985年10月再版），頁229。

〔註21〕（清）阮元撰：〈析子觚〉，《山左金石志》卷二，《石刻史料新編》第一輯，冊19。

〔註22〕于省吾撰：〈釋𡊀〉，《考古學報》1979年4期，頁353。

有以爲是文字者，如：丁山〈說🔣〉說：「🔣上之🔣即保字，其下之🔣作兩手端舉高與首齊形，當即翼敬翼戴之本字。……🔣本輔翼之專名，展轉省變，訛非爲北，始有冀字，冀非從北也。冀字作🔣，蓋又因🔣爲形，以冀望爲義，冀者，殷周間諸侯有國之名。」〔註23〕

有以爲是族徽者，如：郭沫若《殷周青銅器銘文研究》說：「金文之🔣‧🔣‧🔣等圖形文字，均爲古代民族之標幟，即所謂圖騰也。🔣之一文，金文中有種種省形，卜辭亦有此等字，均係人名或國族之名，此與金文爲互證。」〔註24〕

目前各家看法中以「族徽」之說較爲令人信服，因爲族徽通常出現於一篇銘文的最前方或最後方，此形常出於一篇銘文的最後方，且與上文相對照，並沒有文句上的關連，如果這個說法成立，則「𠃬」不可與「🔣」分開來看，應視「🔣」爲一整體。《金文編》所收有此標幟的銅器，其時代可由商代下推到西周前期，根據朱鳳瀚先生的說法，商時有一「🔣族」，此形即「🔣族」的族徽。

「🔣族」在殷代爲大宗族，與商王同姓親族有婚姻關係，宗族結構完整，其家族長稱爲「子」，下屬各分族之長稱爲「小子」，具有武裝力量，接受商王朝之指揮，曾以武力征討鄰近部落。〔註25〕將以上資料作整理，筆者以爲是否可以推論成：「🔣」即代表「子」；「🔣」即代表「小子」；「𠃬」，若如詒讓所說爲「斧形」，則成此族武力的象徵，如此，「🔣」即成爲一個有內含意義的族徽。但由於各家主張不同，至今仍未有定論，朱鳳瀚先生的說法也只是眾多說法中的一種，因此這樣的推論需找出更多的證據來證明。

二、【火】

詒讓說：

《說文》火部「火，焜也。南方之行，炎而上，象形。」此唯象其炎上之形，而下足歧出，無義可說。金文从火之字，亦多與小篆同，其異文有作火，作火，作火，或省作火。不寀孰爲正字也。龜甲文从火字則皆作火，如云：「癸丑，卜亘貝，又火子□□不□。」此交字與〈智鼎〉同。又云：「🔣父乙弗酉。」此上从「𠬞」从「卩」，下从「火」省，當爲烝字，謂冬祭於父乙也。又云：「辛酉，卜戈貝🔣乎□于壹𪊧，隹□□

〔註23〕丁山撰：〈說🔣〉，《中央研究院歷史語言研究所集刊》，1930年1本2分，頁233。
〔註24〕郭沫若撰：《殷周青銅器銘文研究》（上海：大東書局，1931年）。（傅斯年圖書館古籍線裝書）
〔註25〕朱鳳瀚撰：《商周家族形態研究》（天津：天津古籍出版社，1990年8月）。

雨。」此似亦烝字，而文較繁。火又作山，小異。又云：「庚戌，卜□禾
於￼。」此上從卤，下從山，即火形，疑當為「奧」，即煙之省。義或與
禋同。又云：「戊申，□貝今日遘鹿□占。」此上從鹿而半闕，下亦從∪，
似是「麗」字。以上諸文，唯山為正，其山、山皆變體，∪則省體，而
其為半圓形則同。

　　按：「￼」、「￼」、「￼」、「￼」皆非從「火」的字。甲骨文「火」字多作「￼」、
「￼」形，不作「山」形。「￼」，羅振玉說：「象人臽阱中有拚之者，臽者在下‵者
在上，故從屮象拚之者之手也。此即許書中之『丞』字，而誼則為拚救之拚，許君
訓丞為翊，云：『從収、從卪、從山，山高奉承之義。』蓋誤屮為収，誤∪為山，
誤乚為卪，故初誼全不可知，遂別以後出之代丞，而以承字之訓訓丞矣。」〔註26〕
李孝定認為羅氏所說為是。又說：「拯字多本《說文》作，段氏注改作拯，各家於此
聚訟紛紜，今知丞為拯之古文，『上舉』、『出休』為其本義，『翼也』則其引申義，
及後引申之義專行，乃更增之手以為拯字，至字後作『抍』作『撜』者，則為更後
起之純形聲字，段氏改篆體作拯，殊具卓識，惟惜未見真古文，故猶不知丞為拯之
本字也。」〔註27〕

　　詒讓根據古禮「烝」為「冬祭之名」，與《說文》對「丞」字形的解釋：「從
収、從卪、從山」，以為此字是「烝」字而省「山」形，誤以「∪」為「火」字之
省。「￼」，白玉崢說：「籀廎先生隸作『烝』，羅振玉氏入《書契待問篇》，孫海波
氏作文編入於附錄，李孝定先生做《甲骨文字集釋》失錄，于省吾氏曰：『￼，隸
定應作舂，象陷人於坎，而用杵以舂之。』于氏隸作『舂』，可從，然今字無之。
竊疑：字之構形，可能為人祭，或構築寢廟奠基涉及之事。茲姑從于氏之隸定，
以俟考定。」〔註28〕饒宗頤先生的說法亦與于省吾先生同。〔註29〕徐中舒先生以
為：「勹旁有點，象人濺血之形。」〔註30〕于省吾先生則以為是：「加以數點，則象
坑坎中塵土之形。」〔註31〕

　　姚孝遂、肖丁說：「齒、齔、鹿等，其形體結構與山同，罪、鼟亦然，均屬『臽』

〔註26〕 羅振玉撰：《增訂殷虛書契考釋》卷中（臺北：藝文印書館，1975年11月），頁63。
〔註27〕 《甲骨文字集釋》，頁2783～2784。
〔註28〕 白玉崢撰：〈契文舉例校讀〉十九，《中國文字》第52冊（臺北：臺灣大學文學院中
　　　　文系編），頁5942。
〔註29〕 饒宗頤撰：《殷代貞卜人物通考》上冊（香港：香港大學出版社，1959年11月），
　　　　頁389。
〔註30〕 徐中舒撰：《甲骨文字典》（成都：四川辭書出版社，1993年9月），頁794。
〔註31〕 于省吾撰：《甲骨文字釋林》（北京：中華書局，1979年6月），頁270～275。

之原始形體，用則各有區分。自羅振玉以來，諸家除以从『人』、从『女』者釋爲『臽』而外，其從『鹿』、从『毘』、从『毘』者，多釋爲『阱』，不可據。」〔註32〕

由以上各家所論，可知「屮」爲「陷」字之初文，詒讓誤以「屮」爲「火」字甚明。除甲骨文字誤釋外，詒讓對銅器銘文中有偏旁「火」字的舉例，如下表所列：

	曶 鼎	白淮父敦	麥 鼎	白農鼎	墓白彝	羿 鼎
字例	炎	炎	炎	炎	墓	墓
偏旁	ψ	ψ	ψ	ψ	⊥	⊥
	虎	辛鬲	木 鼎	癸亥父己鼎	毛公鼎	
字例	燚				耿	
偏旁	⊥	ψ	ψ	ψ	⊥	

〈考工記・畫繢〉云：

畫繢之事，雜五色。東方謂之青，南方謂之赤，西方謂之白，北方謂之黑，天謂之玄，地謂之黃。青與白相次也，赤與黑相次也，玄與黃相次也。青與赤謂之文，赤與白謂之章，白與黑謂之黼，黑與清謂之黻，五采備謂之繡。土以黃，其象方，天時變，火以圓，山以章，水以龍、鳥、獸、蛇。雜四時五色之位以章之，謂之巧。凡畫繢之事，後素功。〔註33〕

鄭康成《注》「火」說：「形如半環。」詒讓認爲〈考工記〉所說的「畫繢」與《尙書》中的「服章」相應，但「火之以圓」爲何是半環形？而自來並沒有能通其象義者。詒讓通過對「火」字偏旁的分析，知金文「火」字皆作「半圓形」，迺知古服章畫火，本如是作。由此可知古原始象形字與繢畫是同出一原的。後人變「屮」爲「屮」，則是將圓筆拉成平線，再變成「火」，則爲歧足形，與原始火形不甚符合。

三、【屮】

詒讓說：

十二章之一爲粉米，說文米部「米，粟實也。象禾黍之形。」又糸部

〔註32〕姚孝遂、肖丁合著撰：《小屯南地甲骨考釋》（北京：中華書局，1985 年 8 月），頁153～154。
〔註33〕聞人軍導讀撰：《考工記》（成都，巴蜀書社，1996 年 9 月，二版），頁240。

「絑，繡文如聚細米也。从糸、米，米亦聲。」此即書「粉米」字也。龜甲文有米字作「⠿」，金文無米字，而從米字則恆見。……諸文偏旁米字與甲文大致略同。以此推之，古章畫繢，疑當作「⠿」，小篆作米，則聯屬整齊之，與古文微異矣。

　　金文從米字，增省亦多舛異，如〈大鼎〉有𩹉字，〈大敦〉作𩹉，其米形作⠿、⠿，璨畫較緐。〈毛公鼎〉康作𥞋，〈史宂簠〉稻粱字作𥞋、𥞋，米形作⠿、⠿，璨畫又較省，此皆米之別體。若然，古米或有作⠿、⠿、⠿、⠿諸形者，即許所謂聚細米形，緐簡本自無定，要皆不爲午交形，原始古文，大氐如是也。

　　按：羅振玉在〈石鼓文跋〉〔註34〕中說：「說文麤從鹿米聲，此碑麤字作𪊽，從⠿。案⠿殆即米古文。古金文凡從米之字皆作⠿，如〈陳侯因育敦〉之𥞋，〈曾伯霥簠〉之𥞋，〈陳公子甗〉之𥞋皆然。⠿象粒形，……今小篆作米，遠不如古文作⠿形象之確。」

　　根據詒讓對偏旁「米」字的分析，可以作成下表以明之：

	曾白霥簠	陳公子甗	陳侯敦	大　鼎	大　敦
字例	𥞋	𥞋	𥞋	𩹉	𩹉
偏旁	⠿	⠿	⠿	⠿	⠿
	毛公鼎	史宂簠	史宂簠	龜甲文	石鼓文
字例	𥞋	𥞋	𥞋	⠿	𪊽
偏旁	⠿	⠿	⠿	⠿	⠿

第三節　〈象形原始〉的探討

　　《名原》的第三部分爲〈象形原始〉，詒讓將象形文字的演進，分成三階段，第一階段是「原始象形字」，他說：

　　　　文字之流變，唯象形致爲緐襍。《說文》五百四十部首，象形幾居其

〔註34〕羅振玉撰：〈石鼓文跋〉，《羅雪堂先生全集》，頁118～119。

太半。蓋書契權輿，本於圖象，其初制，必如今所傳巴比倫、埃及古石刻
文，畫成其物，全如作繢，此原始象形字也。

這裡所謂的原始象形字，即許慎《說文》中所說的「畫成其物，隨體詰詘」的象形
字。第二階段是「省變象形字」，他說：

其形奇詭，不便書寫，又不能斠若畫一，於是省易之。或改文就質，
散具匡郭。或刪縣成簡〔註35〕，牾寫大意。或舉偏晐全，略規一體，此省
變象形字也。

形體詰詘的原始象形文字雖然最接近造字初義，但當文字成為生活必須的工具時，
原始的象形文字就不方便於書寫。因此，為了方便書寫，「或改文就質」、「或刪縣成
簡」、「或舉偏晐全」，就成了必要的工作，這便是「省變象形字」的產生。第三階段
是「後定象形字」，他說：

最後整齊之，以就篆引之體，而後文字之與繢畫，其界乃截然別異。
此後定象形字，今《說文》所載，大略如是。《說文》革、酉並云「象古
文之形」。弟、民並云「从古文之象」。即小篆變古文之例。又於古文烏云
「象古文烏省」。是古文前後自相變之例。

文字符合方便書寫的條件後，接著便要求美觀整齊，在這一階段，文字與畫繢算是
真正的分界，成為《說文》中小篆的形體。此即「後定象形字」。

詒讓將象形文字分成此三階段，更用此三階段去檢驗他所分析的每一個字。在
這一部分中，他共分析：「馬」、「牛」、「羊」、「豕」、「犬」、「虎」、「鹿」、「夔」、「隹、
鳥、鳳」、「燕」、「龜」、「它、虫、蚰、禹」、「魚」、「禾」、「來」、「果」、「止」、「雨」、
「雲」、「山」、「向」、「牢」、「鬲」、「畢」、「瑟」、「輨」、「矛」、「毋」、「虞」等字，
如有需要，則於每字中旁及相關字，如：以「止」字為字首，更旁及以「止」為偏
旁的「步」、「降」、「正」等字。以下擇要分析之。

一、獸形字

（一）【𩡧】

《說文》馬部：「馬，怒也，武也，象馬頭髦尾四足之形。」甲文馬字作𩡧，漢
字行款以豎行，凡橫寬之字為避免影響兩側行款，一律改為豎寫，因此，在甲文中
所見馬、牛、羊、犬等字，四肢或向左，或向右，而不向下。

詒讓將甲金文中的馬字分為三種：

〔註35〕但並不是每個文字的原始字都很繁複，詒讓即自注說：「亦有原始象形字簡，而後增
易之者，然不多見。」

1. 原始象形「馬」字

他說：

龜甲文有象形馬字，云：「尋□□絲。」此文有首尾蹏髦，於形最完
備。又云：「日丁卯，□車□。」此甲闕，僅存獸首與前正同，而以「車
馬」連屬為文，尤可塙定其為馬字。又有□字，□字，皆馬形，而絲簡小
別，要皆原始象形字也。

甲文又云：「壬辰，卜立貝，令侯氏□申步。」此亦馬字，有髦有蹏，
但首尾微省簡耳。「令侯氏馬」即《儀禮·覲禮》賜侯氏乘馬之禮，可為
馬字之塙證，此亦原使象形字之省也。

以古禮制與甲骨刻辭相比較，得出「馬」字原始象形字為「□」。

2. 省變象形「馬」字

他說：

甲文別有馬字甚多，如云：「丙戌，卜㕭貝貞，今□和立从□伐下□，
我受之又有。」又云：「貝貞今□和乎从□桒伐□，弗□□。」又云：「庚
戌，卜㕭貝貞，□乎□臭。」又云：「貝貞，乡诊乎□昌方。」又云：「□
□昌方出。」以上諸文云：「立从馬桒」、云：「乎从馬桒。」云：「乎馬。」
以文義推之，知亦確為馬字，唯文多闕泐不完，大約以作「□」、「□」、「□」
為最備。上象其目，無髦；下象其足，無。此省變象形馬字也。

又說：

金文馬字最多，如〈毛公鼎〉作□，〈盂鼎〉作□，〈彔伯鼎〉作□，
〈師奎父鼎〉作□，皆上从目而有髦，下象足尾形，此省變象形字。

按：詒讓所舉的「□」、「□」、「□」、「□」、「□」形，於各家考證為「見」
字、「望」字，非「馬」字。羅振玉說：「《說文解字》：『朢，月滿（也），與日相
朢，以朝君也。从月从臣从壬。古文朢省作□。此與許書合。』」〔註36〕商承祚說：
「卜辭見字作□，朢字作□。目平視為見，目舉視為朢。決不相混。」〔註37〕姚
孝遂說：「自許慎以來，說解朢字，皆支離穿鑿。蓋形體譌異，漸失其初。自甲骨
文出，其本形、本義始明。商承祚所釋是對的。」〔註38〕可知《說文》中的古文
「朢」字，即從甲文演變而來，詒讓釋為馬是錯誤的。

3. 後定象形「馬」字

〔註36〕羅振玉撰：《增訂殷虛書契考釋》卷中，頁5。
〔註37〕商承祚撰：《福氏所藏甲骨文字》第十二片考釋。
〔註38〕姚孝遂撰：《甲骨文字詁林》「朢」字按語，頁640。

詒讓說：

〈史頌敢〉作🐎，〈散氏盤〉作🐎，〈格伯敢〉作🐎，則微省易之。〈虢
季子白盤〉作🐎，則與小篆正同石鼓文亦同。以髦連毋於目，蓋體尤整齊，
而引書亦尤簡易矣。此皆後定象形字也。

根據詒讓所分析，馬形可以下表明之：

原始象形字				
	甲骨文	甲骨文	甲骨文	甲骨文	甲骨文
字例	🐎	🐎	🐎	🐎	🐎
省變象形字				
	毛公鼎	盂鼎	彔伯	師　父鼎	
字例	🐎	🐎	🐎	🐎	
後定象形字				
	史頌敢	散氏盤	格伯敢	虢季子白盤	
字例	🐎	🐎	🐎	🐎	

（二）【🐕】

《說文》牛部：「牛，事也，理也。象角頭三封尾之形也。」牛字原形即寫作
「🐄」（〈牛文鼎〉），甲骨文簡化作「🐂」，象牛之頭和角形，許慎說象封尾之形為
誤。〔註39〕

詒讓以甲文「貝之于女□，🐕三，羊三，𡘳□當為三字」為例，認為「牛三、羊
三、豕三」為三大牢，判定甲文「🐕」為牛形，說：「🐕當為牛字，形與豕略同，唯
前有封，後有尾。」根據各家考證，「🐕」為犬形，非牛形。商時亦用「犬」為牲，
姚孝遂說：「卜辭犬多用為牲。亦為方國名及人名。」〔註40〕因此詒讓很可能受許
慎「象角頭三封尾之形」以及牛、羊、豕為三牲的影響，誤認「🐕」為牛字的原始
形體，更誤推斷金文中的「🐂」字皆為後定象形字。

〔註39〕高明撰：《中國古文字學通論》（北京：北京大學出版社，1996年6月），頁86。
〔註40〕《甲骨文字詁林》「犬」字條按語。

（三）【⻖】

《說文》羊部：「羊，祥也。从丫，象四足尾之形。」羊字原形即寫作「⻖」（〈丁⻖羊鼎〉），甲骨文簡化作「⻖」，以羊頭為形，許慎說象四足尾之形為誤。[註41] 詁讓此處亦誤舉甲文犬形為羊形，認為：「⻖當為羊字，形與牛豕略同，但羊皮有文，故象之。」以「羊有文」來與牛、豕區別。因此連帶影響對金文的判斷，以「⻖」（〈羊卣〉）、「⻖」（〈父辛觶〉）、「⻖」（〈師袁敦〉）為後定象形字。

（四）【⻖】

詁讓說：

《說文》豕部：「豕，彘也。竭其尾，故謂之豕，象毛足，而後有尾。」古文作⻖。龜甲文有云：「羊⻖⻖⻖⻖。」第三字疑當為豕之象形字。甲文又云：『癸未，卜兄貝貞，父□日豕隊丼荆。』其豕字作⻖，上從八，下從⻖，即豕也。以此證之，則前⻖形，墖是豕字。

詁讓又說：

甲文別有豕字甚多，亦象形而省，如云：「羊三、才三。」……又云：「卜丁酉韋突羊⻖，弗其□才。」皆以羊豕並舉。此皆省變象形字也。

金文中的豕字，詁讓說：

金文〈父庚卣〉、〈（豕形）立戈爵〉並續畫豕形，首尾足鬣咸具，疑原始象形字，又有如是作者，與甲文不同也。

按：豕字原形寫作「⻖」（〈肖爵〉），甲骨文簡化作「⻖」。[註42] 詁讓誤舉甲文虎形「⻖」為豕形。其後所舉的例子才是正確的。

根據詁讓所分析，除去詁讓誤釋之虎形，豕形可以下表明之：

	原始象形字		省變象形字		
	父庚卣	立戈爵	甲骨文	甲骨文	甲骨文
字例	⻖	⻖	⻖	⻖	⻖
	後定象形字				
	函皇父敦	豕　鼎	石鼓文		
字例	⻖	⻖	⻖		

〔註41〕《中國古文字學通論》，頁86。
〔註42〕《中國古文字學通論》，頁86。

（五）【犬】

詒讓說：

《說文》犬部：「犬，狗之有縣蹏者也，象形。孔子曰：『視犬之字，如畫狗也。』」……甲文有从丫、从犬字極多，或作犬、作犬、作犬。以文義推之，疑即獲之省。……又云：「壬申，卜貝立多征□㞢貝。」此皆與得獲義合可證。若然，此諸形或原始象形犬字之省，亦多與甲文牛豕字相似，惟尾多翹然上曲者，微有不同耳。

按：犬字原形即寫作「犬」（〈子自卣〉），甲骨文簡化作「犬」。〔註43〕「犬」字，各家考證爲「獸」字。羅振玉說：「《說文解字》『獸，守備者，从嘼、从犬。』又『狩，犬（當爲火）田也。从犬，守聲。』案古獸、狩實一字。」〔註44〕李孝定說：「《說文》：『獸，守備者，从嘼、从犬。』契文作上出諸形从丫、丫、單、單並即單字，單、干古文一字。」〔註45〕丁山說：「獸本从單或省而从干，蓋單干古本不別。」〔註46〕

根據詒讓所分析，犬形字可以下表明之：

省變象形字				
	齊公牼鐘	毛公鼎	毛公鼎	召伯虎敦	伯姜甗
字例	器	猷	狀	獻	獻
偏旁	犬	犬	犬	犬	犬
	寰 卣	頮 鼎	伯貞甗	虢季子白盤	
字例	器	器	獻	獻	
偏旁	犬	犬	犬	犬	
後定象形字				
	石鼓文	說文小篆			
字例	猷	犬			
偏旁	犬	犬			

〔註43〕《中國古文字學通論》，頁86。
〔註44〕《增訂殷虛書契考釋》卷中，頁69。
〔註45〕《甲骨文字集釋》，第十四，「獸」字按語，頁4200。
〔註46〕丁山撰：《說文闕義箋》，「單」字條。

（六）【🐯】

詁讓說：

《說文》虍部：「虍，虎文也。象形。」又虎部：「虎，山獸之君，從虍，從人。虎足象人足也。」古文作𤞤，作𧆻，許書兩古文，於古未見。……龜甲文云：「丙申卜🐯令□角𢦏侯丞。」此象形獸特奇偉，竊疑當爲原始象形虎字。首爲🐯，蓋象其巨頭侈口形，金文虍形之從𠙵、𐠌，似即濫觴於此。……甲文此條，文頗奧衍，以意求之，「虎」似是將帥名，「𢦏」國名，侯爵；角猶捍禦之義；丞者，眾也。蓋𢦏侯以眾入寇，而虎令捍禦之也。

又說：

以金文甲文證之，蓋原始象形虍字即作🐯，而虎字從之。金文諸虎字，則沿襲而省變之。此字實全爲象形，後人省其足而存其尾，與人字略相近，後定遂以爲從「虍」、從「人」會意，而有「虎足象人足」之說。不知虎足不得似人，而虍爲虎頭，亦非虎文，此後定字之失其本形、本義也。

按：在古文字中，虍、虎皆虎之象形，並無區分。《說文》將其分爲兩部。甲文虎有作「🐯」者，其下已簡化似「人」形，因此許愼說：「虎足象人足也。」〔註47〕又，詁讓以爲奇詭奧衍的「🐯」字，白玉崢認爲：「類此之文，見于甲骨文字者甚少，故釋虎、釋龍皆各有說。然釋虎於義爲長，于形無牾，茲從之。」〔註48〕

又按：金文中有〈子作父戊觶〉有🐯形，舊釋爲虎形，詁讓以爲於象義頗通。此器《金文編》、《金文詁林》未收，《三代吉金文存釋文》以圖畫處理之，無法斷定爲何字。

根據詁讓所分析，「虎」形可以下表明之：

	原始象形	省變象形字			
	甲骨文	師虎敦	然 虎 彝	彔 伯 敦	師 酉 敦
字例					

〔註47〕自羅振玉以來的學者都認爲此形爲「虎」字，但姚孝遂認爲「🐯」人身而虎頭，是方國名，與「虎」字的形體與用法，都有嚴格的區別。（《甲骨文字詁林》，冊二，「虎」字按語，頁1622～1623。）

〔註48〕〈契文舉例校讀〉，《中國文字》第8卷第34冊，頁3814～3815。

	省變象形字			
	追　敦	吳　尊	頌　鼎	
字例	虐	虢	虢	
偏旁	〔字形〕	〔字形〕	〔字形〕	

（七）【鹿】

　　《說文》鹿部：「鹿，獸也。象頭角四足之形，鳥鹿足相比，从比。」金文〈貉子卣〉鹿作〔字形〕，石鼓文鹿作〔字形〕，麋作〔字形〕，麤作〔字形〕，三文角形或縣或省，並與小篆異。龜甲文鹿字作〔字形〕，又有〔字形〕、〔字形〕，二字亦鹿之省。卣文上从〔字形〕，鼓文上从〔字形〕，角形最備，疑原始象形字如是。後省作山，又省作凵，甲文从〔字形〕、〔字形〕，兩形又微異，皆省變象形字也。依甲文則是以角屬於橫目，卣文同，即象首形，古文首亦從目也。石鼓文作〔字形〕，尚存橫目之匡郭，小篆變作〔字形〕，乃與首目形不相應矣。

　　按：甲骨文鹿字寫作〔字形〕。足形或作〔字形〕，象有懸蹏之形，為許慎小篆之所由來。李孝定先生說：「許君以『鳥鹿足相比』解之，此以『虎足象人足』同屬不經之論。」〔註49〕又，詒讓所舉甲文「〔字形〕」、「〔字形〕」，古時鹿、麋同形，經後世學者定為「麋」字。古文鹿字形體，依詒讓所敘列表於下：

	甲　骨　文		貉子卣	
字例	〔字形〕	〔字形〕麋	〔字形〕麋	〔字形〕
	石　鼓　文			
字例	〔字形〕鹿	〔字形〕麋	〔字形〕麤	
偏旁		〔字形〕	〔字形〕	

〔註49〕《甲骨文字集釋》，第十，鹿字按語，頁 3055。

（八）【🔣】

    《說文》夂部：「夔，神魖也。如龍，一足。从夂，象有角、手、人面之形。」又云：「夒，貪獸也。一曰母猴，似人，从頁、巳、止、夂，其手足。」依許說，則兩字並以「頁」象人面，以夂象足，而以巳、止象手，無義可說。考金文〈舲尊〉云：「丁子，王省🔣京，王易錫小臣舲🔣貝。」🔣即夔字（舊釋爲彝，誤），上从🔣，即从頁而上有角；中从🔣，即象手形；下从🔣，即夂也。又，〈祖辛觶〉：「棘🔣乍且辛彝。」棘下亦當是夔字，上从頁；中从手，皆尚可識，惟下「夂」形未完。龜甲文有「🔣」亦當是夔字，上从「🔣」即「頁」，下从「🔣」亦象手臂形，但左右互易，下亦闕夂形。以上諸文參校之，小篆中从止，即手形之變；从巳者，疑象臂形。古文夔字，右蓋从兩手，故尊文从🔣（詒讓自注：并兩手形）；觶文从🔣，甲文从🔣，左似从臂詰曲形，尊文橫出，微有省變，甲文、觶文則並未全，小篆變手爲止，於形尚近，變詰曲形爲「巳」，則不可通矣。

    按：詒讓釋此字爲是。唐蘭《殷虛文字記‧釋夔》說：「右夔字（指《鐵雲藏龜》百、二片），舊不識，按金文〈小臣舲尊〉作🔣，與此同，彼文（指〈小臣舲尊〉），孫詒讓釋夔，至確。」〔註50〕

（九）【🔣】

    《說文》象部：「象，南越大獸，長耳、牙，三年一乳。象耳、牙、四足、尾之形。」此蓋以🔣象鼻牙著首形，以🔣象四足尾形也。金文〈師湯父鼎〉「象弭」字作「🔣」，與小篆略同。唯貴州紅巖古刻有「🔣」字，當爲象形「象」字，左末一直畫，象尾；中四直畫，象足；右兩直畫微短，象鼻牙，上一空象首目形。極明晰可據。紅巖刻文，奇譎難識，唯此「象」字，墻爲原始象形。

    按：甲骨文象字作「🔣」。詒讓此說仍待考證，貴州紅巖古刻是否爲文字，未成定論，此形是否爲「象」形，亦有待商榷。

    鳥、獸、蟲、魚爲古代人民生活所取資，四者之中，以獸爲最重要，因此在甲金文中，獸形字較其他三者爲多，根據詒讓所說：「凡原始象形字，隨體詰詘，殆無一定之琢畫，大氐有『通共體』，如獸爲獸形，鳥爲鳥形是也。」以簡略的圖

〔註50〕唐蘭撰：《殷虛文字記》（臺北：學海出版社，1986 年 8 月，與《古文字學導論》合刊），頁 127。

像代表全形。但同一獸形，要如何區別？在此之中，又有「特別體」：「有特別體，如同一獸形，而馬長頭有髦蹏，牛有封，羊有文，三者大同小異是也。」詒讓雖然發明此例，但因其對獸形字體不能分界清楚，才會出現將犬形與牛、羊形混淆的情況。

二、鳥形字

（一）【鳥形字例】

鳥與隹在古文字中原為一字，因書寫有繁簡的不同，形體稍有區分。在甲金文中，鳥、隹兩個偏旁很難劃分，詒讓說：

> 《說文》隹部：「隹，鳥之短尾總名也。象形。」又鳥部：「鳥，長尾禽總名也。象形。」……二文本不甚相遠，而足皆作 ㄑ，則兩形所同，小篆沿襲省變，隹鳥始判然不同。而許以尾之長短為「隹」、「鳥」之別，殆非其本恉。其謂：『鳥族佀匕，从匕。』則尤沿附會近似字之謬說，不知象形本不成字也。

按：詒讓所說為是。羅振玉說：「卜辭中語詞之惟唯諾之唯與短尾之隹同為一字。古金文亦然。然卜辭中已有从口之唯亦僅一見耳。又卜辭中隹與鳥不分，故隹字多作鳥形，許書隹部諸字亦多云籀文从鳥。蓋隹、鳥古本一字，筆畫有繁簡耳。許以隹為短尾鳥之總名，鳥為長尾禽之總名，然鳥尾長者莫如雉，與雞而並从隹；尾之短者莫如鶴、鷺、鳧、鴻，而均从鳥。可知強分之未為得矣。」〔註51〕可知到了秦篆，才將兩者分開，許書更將其分為兩部，並將所從之字，按鳥、隹區分。但詒讓在此書中是不區分「隹」與「鳥」的：「金文中又有象鳥形者，如〈集咎彝〉『集』作 集，〈矢伯隻卣〉『隻』作 隻，則亦隹字也。」以下茲據詒讓所敘，列表於下：

【原始象形字】

	集咎彝	矢伯隻卣	母戊彝
字例	集	隻	雔
偏旁			

〔註51〕《增訂殷虛書契考釋》卷中，頁31。

【省變象形字】

	集咎彝	矢伯隻卣	母戊彝
字例	（字形）雀	（字形）雀	（字形）萑
偏旁	（字形）	（字形）	（字形）

甲 骨 文			
字例	（字形）隻	（字形）鳳	（字形）鳳	（字形）鳳
偏旁	（字形）	（字形）	（字形）	（字形）

	乙亥方鼎	麥鼎	雁公鱓
字例	（字形）	（字形）	（字形）雁
偏旁			（字形）

【後定象形字】

	盂鼎	石鼓文	石鼓文
字例	（字形）	（字形）	（字形）鳴
偏旁			（字形）

（二）鳳、朋

又，詒讓亦說明「鳳」與「朋」是毫無關係的兩個字：

> 《說文》鳥部：「鳳，神鳥也。」从鳥凡聲，古文作（字形），象形。又作鵬，亦古文也。今案定甲文鳥字作（字形），與（字形）下半形頗相類，蓋皆象羽毛豐縟形，而（字形）首特屈曲上出，則猶燕之爲（字形），亦與天老說鳳形蛇頸相應。疑古文鳳字，本从鳥而首小異。猶「焉」、「舃」之與鳥，亦翅足同，而首小異也。……而（字形）之爲朋，遂與鳥絕不相涉，或復增鳥爲鵬，益成複贅矣。

《説文》「𩁍」字注云：「鳳飛，群鳥從以萬數，故以爲朋黨字。」此説「朋」即「鳳」之假借也。然金文「朋友」字如：〈多父盤〉作𩁍，〈豐姞敼〉作𩁍，〈先獸鼎〉作𩁍；其「貝朋」字則：〈遽伯還彝〉作𩁍，〈且子鼎〉作𩁍，〈戊午鼎〉作𩁍。二形體絶異。

他對於「朋」的解釋爲：

> 竊疑古自有𩁍、𩁍兩字，與鳳古文並不同。貝朋字象連貝形，《漢書·食貨志》蘇林注云：「兩貝曰朋。」《毛詩·小雅·菁菁者莪》鄭箋云：「五貝爲朋。」二數不同，以字形推之，疑古貝以兩貫爲朋，而一貫則或兩貝，或多貝不定也。金文子荷貝形有省作𩁍〈子女鼎〉，𩁍〈且癸卣〉、〈子荷貝觶〉者，朋之爲𩁍，即从省，與「王」象三玉相連形，例同。朋友字上从ㄅ、ㄋ，疑即勹形之變，下从𩁍即𩁍之省。𩁍字與古文鳳形微相類，故古書多掍。實則鳳象羽毛形，與𩁍字略同，而貝朋字則象連貝形，象義故渺不相涉。許君不宷，既昧鳳鳥之形，復失𩁍𩁍之字，小學專家，有斯巨謬，良足異矣！

按：詒讓此説甚允。詒讓由金文中「朋友」的「朋」如：〈多父盤〉作𩁍，〈豐姞敼〉作𩁍，〈先獸鼎〉作𩁍，與「貝朋」的「朋」如：〈遽伯還彝〉作𩁍，〈且子鼎〉作𩁍，〈戊午鼎〉作𩁍分類歸納後，認爲二者形體於古不相同，因此懷疑古文中另有「𩁍」、「𩁍」兩字，與「鳳」的古文並不相同。

三、蟲形字

詒讓説：

> 《説文》它部：「𩁍，虫也。虫而長，象冤曲尾形。」或作「蛇」，从虫。又虫部：「𩁍，一名蝮。」象其臥形。部：「𩁍，蟲之總名也。从二虫。」龜甲文有「𩁍」字，或作「𩁍」此卜人名，亦偁𩁍父，今所見凡卅餘事，絶無與𩁍相掍者，足證其塙爲二字。……𩁍从二𩁍，明其分即爲虫字，「𩁍」與彼小異，則疑當爲它字。

按：虫與它古爲同字，它字作𩁍，虫字作𩁍，皆象蟲形，但秦篆凡與虫字偏旁有關的字，都取虫符而不取它符。許慎《説文》將其分爲兩部。又，根據各家考證，「𩁍」字爲「旬」字，詒讓所釋爲非。王國維説：「〈使夷敼〉云：『金十𩁍』……考説文鈞之古文作𩁍，是𩁍、𩁍即鈞字，𩁍即旬字矣。卜辭又有『𩁍𩁍二日』語，亦可證𩁍、𩁍即旬矣。余遍搜卜辭凡云『貞旬亡𩁍』者，不下數百見，皆以癸日卜，殷人蓋以自甲至癸爲一旬，而於此旬之末卜下旬之吉凶。」〔註52〕李孝定先生説：

〔註52〕《觀堂集林》，卷6，〈釋旬〉。

「此字王（國維）釋爲旬，極塙。然旬字何以作此形則殊難塙指。」〔註53〕又說：「劉（鶚）、孫（詒讓）兩氏以爲象虺、象蛇，說殊無據，且虫、它契文各有專字，與此殊異。又虫、它與旬音義俱遠，何以得有旬義？均無可說。」（同前）可知「ᕲ」字爲旬字，非它字。古文字點畫間的小差距極可能形成兩個不相同的文字，因此在考證上要多加注意。

四、魚形字

　　《說文》魚部：「魚，水蟲也。象形。魚尾與燕尾相似。」又角部云：「角與刀魚相似。」甲骨文魚字作。許愼所謂的「魚尾與燕尾相似」，乃本秦篆之說，古文時代愈早愈與魚形相近。金文中魚形字頗多，詒讓將其形體歸納、比較，分爲四變：

（一）最完備者

　　皆首有喙、目，身有鱗甲，又有脊鬐一，腹鬐二，尾如丙字。〔註54〕蓋原始象形文與圖繢最近者也。如：

	原　　　　始　　　　象　　　　形　　　　文						
	魚　尊	伯魚卣	伯魚敢	伯魚彝	魚父癸壺	魚父癸鼎	魚父丁觶
字例							

　　按：詒讓說〈魚父丁觶〉的「魚」字省去鱗甲，其餘並與原始象形字同，因此仍將其置於原始象形文中。然既已省形，應置於「省變象形文」中較妥。

（二）變略簡省者

　　變爲左右各兩鬐，不辨脊腹，或有省其喙目與尾文，或有省其鬐，略存璹畫者。此省變象形文。

	省　　　　變　　　　象　　　　形　　　　文				
	魚　爵	父癸魚卣	魚父己尊	犀白魚鼎	魚父丙爵
字例					

〔註53〕《甲骨文字集釋》，第九，「旬」字按語，頁2897。
〔註54〕詒讓自注云：「《爾雅・釋魚》魚尾謂之丙，郭璞注：『謂似篆書字。』金文〈魚父癸爵〉『丙』作，與古文魚字正同。」因此詒讓此處便以「丙」字形容魚尾之形。

（三）尤簡省者

或簡省爲左右各一鬐，與身鱗文正等，或變尾爲火形，或省鱗文。此亦省變象形，但與圖繪較遠。

	省 變 象 形 文	
	毛 公 鼎	石 鼓 文
字例	魚	魚

（四）變為今小篆形

鱗鬐不辨，首類角，尾類燕，皆已近似之字，配合整齊，以就篆體，與初文判若天淵。此爲後定象形字。

	後定象形文
	說文小篆
字例	魚

由「魚」字的演變，可知文字於初造之時，近於圖畫，只要外型爲魚形即可，鱗文的多少並不固定，因此各種魚形字都能通行於世；其後爲使筆畫整齊簡單，或省鱗文、或省鬐文，魚形字略趨固定，種類亦減少，最後統合爲一形，即小篆「魚」字。

五、山形字

《說文》山部：「山，宣也。謂能宣散气生萬物也。有石而高，象形。」金文〈父戊觶〉作山，〈山且丁爵〉作山。龜甲文則作山。詒讓認爲金文與甲文的山形皆爲原始象形字，差距只在一個爲實體，一個爲匡郭而已。

（一）【山】

詒讓說：

> 古文象形字，凡同物者，形多相邇。因此，如屬「山」者，形體並當
> 與山略同是也。説文丘部：「丘，土之高者，非人所爲也。从北、从一。
> 一，地也。人居在丘南，故从北。中邦之，在昆侖東南，一曰四方高，中
> 央下爲，象形。」古文作「坔」，从土。依許後說則亦象形字，故金文〈子
> 禾子釜〉作山，與北不相類。甲文有山字，以金文證之，當即「丘」之原

始象形字。蓋象山而小，猶𦣞爲𦣞之小者也。許説四方高，中央下，正是
凶形之説解，而人居在南，從北之義，殆後起皮傳之説。

按：詒讓認爲許愼所説「人居在丘南，故从北」爲後人皮傳之説，因金文〈子
禾子釜〉「丘」作「凶」，與北不相同，又甲文有「凶」字，以金文證之，當即「丘」
的原始象形字，蓋象山而小，即如「𦣞」爲「𦣞」之小者的道理一般。商承祚説：「丘
爲高阜，似山而低，故甲骨文作兩峯以象意。金文〈子禾子釜〉作凶，將形寫失，〈商
丘父盨〉再誤爲北，《説文》遂有从北之訓矣。」〔註55〕

（二）【𡵟】

甲骨文中有「𡵟」、「𡵟」、「𡵟」形，詒讓將其釋爲「岳」字，他説：

> 《説文》山部嶽，古文作㟅。云：「象高形。」甲文岳字屢見，作𡵟，
> 又作𡵟，作𡵟。下即從古文山，而上則象其高峻巉陗，與形相適。蓋於山
> 上更爲山，再成重絫之形，正以形容其高。許書古文亦即此字，而變巛爲
> 屵，有類橫弓，則失其本形矣。

又，在《契文舉例》中説：

> 岳字作𡵟（藏23.1），或作𡵟（藏141.1），或作𡵟（45.2）。考《説文》
> 山部嶽，古文作㟅，象高形，此上𦍌、𦍌、𦍌，即象高形；下凶，即象
> 形山字也。殷都朝歌，中岳嵩高，正在畿內，此岳殆即指嵩高與。（頁26）

按：羅振玉説：「从羊从火，殆即羔字。」〔註56〕陳夢家説：「此字孫詒讓釋岳，
羅振玉釋羔，郭沫若初釋嶻，後來又以爲釋岳字亦可通；唐蘭以爲：當釋羔，後誤
爲岳。……此字分上下兩部，上部作𦍌、𦍌，是屮而不是羊，下部是山，卜辭的『山』
和『火』不容易分別，混淆得很，大致説來，『山』應該是平底的，爲筆架形，而一
定不能有火焰之點；『火』應該是圜底的，爲元寶形，應該有火焰之點。……」〔註
57〕屈萬里先生説：「在甲骨文裡岳字是很常見的，他的字形變化很多，而最常見的
則是𡵟、𡵟兩個形狀。最早解釋這個字的是孫詒讓，他把他釋作「岳」，並且疑心它
就是「嵩高」。」

但是後來研究甲骨文的人異説紛紜，屈萬里先生將其分爲以下各派〔註58〕：
（一）贊成孫詒讓之説認爲是「岳」字。

有葉玉森、李旦丘和董彥堂先生。而董先生以爲岳就是山，古人認爲山岳是

〔註55〕《殷契佚存》，頁86上。
〔註56〕《增訂殷虛書契考釋》，中，頁28。
〔註57〕《卜辭綜述》，頁342～343。
〔註58〕屈萬里撰：〈岳義稽古〉，《清華學報》2卷1期，頁62～67。

有神靈的，所以祭它。

（二）釋作「羔」字。

有羅振玉、王國維、商承祚、楊樹達、容庚、王襄、胡光煒、朱芳圃、孫海波、丁山諸人。其中王國維以爲是人名，胡光煒、朱芳圃都以爲是「昌若」，楊樹達、丁山都以爲是「帝嚳」。

（三）唐蘭釋作「羔」，認爲，卜辭裡所祀的「羔」即後世的「岳」。

（四）吳其昌釋作「羹」，認爲是殷的先王。

（五）郭沫若釋作「嶨」，以爲是人名，又說釋「岳」字亦可通。

（六）于省吾寫作𡼋，認爲就是殷人的先公冥。

（七）陳夢家釋作岳，以爲是山名，又說也很可能是冥。

（八）日本島邦男的《殷虛卜辭研究》，關於上述的種種說法曾經列了一個簡表，節引了各加之說，並且注明出處，島邦男在引述了各家的論證之後，曾加以判斷，他認爲董彥堂先生的岳神之說最爲妥當。

李孝定先生說：「孫氏釋岳本極允當，而諸家各逞臆說以相比傅，終至異說紛起，莫可究詰。至屈氏之文出，於岳之字形辭例論列明白，了無疑義，紛紜眾說皆可以無辨矣。」〔註59〕由李孝定先生的總結，「𡼋」之爲「岳」字可成定論，可見詒讓在甲骨文考證初期即有此卓越的成績。

（三）【𨸏】

詒讓說：

《說文》阜部：「𨸏，大陸也。山無石者，象形。」古文作𨸏。又，𨸏部：「𨸏，小𨸏也。象形。」《釋名》云：「土山曰阜。」則阜亦山也。𨸏、𨸏蓋象土山陂陀斜側之形，與山、丘字從橫相變。甲骨文、石鼓文从𨸏字偏旁並與小篆略同，金文〈散氏盤〉「陟降」字並从𨸏，則正以凵形直書之。〈父乙角〉「陸」字从𨸏，則猶凵之爲屵也，以是推之，𨸏古文亦當作𨸏，〈亞形立旟彝〉有𨸏字，當即𨸏之正字。甲文多作𨸏，尚不相遠，金文〈盂鼎〉𨸏字作𨸏，則與小篆略同，乃其變體。要以山丘𨸏𨸏四文互校，可得其通例也。

按：甲骨文「阜」寫作𨸏，或簡化爲𨸏。葉玉森說：「陟降諸字之偏旁作𨸏、𨸏，从丨象土山高陼，从𨸏、彡象阪級，故陟降諸字从之。」（《甲骨文字集釋》，第十四，

〔註59〕李孝定編述撰：《甲骨文字集釋》第九，中央研究院歷史語言研究所專刊之五十（1965年6月），「嶽」字按語，頁2940。

頁 4129）李孝定先生說：「……葉謂象阪級是也。之初誼自、自殆並為山之象形字，與山丘誼同。」（同前）可知詒讓所說為確。

（四）【𠂤】

詒讓說：

《說文》氏部：「氏，巴蜀名山。岸脅之自，旁著欲崩落者曰氏。象形。乁聲。」此亦自、自之類，但小篆作氒，則乁為象形，此似山字直立形，說文籀文陸字从𠂤，金文障字从𠂤，與此亦相近。乁為乙聲。《說文》乙部云：「乙，流也。从反厂。讀若移。」然古文實不如是作，金文〈毛公鼎〉、〈散氏盤〉作𠂤，〈頌鼎〉作𠂤，並與《說文》不甚相應。

又，詒讓以為甲文「𠂤」字為「氏」字，他說：

甲文氏字恆見，復與金文異。如云：「壬辰，卜立貝，令侯𠂤馬申步。」又云：「貝，參自𠂤牛，弗其倡。」又云：「貝乎自𠂤陵于。」皆墒為「氏」字。又有作𠂤、作𠂤者，乃知古文此字亦象山自斜側之形，从𠂤即𠂤之變，从大則似有其楷柱之，使欲落不落者，此形致精，與字例密合。

按：詒讓此說未允。「𠂤」，根據各家的考證為「取」字而非「氏」字。「𠂤」為耳形，「又」為手形，即說文說：「取，捕取也。从又、耳。」商承祚說：「《周禮》：『獲者取左耳。』《司馬法》曰：『載獻馘。馘者，取左耳也。』又馘注：『軍戰斷耳也。』《春秋》傳曰：『以為俘馘』从耳或聲。馘，馘或从首。……此正象以手持割耳義，與馘同。」〔註60〕

第四節 〈古籀撰異〉的探討

《名原》的第四部分為〈古籀撰異〉。詒讓認為，古文字經過時代的變亂，至漢代已無完書；〈史籀篇〉又於建武之際亡失，因此其形聲義例，許慎已無法盡釋，《說文》中所載漢人的說法亦多皮傅之論〔註61〕，即使如此，文字仍有其較然不紊者：「如古象形文，其偏旁離析之，皆不能獨成一字，而凡駢合文，雖重疊複錯，形聲必有所取，此不易之達例也。」

自晚周始，文字屢經改竄，違失其本恉，後定的象形字又強將詘曲的形體整齊之，或根據相似形體改變文字的原形，這樣的情況到了秦篆更為嚴重，直接影響到

〔註60〕《殷契佚存》，頁 16 下。
〔註61〕如「對」古文本從士不從口，而許慎以為漢文帝所改，及「易」下引《祕書》「日月為易」。「禿」下引王育謂「倉頡出見禿人伏禾中」之類。（〈古籀撰異·序〉）。

許慎《說文》的撰寫，詒讓說：

> 許書古籀重文，傳寫舛互，後人不案所從，輒依形近字臆改之，以牽
> 就篆法，此弊尤夥。如籀文車作轉，龜甲文作𦥑，此半象車雙輪，半象輈持
> 衡及兩軛形。而《說文》訛作𨏹，則以其偏旁與爻相近也。古文射作𰚲，
> 象手執弓注矢形。而篆文改作射，則以其偏旁與身寸相近也。鬥本從兩丮，
> 依段若膺說，甲文省作𠁁，足證段說之確。而許君以為「兩士相對」，則以丮
> 從屮，與士相近也。遷本從象聲，而篆文訛作遷，則以象與𡰒相近也。

因此，詒讓作〈古籀撰異〉，希望由甲文、金文對《說文》的比對，得出更近於原始古文原貌的文字，他說：

> 若茲之類，小學家多知之，今更以金文龜甲文校覈許書古籀，或舛誤
> 昭然而沿襲莫辨，或義例兩通而意恉迥異，攷釋家未及詳者，更僕難數。
> 雖未必原始舊文，而較之秦篆則猶近古，略摭數名，以發疑辨例，不能盡
> 箸也。凡古文大篆訛變不可知者，儻以茲例求之，或可得其大較耳。凡古
> 文增省，璅畫小差，無關字例者皆不箸。

在這一部分中，詒讓共分析了「婚」、「稟」、「益」、「麗」、「疑」、「彝」、「畏」、「遣」、「將」、「德」、「臭」等字。以下擇要分析之。

一、【婚】

詒讓說：

> 《說文》女部：「婚，婦家也。禮娶婦以昏時，婦人陰也，故曰婚。
> 从女、昏，昏亦聲。」籀文作𡣈。又，車部：「𨏹，車伏兔下革也。從車
> 𡢗聲，𡢗，古文婚字，讀若閔。」二文並與𡢗相類，其形義皆無可說。攷
> 金文婚字甚多，如「婚媾」字：(以表列之)

	㝬季良父壺	多父盤	毛公鼎	毛公鼎
字例	🔏	🔏	🔏	🔏

又有「畫𨏹」字，如：

	毛公鼎	彔伯䢅
字例	🔏	🔏

諸文並與《說文》籀篆不同。諦宷之，下从女甚明，上當是从爵省。

詒讓的理由爲：

> 《說文》鬯部：「爵，禮器也。象爵〔註 62〕之形，中有鬯酒。又，持之也，所以飲酒象雀者，取其鳴節節足足也。」古文作，象形。金文婚上从即，所謂象雀形也。唯右咸从，當是耳字，下則咸从女，疑古文婚本从娶省，蓋取『取女爊酒之義』，與小篆从昏，取『昏時之義』絕異也。

詒讓爲他的推論作進一步的舉證，他說：

> 古文婚从爵省，唯〈殳壺〉作最完析，上从，下从，當爲丮之省。《說文》丮部：「丮，持也。象手有所丮據也。」古文爵从之。蓋與篆文又持鬯酒同意。後或省變作又，而小篆因之耳。

按：王國維的說法頗與詒讓合：「夒字，〈毛公鼎〉作，〈殳季良父壺〉作，〈毛公鼎〉䡅字作，從、皆從古文爵从女，古者女初至，爵以禮之，與「勞」字作〈毛公鼎〉，〈彔伯敨蓋〉同意，籀文作，乃（象爵形）或之譌，夊則女之誤矣。」〔註 63〕王國維認爲「夒」字下从「止」是「女」之誤，關於此點字，龍宇純先生說：「〈克盨〉婚媾的婚字作，字下非从女，从止（即趾形），又〈諫簋〉字作，〈師兌簋〉䡅字所从聲符作，〈番生簋〉䡅字所从作字，下所從也顯然都是人趾之形。《說文》籀文婚从，亦趾形，與這些从的金文相合。王靜安先生說籀文从爲女之譌，由我們看來到底由誰譌？」龍先生又從金文中或從止、或從女的例子來觀察，他說：「……這些字都有从女从止之不同，但顯然是由止譌變的，因爲在女或止上的是人形，人下加止形，無論其有無特別意義，都是極自然的事，反之，我們卻無法說他們本是从女，而譌變爲从止的。」另外，詒讓說上从爵省，龍先生亦頗感懷疑，他認爲：

（一）从爵从止爲何義？

（二）從形看來，與人首的關係密切，與手的關係不顯。如果爲爵，何以所見到的這個字形都是置於首頂，而沒有爵在人手的形體？

（三）此字從未見到从爵不省的，是否就等於爵？

因此，他從容庚先生說爲「聞」字，而推斷不从「耳」的字也應爲聞的本字。

〔註 62〕段玉裁注說：「各本作『象爵之形』四字，今正。古文全象爵形，即象雀形也，小篆改古文之首象其正形，下象其側形也。」

〔註 63〕王國維撰：〈毛公鼎銘考釋〉，《王國維遺書》冊四，頁 77～110。

他說：「原來過去認為毫無問題是婚字的金文□或籀文𦖞字，他實在是聞字，只因為借用為婚字，於是被認識錯了。」〔註64〕

至於婚字籀文《說文》作「𦖞」，龍先生認為「𦖞」是聞的本字，从耳，𦖞聲。「□」為「□」之譌；「□」乃「□」之譌；「止」乃「□」之譌；「巳」乃「□」之譌；而「□」亦為「□」之譌。

二、【□】

詒讓說：

《說文》𩫏部：「𩫏，度也。民所度居也。从回。象城𩫏之重，兩亭相對也。或但从口。」金文〈齊侯甗〉「西𩫏」字作□，正从回，而〈𩫏伯敔〉作□，〈毛公鼎〉作□，石鼓文亦同，則皆从口。是《說文》正或二體，古金石文並有之（以表列之）：

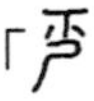

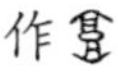

	从回	从口		
	齊侯甗	𩫏伯敔	毛公鼎	石鼓文
字例				

又說：

唯《說文》土部：「墉，城垣也。从土庸聲。」古文作□。依許說則古文「墉」字與篆文「𩫏」字正同，與字例不合，恐有誤也。〈召伯虎敔〉〔註65〕云：「余考正公，僕□土田。」當即墉之古文，舊釋為「享」，誤。古音「僕」與「附」相近字通僕在尤幽部，附在侯部，音最近。《詩・大雅・既醉》：「景命有僕。」《毛傳》云：「僕，附也。」，「僕墉土田」，猶《詩・魯頌・閟宮》云「土田附庸」也定四年《左傳》，成王分魯公以土田倍敔，莊葆琛謂倍敔即附庸之誤，與此可互證。蓋僕倍聲近，敔、□形近，皆得通也。此敔義符經詁，其為古文墉無疑，其形蓋从𩫏省从口。古字凡有匊帀容受之義者，多从口，故《說文》高部：「高，崇也。象臺觀高之形，从冂口，與倉舍同意。」此□字从口，蓋與彼同。又攷〈無惠鼎〉「縞」作□，偏旁高省从□，與此字下半略同，若然，「墉」作「□」，或从「章」从「高」省，於字例亦通。要與「𩫏」字實微不同，許書或傳寫之誤爾。

〔註64〕龍宇純撰：〈說婚〉，《中央研究院歷史語言研究所集刊》第三十本下冊，頁605～612。
〔註65〕此為〈五年召伯虎敔〉，有104字。

按：詒讓釋此字極爲正確。

三、【𥁕𥁕𥁕】

詒讓說：

　　《說文》皿部：「益，饒也。从水、皿，水皿，益之意也。」依許說釋此爲會意字，取水在皿增益饒多之意也。甲文、金文皆有「益」字（以表列之）：

	甲骨文	益公鐘	畢𪒠敦
字例	𥁕	𥁕	𥁕

詒讓認爲甲、金文的「益」字上皆从水省，與小篆不同，他說：

　　玫《說文》口部谷「从口，从水敗皃」，又谷部谷「从水半見，出於口」，又酋部酋「从酉，水半見於上」。竊意古文益字蓋「从水半見」，與「谷」、「谷」、「酋」三字略同。凡水在皿中，平視不可見，至挹把極滿，乃微見於上，正是饒益之意。古文形意相兼，義例至精，小篆變从水不省，則是水全見，將溢出皿外，不得長有其饒矣。殆非倉沮造字之初恉也。

　　按：羅振玉說甲文「益」字：「象皿水溢出之狀，丫象水形。」〔註66〕李孝定先生說：「《說文》：『益，饒也。从水、皿，水皿，益之意也。』此溢之本字，以益用爲饒益、增益之義既久，而本意轉晦，遂別製溢字以當之。王筠《說文釋例》云：『益从水，而溢又加水，然水祇可在皿中，而益之水在皿上，則增益之意即兼有氾溢之義，意滿招損也。溢似後來分別文。』其說甚是。惟此字當以氾溢爲本義，增益則其引申義也。金文作𥁕（〈畢鮮簋〉）、𥁕（〈休盤〉）、𥁕（〈益公鐘〉）……皆不从水，與契文、小篆並不相同，容氏《金文編》收此作益。」〔註67〕甲骨文「益」字上象水形，象水溢出之狀，詒讓說水在皿中，平視不可見，从水省，爲水半見，正象饒益之意，若水全見，則溢出皿外，則無饒義，詒讓此說過於牽強附會。應從王筠所說爲是。

四、【壺德】

詒讓說：

〔註66〕《增訂殷虛書契考釋》卷中，頁9。
〔註67〕《甲骨文字集釋》，第五，「益」字按語，頁1715。

《說文》心部:「德,外得於人,內得於己也。从直心。」古文作悳。

又彳部:「德,升也。从彳,悳聲。」金文中有德字(以表列之):

	陳侯因育敦	盂鼎	叔向父敦	陳曼簠	虢示鐘	宰德氏壺
字例	(字形)	(字形)	(字形)	(字形)	(字形)	(字形)

夋金文甴、甴字恆見,皆當爲「省」字,如〈盂鼎〉「我其遹省先王,受民受疆土」,〈季娟鼎〉「令小臣叓先省楚居」皆是也。《說文》乚部:「直,正見也。从十、目、乚」眉部:「省,視也。从眉省,从屮。」金文甴字从「屮」、从「目」,即「省視」之省,與直从「十」、「目」、「乚」迥異。若然,古文「悳」當从「心」、从「省」,以「省心」會意,較「直心」義尤允協。此小篆改易古文,失其本怡也。

按:從字形上來看,《金文編》「省」字〈省觚〉作「甴」,〈散氏盤〉作「甴」;「直」字,〈恒簋〉作「甴」,「德」字如詒讓所說从「心」、从「省」是可信的。又,詒讓以爲甲骨文德字作「㣯」,《契文舉例》說:

「㣯」字右从彳,左亦从甴,當即「德」之省文。《說文》德、悳皆以直爲聲母,乚部:「直,正見也,从十、目、乚。」此从十目而省乚,即「直」字也。金文〈家德氏壺〉〔註68〕作㣯,亦从甴省乚,與此同。

按:羅振玉亦贊同此說,他說:「《說文解字》:『德,升也。从彳,悳聲。』此从彳从甴,〈曆鼎〉與此同。德,得也。故卜辭中皆借爲「得失」字,視而有所得也,故从甴。」然此字經古文字學家考證爲「循」字,讀爲「巡」。葉玉森說:「按林義光氏釋〈癲鼎〉『㣯道』爲『循道』至塙。……各(卜)辭中之㣯如釋『德』似不可通,訓『得』亦未安,當即循字,《禮‧月令》『巡行國邑』,循即巡;《左》莊二十一年傳『巡者,循也』循、巡古通。」〔註69〕李孝定先生說:「《說文》循,行順也。从彳盾聲。契文作㣯,羅釋「德」,然金文德字均从心作。契文㣯字無慮數十百見,無一从心者,可證二者實非一字。且釋德於卜辭辭例亦不可通。……葉君釋『循』於字形辭義均優有可說。」〔註70〕

又,詒讓以金文「德」字變體來印證小篆的違失,如金文有:

〔註68〕此處的〈家德氏壺〉即《名原》中的〈宰德氏壺〉。

〔註69〕葉玉森撰:《殷虛書契前編集釋》,卷4,頁24。

〔註70〕《甲骨文字集釋》第二,頁568。

字例	散氏盤	史頌鼎	
	（字形）	（字形）	（字形）

金文德字變體甚多，如〈散氏盤〉的「德」字作（字形），从小。《說文》
「省」，古文作「（字形）」，从「少」、「囧」，盤文德上从「小」，即从「少」省
也。若如小篆从直，則从小必不可通矣。又〈史頌鼎、敦〉「德」作（字形）、（字形）
兩形，變从心為从言、从又。形並奇詭。而弟一字从「省」，省與金文通
例正合；弟二字从「眚」，則當為「眚」字，金文「省」、「眚」二字互通，
如〈南宮鼎〉「先眚南國」，〈宗周鐘〉「王肇遹眚文武，堇疆土」，與〈小
臣夌鼎〉、〈盂鼎〉文例正同。是敦文雖變从「眚」，亦可為德本从省之證。
若从直，則與眚相去千里矣。此亦足證小篆之誤也。

按：詒讓此說甚允。

第五節　〈轉注楬櫫〉的探討

《名原》的第五部分為〈轉注楬櫫〉。轉注，許慎《說文·序》說：「轉注者，
建類一首，同意相受，考老是也。」轉注之說，各家至為分歧〔註71〕，詒讓以為，
徐鍇的轉注說最為正確，他說：

　　徐楚金《繫傳》以《說文》部首說解「凡某之屬皆從某」釋之，其義
　　最確。蓋倉沮制字之初，為數尚少，凡形名之屬，未有專字者，則依其聲
　　義，於其文旁詁注以明之。《說文》晶部說曡字云：「古○復注中，故與日同。」
　　又金部說金字云：「左右注，象金在土中。」即「注字」之義。其後遞相沿襲，
　　遂成正字，此「孳乳浸多」之所由來也。自來凡形聲駢合文，無不兼轉注，
　　如江河為醋聲字，亦即注水於工、可之旁，以成字也。後世儻作新名，凡有特
　　別異訓者，則亦可用茲例，按其義類，權注文以相楬示。〔註72〕

〔註71〕歷來各家對轉注之說紛歧不一，但都由《說文·序》的界說所引發出來，許師錟輝將
　　　各家轉注之說歸納為用字說與造字說兩大派，用字說又分為（一）主形轉之說，如
　　　唐·裴務齊（二）主義轉之說——（1）部首說，如江聲（2）互訓說，如戴震（3）
　　　形聲說，如曾國藩（三）主聲轉之說，如章炳麟（四）主形音義並轉之說，如朱宗
　　　萊。造字說由班固首創此說，但對轉注之義未加說明，至魯實先先生才提出四體六
　　　法之說，以轉注為造字輔字之法。（許師錟輝撰〈魯實先先生轉注釋義述例〉，《魯
　　　實先先生學術討論會論文集》1993年6月），頁76～81。
〔註72〕徐鍇的轉注說如：「轉注者，建類一首，同意相受。謂老之別名，有耆、耋、壽、耄，
　　　又孝：子養老是也。一首者，謂此等諸字皆取類於老，則皆從老，若松柏等皆木之

　　詒讓認爲，造字之初，爲數尚少，凡具象、抽象之類而沒有專字可以代表其義的，則可依其聲義，在已有的文字旁「加注」以明其義，如：「金」字在左右加「點」，即表示「金」這個物體是在土中。這即是「注字」的意義。這些被「標幟」的文字，經過輾轉沿襲，成爲正字，於是文字的數目才越來越多。由詒讓所述，可知其所謂的轉注，即是在諧聲字聲符旁加上另一個屬性偏旁，如：「江」，與「工」爲諧聲字，屬性爲「水」，因此加「水」於「工」字旁，便成另一個新字「江」。如此看來，詒讓「轉注」的意義與許愼的「轉注」無關，反而比較接近許愼「形聲」、「會意」的意義。這個說法，可以從以下詒讓所舉的例子更明白：

> 蓋轉注以形著義，與假借以聲通讀，其例皆廣無畔岸，故古文偏旁多任意變易。如宮縣之樂謂之牆，鐘磬之縣半爲堵，全爲肆，而因鐘爲金樂，則作「鑮」、作「鍺」、作「鎛」，並詳前。簠有鑄金刻木，則作「頒」〈夫妊簠〉。金文通例簠皆作𣄆。作「槶」〈鄭井夫簠〉。以盛黍稷，則又從米做「𥻨」〈史䵼簠〉是也。或增益偏旁，如「昧爽」之爽，借㗊爲之，則注曰作「𤴯」。〈冗敦〉。武事執俘者從𠬞，則注戈作「戒」〈虢季子白盤〉、「𢧇戈」。是也。若斯之類，不可殫舉，既非倉沮舊文，字書固無由盡載。今舉其罕見者，以明達例。由是推之，凡古今石刻文字，奇詭不見於字書者，或爲此例所晐，故亡足異矣。金文人名字多歧異，疑各有特別注記，如後世花押之類，不能盡詳也。

不同的屬性，所從的偏旁也有所更動。

　　詒讓此篇所討論的古文字，有「玟珷」、「达」、「鋯鎬」、「嫣」、「嫥」、「斅」、「或」、「簹」等字，正如他在自注說「金文人名字多歧異，疑各有特別注記」，詒讓所舉的這些例子皆加「標幟」於其旁，有些字雖解釋得極正確，但有些字也難免有牽強附會的情況。又，由於詒讓對轉注意義的見解，與各家轉注之說不同，本文不予評論，僅就其形構，擇要分析於下。

一、【玟珷】

詒讓說：

> 金文〈盂鼎〉云：「不顯玟王受天有大命，在珷王嗣玟作邦。」又云：

別名，皆同受意于木，故皆從木，後皆象此。轉注之言，若水之出原，分歧別派，爲江爲漢，各受其名，而本同主于一水也。」又：「屬類成字，而復于偏旁加訓，博喩取譬，故爲轉注。人毛七爲老、壽、耆、耋亦老，故以老字注之；受意于老，轉相傳注，故謂之轉注。義近形聲而有異焉：形聲江河不同，灘濕各異，轉注考老實同，妙好無隔，此其分也。」（徐鍇撰：《說文繫傳》卷三十九），頁1。

「盲于玟王正德，若玟王令二三正。」此文、武二字並从「王」，古無其

　　字，蓋因文武爲先王謚，權注文以示別異，亦刱例也。

其於自注又說：

　　　　近人多舉《說文》玉部玎，爲齊玎公謚，以證此文珷字，不知玎字从

　　玉不從王，彼本有玎字，而假借用之，與此迥異。說文自有「玟」字，與

　　此亦不相涉也。

　　按：詒讓此說甚是。劉心源說：「玟珷皆从王，蓋會意字，或云皆是玉旁，引《說

文》玎公爲證，此似是而非，實未諳篆法也。」〔註73〕

二、【遶遌】

　　詒讓說：

　　　　金文〈楚良臣余義鐘〉云：「曾孫僕兒余迖斯于之孫，余茲鈺之元子。

　　曰：於嘑敬哉！余義楚之良臣，而迖之字慈父余邁，迖兒尋吉金鎛鉊，台

　　鐕酥鐘，台追孝侁先且祖。〔註74〕」……此鐘爲楚人僕兒作以祭其祖者。

詒讓以爲此鐘爲楚人僕兒爲祭其祖而作，且此鐘所紀世系甚詳：

　　　　蓋余義生迖斯于（斯于爲迖字），迖生茲鈺，茲鈺生僕兒，是余義爲

　　僕兒之曾祖，迖則僕兒之祖也。故「迖」字三見：前作「遶」，後二作「遶」，

　　「遌」。下增「□」形，當即「且」字。因俪祖之名，特加□以爲標識，

　　故與上文殊異。非古文「迖」字或从且也。又因其爲標識文，非正字，故

　　作□與下文「侁且」字亦異，皆金文之變例也。

　　按：〈楚良臣余義鐘〉羅振玉《三代吉金文存》作〈楚余義鐘〉，郭沫若《兩周

金文辭大系考釋》作〈儷兒鐘〉，孫稚雛《金文著錄簡目》作〈余購遶兒鐘〉。「僕」，

郭沫若以爲應釋爲「儷」，他說：「古人名多奇字，不能識。」「迖」字的第二形與第

三形，則應分別釋爲「徥」與「遶」，他說：「徥、遶一字。《說文》桀部：『夗，古

文桀从几。』即此字所从。或即乘之繁文，如『征討』古作『正』，後益爲征若延也。」

〔註75〕《金文編》將第一形釋爲「迖」，說：「《說文》所無。」第二形未釋，第三

形置於〈附錄下〉（頁 1182），以表示「偏旁難於隸定，考釋猶待商榷」。今審此鐘

金文拓本，已漫漶不清，「迖」字下是否爲「□」形？頗爲可疑。《金文編》作「冂」

形。詒讓以爲「因俪祖之名，特加□以爲標識」，此說亦頗牽強。

〔註73〕劉心源撰：《奇觚室吉金文述》，卷二，〈克鼎〉，頁 34。

〔註74〕此鐘譯文根據詒讓《名原》所譯。

〔註75〕郭沫若撰：〈儷兒鐘〉，頁 163。

三、【●●】

詒讓說：

　　金文有前後兩字同而義異，注文以示別異者。如〈師𡇯敦〉云：「王若曰：『師𡇯●，淮尸夷謫我貫眣晦臣，今敢博乃眾叚反，乃工事弗速蹟我東●。』」此敦「●」、「●」二文右皆為「或」，左則一从「父」，一从「邑」。字書並無其字。尋文究義，乃知二字同為「或」字，而「父」、「邑」則旁注，以示別異也。古文「或」、「國」二字多通用，如〈宗周鐘〉「南國」、「三國」；〈南宮方鼎〉「南國」；〈毛公鼎〉「四國」，字並作「或」是也，此兩「或」字亦當讀為「國」。「師𡇯或父」者，「或父」為「師𡇯」之字，周時人名字多并舉，如春秋時孔父嘉叔梁紇是也。〈朿向敦〉云：「朿向父禹曰。」為金文名、字連舉之例。

　　按：詒讓所釋从邑之「或」為是。从父之或，郭沫若釋為从戉从又的「叜」字。他說：「叜即父字之異，父字本斧之初文，古作●，象以手持石斧之形，此从戉从又，為父字之異無疑。」〔註76〕容庚《金文編》將此形置於〈附錄下〉，且詒讓、郭沫若所說从「父」之形，《金文編》作「止」形。陳漢平說：「此字為征討、達伐之動詞，此二字从又，咸省聲。字當釋『搣』。《說文》：『搣，搖也，从手，咸聲。』字亦作撼。」〔註77〕可知从父之或諸家尚未定論。

四、【●】

詒讓說：

　　金文〈籚鼎〉籚作●，又〈籚侯敦〉則作●。其字从竹、从邑、从膚，攷《說文》邑部未載，竹部亦無「籚」字，唯有「籚」字云：「積竹，矛戟矜也。从竹，盧聲。《國語》曰：『朱儒扶籚。』」「籚」，當即「籚」之變體。《說文》肉部「臚」，籒文作「膚」，是膚即臚之省，與盧聲類同，古字可通。籚國侯爵，當即《書·牧誓》之「盧」，亦見《左傳》桓十二年，陸氏《釋文》：「本或作盧。」《考工記》：「盧人，為盧器。」即《說文》之籚，是其證也。籚亦國名，故注邑於其旁矣。

　　按：詒讓以為「籚」雖於《說文》未載，但可從「臚」籒文作「膚」得知「膚」為「臚」之省，與「盧」聲類相同，古可通用。籚國侯爵，即《書·牧誓》之「盧」。又由於「籚」為國名，故〈籚侯敦〉又加注「邑」於其旁。郭沫若說：「案孫說不

〔註76〕　〈師𡇯敦〉，頁146。
〔註77〕　陳漢平撰：《金文編訂補》，頁233～234。

確，盧戎爲楚所滅，在春秋初年，與本器字體不合。近時徐中舒說鄘爲山東之莒，較爲可信。莒滅於楚，在獲麟後五十年也。今改從之。」〔註 78〕又，陳槃先生說：「……按鄘字，孫仲容說爲《牧誓》微、盧、彭、濮之盧，王靜安……謂鄘侯即莒侯，郭某《兩周金文辭大系考釋》錄此引徐中舒說，亦謂鄘爲山東之莒，與王說同，蓋徐用其師說也。……今以其銘『孝』〔註 79〕字觀之，又足爲王、徐之說添一證明矣。」〔註 80〕

又，詒讓說：

> 金文別有从邑字，如〈楚良臣余義鐘〉「𨟻」字作[illegible]，〈大梁鼎〉「⿰梁阝」字作[illegible]，〈宗婦敔〉「鄁國」字作[illegible]，〈鄀公敔〉「鄀」字作[illegible]，〈郘鐘〉「郘」字作[illegible]，五字皆《說文》所無，蓋亦因國名，故注邑於其旁也。凡《說文》邑部字，今經典或未見及，金文从邑字，今不見於許書者，咸不勝僂指數，殆皆此例所晐矣。

按：詒讓此說甚是。詒讓謂凡古文字「國名」注邑於旁，如「𨟻」、「⿰梁阝」、「鄁」、「鄀」、「郘」等字；「女字」注女於旁，如「嫜」等字。而甲文、金文凡从女、邑的字不見於《說文》者，或許可以此例推求之。

第六節 〈奇字發散〉的探討

《名原》的第六部分爲〈奇字發散〉。「奇字」產生的原因爲何？詒讓說：

> 古文自倉史迄秦，歷年數千，遞更傳寫，錯異間出，此奇字所由孳也。

經過歷代的傳寫，訛誤在所難免，也由於如此，同字異體的情況不斷出現，這就是「奇字」產生的原因。又，「奇字」範圍的界定如何？詒讓說：

> 亡新改定古文，別有「六書」，而「奇字」爲其一，則其數必甚多。而今《說文》所錄，唯「儿」、「旡」、「𣅀」、「仝」、「䀠」諸文，則知凡古文而異者，皆宜入奇字之科，許書不悉識別也。

在甲文、金文中，異體字頻見，或省或繁，令文字學家無所適從，但仔細推究，並非無跡可循，因此，詒讓便嘗試利用古文資料來與《說文》做比較，他說：

〔註 78〕〈鄘侯毁〉，頁 173。

〔註 79〕楊樹達先生在〈齊大宰歸父盤跋〉中歸納山東諸國所制器銘的「壽」、「孝」、「考」字書法特殊，與其他地域所制器之銘文中有此三字者不同，此爲山東諸國銅器之特色。陳槃先生將〈鄘侯毁〉中的「孝」字與之比較，得出此器亦有山東諸國器之特色，因而贊同王國維、徐中舒之考證。

〔註 80〕《譔異》，冊二，頁 136。

今所見金文龜甲文亦恆覯變體，繁則偏旁重復，駢枝爲贅；省則璚畫刪簡，形聲并隱。攷釋家目眩思瞀，率從蓋闕，或強以它字傅會之。然悉心推校，形義可說者尚多，雖篆勢奇譎，有佹正體，而揆之字例，各自有精義，固非鄉壁虛造比也。今摭古文與許書殊異，而略涉隱祕者，楬箸一二，以示略例。凡不合字例，及明析易通者，咸不論也。

在這一篇中，詒讓解釋了「市」、「眉」、「紹」、「召」、「楷」、「至」、「洍」、「鐱」、「囧」、「柙」、「宜」、「孺」等字。茲擇要分析如下。

一、【𢁾𠂔】

詒讓說：

《說文》𠦋部：「市，買賣所之也。市有垣，从𠦋从乀，象物相及也。乀，古文及字，屮省聲。」金文〈兮田盤〉〔註81〕云：母敢不即帥即𢁾，敢不用令，則即井荆𡭟戮伐。其佳唯我者諸侯百生姓，乃實母不即𢁾。……此文「𢁾」字兩見，當即「市」字。上从「屮」與之聲同部，中从「𠀎」即「𠦋」之變，下从「丁」即「乀」之變也。盤文紀兮田治四方委積之事，謂淮夷之人，母敢不出其畎畮，以其委積財賣，及儲藏，皆母敢不就我帥从市易。即諸侯百姓有儲藏，亦母敢不就我市易。以字例與文義參校，殆無疑矣。

按：詒讓所說甚是。

然詒讓又以龜甲文「𠂔」、「𠂤」二字爲「市」字，他說：

龜甲文有𠂔、𠂤二字，頗奇古難識，諦案之亦市字也。上从屮與金文从屮同，中从𠀎即𠦋之變，下箸一袤畫，亦即古文及。或左下或又下者，反正不同也。此形雖奇詭，而亦復無牟字例，或尚倉沮之舊名與？

按：詒讓此說則未允也。審之甲骨文，「𠂔」、「𠂤」二字當爲「洀」字。羅振玉說：「《說文解字》：『洗，洒足也。从水，先聲。』此从屮（即足形），从八、𠄟（即水形）置足於水中，是洗也。或增𠦋象盤形，是洒足之盤也。中有水，置之於中。由字形觀之，古者沐盥以皿，洗足以盤。」〔註82〕李孝定先生說：「𠂤字从止在盤中，乃洗足之會意字也。衛若徛乃从行（或从彳），𠂔聲，其但作𠂔者，乃假洗足之字爲𠂔進字，非𠂔進字本作此形也。下逮小篆，𠂔字反爲借義所專，乃別出从水𠂔

〔註81〕〈兮田盤〉應作〈兮甲盤〉。
〔註82〕《增訂殷虛書契考釋》卷中，頁68上。

聲之洬字，以爲洗足之專字。」〔註83〕姚孝遂先生說：「甲骨文㝬、洬同字。⋯⋯本象洒足於盤之形，从止，从水，从凡（盤）會意。字或省水，或增彳、衤爲形符，其實一也。小篆　爲从舟，又別出从水之洬字。」〔註84〕可知詒讓誤以「㝬」爲「市」。

二、【矕】

詒讓說：

> 金文「眉壽」字常見，「眉」皆作「矕」〔註85〕。〈齊侯甗〉又作「矕」，蓋从「矕」省。古音「矕」與「微」音相近，〈周禮・㕥人〉鄭注「矕」讀爲「徽」，徽从微省聲。而微、眉音同《春秋》莊廿八年經「築郿」，《公羊》作「築微」。故金文「眉」通作「矕」。

按：林義光說：「《說文》云：『矕，血祭也。从爨省，从酉，酉所以祭也。从分，分亦聲。』⋯⋯諸彝器眉壽字皆以矕爲之，矕實與眉同字，借義乃爲血祭耳。矕古音如門，與眉雙聲對轉，疊疊之疊音尾，《周禮》『共其矕鬯（㕥人）』，鄭司農讀矕爲徽，（徽從微得聲，古與微同音）尾與徽即矕對轉之音，古與眉同音。」（《文源》）

> 又，在〈散氏盤〉中出現了六個詒讓以爲是「眉」字形體的字，詒讓說：

> 〈散氏盤〉云：「用矢戮散邑，卤即散用田矕。」又云：「逐于矕。」又云：「矕井邑田。」又云：「矢人有嗣矕田。」又云：「凡十又五夫正矕。」又云：「散人小子矕田。」此文矕字六見，奇詭難識，諦審之，蓋亦眉之變體也。

又說：

> 金文〈戍都鼎〉「用妥眉彔」作𠩺，此上从卪即𠂆，與鼎文亡同，所謂象眉形與額理也。从𠃬者，即从頁。⋯⋯左右注兩點或四點，此並兩點注之右旁，意亦略同，非重文也。「田眉」、「眉田」、「正眉」當讀爲「湄坏」之湄，謂於竟上築短垣爲疆界。《國語・齊語》云：「渠弭于有渚。」《周禮・典瑞》云：「圭璋璧琮琥璜之渠眉。」眉弭並與湄同。蓋掘地爲溝渠，封土爲湄坏，咸所以辨區域。盤文皆紀散與矢兩邑分田定界之事，故云用田眉矣。

按：詒讓釋〈散氏盤〉六「眉」字皆極正確，後之學者皆從之，唯高鴻縉先生

〔註83〕李孝定撰：〈讀契識小錄〉，《中央研究院歷史語言研究所集刊》第 35 本，頁 48～49。
〔註84〕《甲骨文字詁林》，「㝬」字按語，頁 852。
〔註85〕孫詒讓隸定作「矕」，王國維隸定作「疊」。

說：「金文之🏺與🏺，乃塗牲血於新鑄器，欲其經久耐用。……本銘之🏺，乃眉目之眉之異文，下著兩點爲重文符，此爲絕不相涉之兩字，只古音相同耳。」〔註86〕認爲眉壽的眉與散氏盤作爲田界的「🏺」是同音異字，不相關連。

三、【𦃣】

詒讓說：

> 龜甲文𦃣字恆見，其文義可詳者如云：「辛□，𦃣水于且勞。」又云：「丙申，卜爹𦃣雀于兄丁。」又云：「□□，卜出貝，𦃣立于田。」𦃣，從糸從卩，字書未見，以形義推之，當爲「紹」之省。《說文》糸部：「紹，繼也。從糸，召聲。」古文作𦀕，從邵。此即從糸卩而省召，其義當爲詔之假借。

按：詒讓以「𦃣」爲紹字，各家釋爲「御」字。羅振玉說：「《說文解字》『御，使馬也。從彳，從卸，古文作馭，從又，從馬。』此從彳，從𦃣、𠂤，與午字同形，殆象馬策人持策於道中是御也。或易人以 而增止或又易彳以人或省人，殆同一字也。作𦃣者亦見〈盂鼎〉。」〔註87〕聞宥說：「羅釋御是也。惟其說則未諦，𠂤實不像馬策，𠂤與𠁩體析離亦無持意，此午實爲聲，𠁩象人跪而迎迓形，……作𦃣者，省文也。」〔註88〕李孝定先生說：「孫氏釋紹引金文紹或作𦀕，謂卜辭省召，說非。金文紹作𦀕從卩爲繁文，省召則非紹字矣。……羅釋爲御甚是，聞氏之說尤爲審諦。」〔註89〕可知詒讓誤以「御」爲「紹」字。

又，詒讓說：

> 甲文又有省變之紹字，亦恆見。如云：「不紹龜。」紹多作「𠮝」，或作「𠮝」，皆省刀。又或作「𠮝」，則省糸，其形尤簡省，其讀爲詔與𦃣同。

按：各家釋「𦃣」爲𠮝（或𠮟）字。又，陳晉說：「孫釋紹讀爲詔，似求之太遠，《說文》卜部：『𠰶，卜問也。從卜，召聲。』《集韻》：『𠰶，市沼切，音紹。』……不𠰶龜即與用龜相反。」〔註90〕

四、【囧】

詒讓說：

〔註86〕高鴻縉撰：〈散盤集釋〉，《師大學報》第二期（1957年6月），頁86。
〔註87〕《增訂殷虛書契考釋》卷中，頁70。
〔註88〕《東方雜誌》，25卷3號，頁56。
〔註89〕《甲骨文字集釋》第二，「御」字按語，頁589。
〔註90〕《龜甲文字概論》，頁31。

－162－

龜甲文云：「□象三日乙酉，月豐。丙戌，□之來入▦。」又云：「貝
疥▦不隹□乙。」又云：「▦女庚之于牢□。」此▦、▦、▦三字互異，
而大致略同。以璚形校之，當是囧之異文。《說文》囧部：「囧，窗牖麗廔
闓明也。象形。」▦即象窗牖形，而文尤繁縟。▦、▦又微有省變，小篆
作囧，則整齊以就篆法。金文〈明我鼎〉有▦字，又〈壺〉作▦，偏旁與
甲文猶相近，他器則朙、盟字偏旁與小篆同，蓋其由來古矣。

按：詒讓所釋之「囧」，實為「齒」字。于省吾說：「說文齒，『象口齒之形，止
聲』，古文作▦。按契文作▦、▦，金文作▦，均象口之露齒形，加止為聲符，
乃後起字。漢宋齒印齒作▦，不從止，說者以為印文省便，不知其合於古文也。」
〔註91〕

五、【▦】

詒讓說：

說文木部：「柙，檻也。所以藏虎兕也。從木，甲聲。」古文作▦。
龜甲文云：「戊午，▦其禽□鹿□。」▦字奇古難識，以文義求之，當即
古文柙之變體。說文甲部甲，小篆作▦，古文作▦。此從▥，似從甲省而
到書之。從▦者，即象欄檻之形，於字例正合。鹿亦野獸，故與虎兕同畜
於柙矣。

按：詒讓此說頗牽強，此字裘錫圭先生說：「《甲骨文續編》當作未識字收在附
錄裡（852 頁），其實就是『盎』字簡體。甲骨文從皿之字往往略去四旁象圈足的部
分。」〔註92〕姚孝遂先生則說：「字從弋從皿，隸當作『盉』。」〔註93〕皆將「▦」
字釋作「皿」而非象欄檻之形。

六、【▦】

詒讓說：

《說文》且部：「且，所以薦也。几，足有二橫，『一』其下地也。」
古文作▦。金文例借且為祖，其字恆見，皆與小篆同。閒有省為▦者。於
形亦不相遠。龜甲文且字亦恆見，其作且，兩橫著中，相迫近於跗，校形
義尤切。

又，詒讓以為金文中有較繁縟的「且」字，如：

〔註91〕〈甲骨刻辭狩獵考〉，《古文字研究》，第六輯，頁65。
〔註92〕〈釋秘〉，《古文字研究》，第三輯，頁7～31。
〔註93〕《甲骨文字詁林》冊三，「盉」字按語，頁2657。

字例	且子鼎	且女彝	貉子卣	聊　敦	無敄甗	秦子戈
	(字形)	(字形)	(字形)	(字形)	(字形)	(字形)

他懷疑這些字是「俎」的異文，他說：

> 《說文》且部：「俎，禮俎也。从半肉在且上。」凡金文从多者，蓋重系肉字，或省从彡，亦即篆文半肉之濫觴，唯箸於且字之閒，則似象几上度肉之形，小篆省爲仌，而移箸且旁，其从兩肉在且中之字，後人遂不復識矣。

按：詒讓此說甚是。

詒讓又說：

> 近人釋金文者，不知其爲从肉从且之字，因其形與宜相近，率讀爲宜字。殊誤。

按：詒讓此說則未允。古「俎」、「宜」爲一字。陳夢家說：「卜辭之宜作🔲，亦即俎字。金文編以爲『俎』、『宜』一字，是對的。」〔註94〕姚孝遂說：「古『俎』、『宜』同字，篆文🔲與契文🔲；說文『宜』之古文🔲與契文🔲，金文🔲形體均相近。『宜』乃後起之孳乳字。」〔註95〕郭沫若〔註96〕說自宋以來此字均釋爲「宜」，而由羅振玉開始釋此字爲「俎」，這是錯的，詒讓在羅振玉之前已作如此的推斷，可見詒讓對古文字能做準確的分析。

第七節　〈《說文》補闕〉的探討

《名原》最後一部分是〈《說文》補闕〉。《說文解字》九千三百五十三字中，雖然其中收了五百多個古文，但因許愼當時並無法見到地下出土的資料，因此必定會有失收的情況發生。詒讓說：

> 許書九千文，爲字書鼻祖，小學家奉爲職志。凡經典文字，《說文》所無者，概斥爲俗書。自金文發見，古文絡出，如「袁」、袠同見〈袁盤〉。「妥」、〈晉公盦〉、〈尨姑敦〉「愈」、〈魯伯愈父鬲〉「嫺」〈王子申盂〉之類，皆相承習見之字。而《說文》咸未甄錄以上諸文瑑畫明析，攷釋家多已論及，

〔註94〕《卜辭綜述》，頁266～267。
〔註95〕《甲骨文字詁林》，冊四，「俎」字按語，頁3337。
〔註96〕郭沫若之說見於他所作的〈大豐𣪘韻讀〉，收於《殷周青銅器銘文研究》卷一，頁22～26。

此一一不箸。

在青銅器尚未大量出土的時代，小學家將《說文解字》奉爲圭臬，凡古書中的文字，在《說文》中無法查到的，都認爲是俗字。但自青銅器逐漸出土後，銅器上的文字一一被識讀，才發現原來說文中失收了許多古文字：

> 然三代彝器，固墻有其文，則非後世增益造作，昭較可知。至於詭形異體，日出不窮，宋以來攷釋家所説，鑿空者奇，或不可馮，然古文正字，多襍出其間，精思博攷，輒得墻證，而許書闕如，亦其疏也。

詒讓推測許愼失收的原因有二：一爲「或小篆本無此字，許君不能盡見古文，遂不免漏略」。二爲「或《說文》本有，而傳寫挩佚」。因此，詒讓想要就「新攷定古文，甄其形聲確可推繹，合於經詁字例者，略舉一二」，以補《說文》的遺闕。而「其璪畫太奇，隱詭難通，或音義並闕，經典無徵者」不在此篇討論之列。

詒讓在此篇中討論了「載」、「繀」、「祂」、「婕」、「媒」、「襄」、「豐」、「炎」、「蘿」、「賨」、「璿」、「纚」、「盍」。以下擇要分析之。

一、【𩪘𩪘】

《說文》無「載」字，而金文恆見，詒讓說：

> 如〈宄卣〉云：「易宄𩪘巿同黃。」又〈趞尊〉、〈師至父鼎〉、〈趞曹鼎〉並有「載巿同黃」之文。尊文作𩪘，鼎文作𩪘、作𩪘，皆即此字。〈師至父鼎〉正从韋，〈宄卣〉、〈趞尊〉皆从巿者，概與衛从巿相類。……依字「載」从韋，戈聲，以聲類推之，音義當與繀字相近。

他推斷「載」字音義應與「繀」字相近，並舉《說文》及古禮服制來佐證：

> 《說文》糸部：「繀，帛雀頭色。」从糸免聲，戈从才聲，與繀从免聲，古音同部，義亦略同。與《禮經》爵字亦聲近義通，〈士冠禮〉：「玄端韠爵。」鄭注云：「士皆爵韋爲韠。」引〈玉藻〉曰：「韠，君朱、大夫素、士韋。」金文「載巿」即禮經之爵韠也。自經典通假爵字爲之，而其正字遂廢，繀字唯箸於《說文》，而載則字書悉無之，不讀金文，幾不知古有此字矣。

金文中又有「裁」字，亦《說文》所無，詒讓說：

> 金文又有「裁」字，薛氏《款識》〈齊侯鎛鐘〉作𩪘，《說文》亦無其字，音義無攷。以載字例之，裁从糸戈聲，與繀字形同聲近，當爲一字。但〈齊鎛〉云：「於命女裁差卿。」案校文義，蓋讀裁爲爵，與《禮經》借爵爲載，亦異而例同，謂命以官爵差次於正卿也。因其借讀，可推定其

本義必爲爵色絲帛，亦即禮經「爵弁」之正字。《詩·絲衣》「載弁俅俅」，汪容父謂載弁當爲爵弁聲之誤，與此亦可互證。

由以上的推論，他說：

> 蓋帀制韋爲之，爵色韋，則謂之韍，其字从「韋」。帀織絲爲之，爵色帛，則謂之韍，其字从「糸」，古文形義至爲精析，經典則不分韋、絲，通假「爵」爲之，字書遂闕此兩字。唯彝器文「韍帀」尚用正字，而「韍」字則以齊鎛假爲「爵」僅存，攷釋家亦咸瞢然莫辨，蓋古文之放失久矣。

按：詒讓以爲古文字將「韍」、「韍」的分界明晰，但到了古書經典中則只假借「爵」爲之，而此二字遂闕，如果不是金文中仍用正字，後之學者對這兩者的差別則瞢然莫辨。詒讓作此推論甚確，唯郭沫若在〈趞曹鼎其一〉釋文中對詒讓引《詩·絲衣》「載弁俅俅」，謂「載弁」當爲「爵弁」聲之誤。以爲「載」从「𢦒」聲，與「韍」聲母同，「載」即是「韍」的借字，「載」爲爵（雀）色韋，故「韍帀」亦稱「爵韠」，「爵弁」亦稱「載弁」，不必是字誤。〔註97〕又，以韋爲之謂之「韍」，以絲爲之，謂之「纔」，字異而義同，故「韍帀」即雀色皮革所爲之帀（同紱、韠）〔註98〕。

二、【𡥈】

詒讓說：

> 夏桀后妹喜見《國語·晉語》，《楚辭·天問》及《呂氏春秋·慎大篇》、《漢書·古今人表》並作「末嬉」。而《說文》女部無「嬉」字，金文亦未見，唯龜甲文有𡥈字，从女从壴，蓋即「嬉」之省文。《說文》喜部「喜」，古文作𢝊，又㱃部「歖」字甲文作𣣠，並省「喜」爲「壴」，可與「嬉」字互證。據甲文則古固有此字，可據以補《說文》之闕。

按：此字考釋家多有異議，羅振玉釋爲「𠱾」〔註99〕，謂即豎字；郭沫若則認爲釋「嬉」、「歖」既不適，釋「豎」亦難通，而認爲應是古「鼛」字〔註100〕；唐蘭贊同詒讓所釋，並認爲應讀作「艱」。〔註101〕姚孝遂先生說：「字隸作𡥈，唐蘭讀作艱，意爲凶咎，其說是對的。但謂即嬉字，則不可據。卜辭有𡥈字，其辭例與𡥈有

〔註97〕《兩周金文辭大系攷釋》，頁68後。
〔註98〕〈師嫠𣪘攷釋〉。
〔註99〕《增訂殷虛書契考釋》卷中，頁24。
〔註100〕《卜辭通纂》，頁87～88。
〔註101〕《殷虛文字記》，頁56～61。

別，是娖不得釋作嬉之明證。古文字偏旁中，从口與否或無別，或區分井然，不得一概而論。ㄓ與ㅂ、ㄟ與ㄨ、ㅂ與ㅂ、ㅇ與ㅇㅇ均其例，不勝枚舉，字之同異，必須核諸辭例。」〔註102〕可知「娖」、「嬉」不論在古文字字形上或辭例上是不能混爲一談的，詒讓釋「娖」爲「嬉」之省，則於字形上的界定過於鬆散。

三、【遷匡】

詒讓分析〈史頌敦〉的銘文說：

> 金文〈史頌敦〉云：「日遷天子。」遷字以形聲求之，當爲从辵，匡聲。然匡、遷兩字，說文並未收，尋文討義，或爲匡枝異文。匡从𡉈聲，與羊聲同部也。龜甲文亦有云：「甲申，巨今匡羌。」又云：「□□立匡□由。」匡即遷字。與敦文可以互證。「匡羌」，似亦匡正之義，爲正其罪，而伐之也。但以金文、甲文合校之，疑古本有从匚羊聲之字，又或加辵爲之。小篆無此二字，故許書失收耳。

按：詒讓所釋甚允。唯張日昇說：「按字从匡从辵若彳，《說文》所無，字下容庚又收从匡从辵之『遷』字，諸家都以遷、遷一字，蓋『羊』與『𡉈』古音並在陽部，音近通用，……文例相近，故鮮有疑之者。然詳細研究此兩點，則覺猶有未安之處，羊、𡉈古音雖同在陽部，但羊爲開口字，𡉈爲合口字，此其一也；天子顯命與天命兩詞不應相比，……揚天子之命與宏天命兩者意義絕不可混而爲一，此其可疑者二也。故遷、遷當別爲兩字，遷从辵匡聲，《說文》所無，金文叚作對揚字；遷从辵匡聲，《說文》所無，金文叚作廣弘也。」〔註103〕

四、【玊】

詒讓分析〈毛公鼎〉的銘文說：

> 金文〈毛公鼎〉「玉環玉玊」，玊字奇古難識，諦案字形，从玉从𠆢，蓋璿之反文。鼎文余字亦作𠆢，可證。《說文》八部：「𠆢，二余也，讀與余同。」玉璿當爲玉瑵之茶，《荀子·大略篇》：「天子玉珽，諸侯玉茶。」楊倞注：「茶，古舒字，玉之上圓下方者也。」玊，蓋玉瑵之正字，今經典皆借茶爲之，其正字遂隱沒不傳。《說文》玉部無玊字，此可以補其闕。毛公厝，諸侯。故錫以玉瑵之玊，與禮亦正相應也。

按：詒讓所釋甚允。高鴻縉先生《毛公鼎集釋》說：「劉幼丹曰：『琮，从𠆢，

〔註102〕《甲骨文字詁林》冊三，「娖」字按語，頁2795。
〔註103〕《金文詁林》，「遷」字按語。

稍蝕，確是枲。朱駿聲謂即余之籀文，是也。琮，即玉笏。諸侯所執，前詘後直，讓於天子。』」〔註104〕

五、【𡩀】

詒讓說：

金文〈散氏盤〉云：「余又有爽𡩀，爰千罰千。」𡩀，从宀从戀字書未見。攷《說文》言部：「戀，亂也。」从言、絲，與爽、戀文義符合。則戀當與戀音義同。龜甲文亦有云：「貝貞𡩀之。」上下文闕。𡩀亦从宀，與〈散盤〉正同。惟言作吾，璗畫略省，疑古固有此字，至小篆始佚之耳。

又，詒讓見甲文有「𡦀」字：

甲文又有云：「乙亥，補帛𡦀奴七。」又云：「□□𡦀不其奴七。」又云：「貝□𡦀不其奴。」諸文皆奇詭難識，今以𡩀字互相推勘，竊疑其即从宀从戀省也。說文𡠖部云：「戀，樊也，从𡠖戀聲。」此文蓋亦从宀作戀，上從向者，即戀之省，从向者，又向之變體也。

按：詒讓所釋為誤。「𡦀」字根據唐蘭所釋為「冥」。唐蘭說：「卜辭習見𡦀妼，妼舊誤釋為奴，𡦀則自陳邦懷始釋弈，學者從之，初不計『帛某弈奴』之當作何解也。郭沫若釋𡦀妼而讀為娩嘉，為卜辭研究中一重要之貢獻，惟以𡦀為從向從𡿪，𡿪亦聲，則殊勉強，余謂𡦀即冥字。冥之本義當如幎，象兩手以巾幎物之形，說文作𡦀，其形既誤，遂謂『從日從六一聲，日數十十六日而月始虧冥也』穿鑿可笑〔註105〕。」唐蘭此說已為之後的學者所接受。又，詒讓所說「𡩀」字，今《甲骨文編》、《甲骨文字集釋》、《甲骨文字詁林》均未見，存之待攷。

六、【𥁞】

詒讓說：

甲文有兩盌字，云：「貞，夜𥁞雨。」又云：「今月不夜𥁞雨。」此兩字亦與盌字同。

按：詒讓認為此字為《說文》所失收，並以〈杞伯盉〉的「𣂫」字與甲文互證，然詒讓此字誤釋。此字經攷釋家考證為「盧」字。王國維說：「卤，卜辭作𥁞，案〈盂鼎〉卤字作𣂖，他器或作𣂗，或作𣂘。……今此卤字作𥁞，則知从凵作者，乃从𣂚（即皿字）之省。」〔註106〕姚孝遂先生說：「字隸作盧，从卤从皿，其或

〔註104〕〈毛公鼎集釋〉，《師大學報》第1期（1956年6月），頁98。
〔註105〕《天壤閣甲骨文存考釋》，頁60。
〔註106〕《戩壽堂所藏殷虛文字考釋》，頁44下。

體作☌。卜辭『盅雨』習見。于（省吾）先生讀『盅』爲『調』，乃其假借義。」
〔註107〕

第五章　結　論

　　由以上各章的討論，可以得到幾點結論：

　　其一，孫詒讓在晚清的古文字研究中是一個承先啓後的人物。在金文方面，他繼承了自宋薛尚功、清阮元、吳榮光、吳式芬、吳大澂等人的研究方法與態度，再反過來作檢驗的工作，前後撰成《古籀拾遺》、《古籀餘論》這兩部書，他所分析的字大部分皆極精確，受到之後的古文字學家如郭沫若、唐蘭等人的讚賞，並成爲他們考釋文字的重要依據。〔註1〕在甲骨文方面，他更是有系統的研究甲骨文字的第一人，由於受研究環境的限制，《契文舉例》雖爲後來的學者如羅振玉、王國維等人批評，但他對甲骨文字的分類（釋日月、釋貞、釋卜事、釋官等），也爲後來的學者提供一個研究的路線。最後，他更撰成《名原》，開啓專以探討字形演變爲主的研究趨勢。

　　其二，《名原》的校本今可見者有傅斯年圖書館所藏，由容庚校、程雨蒼迻錄的本子，以及戴家祥的點校本，前一個校本只針對《名原》書中的墨丁作修補的工作，後一個校本則是全面檢視《名原》文字上的疏漏。兩者相較，由於前一個校本經過程雨蒼的迻錄，程氏不是古文字研究者，在傳寫上即有誤寫的情況。且此本爲藏于傅斯年圖書館的線裝書，取閱較不易。後一個校本爲華東師大的戴家祥先生所點校，由山東齊魯書社在一九八六年出版。此本仍以孫詒讓原本爲底本，去除墨丁，補上文字，並在行間加上標點，便於閱讀。

　　孫詒讓雖於序言中說明《名原》一書是摭拾金文、甲文、石鼓文、貴州紅巖古

〔註1〕郭沫若在他的《兩周金文辭大系考釋》中多所引用孫詒讓的說法，其中雖也有持保留態度的地分，但大部分都接受了孫詒讓的說法。唐蘭在他的《古文字學導論》中對孫詒讓的偏旁分析法極力讚揚，他說：「孫詒讓是最能用偏旁分析法的，……他的最大功績，就是遺給我們這精密的方法。有了這種方法，我們才能把難認的字，由神話的解釋裡救出來，還歸到文字學裡。」（頁24。）

刻等古文字資料，與《說文》作比勘的工作，實際上他眞正充分利用到的只有金文與甲文，石鼓文較少，貴州紅巖古刻更是只在「釋象」一條用到，孫詒讓自己也認爲紅巖古刻奇詭難識，僅「象」字可識，然以今日的資料來看，紅巖古刻是否爲文字，仍有待商榷。

在古文字研究方法上，孫詒讓並不拘泥於任一種方法，對「比較法」、「偏旁分析法」、「辭例推勘法」皆能視需要而運用。

其三，孫詒讓在釋字上，對金文的說解雖有牽強的地方，但大部分都屬正確，而甲骨文方面，則延續了《契文舉例》的錯誤，使《名原》釋字的可信度因此也降低。

其四，《名原》一書的價値與闕失如下：

一、《名原》的價値

（一）打破以「以一器釋一器之文」的研究型態

自宋以來，考釋家對金文研究都採取「著錄器銘──考釋文字」的型態進行，直迄清代，學者仍承襲此種型態進行金文的研究。這種情形一直延續到晚清，孫詒讓的《名原》刊出後，金文研究才有不同的面貌產生。

在此之前，孫詒讓的另外兩部金文著作《古籀拾遺》、《古籀餘論》，表面上看來似乎仍沿襲前輩學者的研究方式，然於意義上已不同以往的著作，原因在於孫詒讓這兩部書的目的在於補正前輩學者的說法，而不單只爲解釋銘文而作。他在《古籀拾遺》、《古籀餘論》的序言中即說明得很清楚，《古籀拾遺》的上卷針對薛尚功的《歷代鐘鼎彝器款識》而作；中卷針對阮元《積古齋鐘鼎彝器款識》而作；下卷針對吳榮光《筠清館金石錄》而作。《古籀餘論》則仿照《古籀拾遺》的體例對吳式芬《攈古錄金文》作補正的工作。以上四人，是孫詒讓認爲治金文學較有成就的學者，在肯定這四位學者的前提下，仍覺其說有所不足，而加以補正。這項工作的艱難在於孫詒讓不僅需對銅器銘文研究透徹，更需對各家立說作詳盡的分析，才能完成這兩部著作。因此《古籀拾遺》、《古籀餘論》的意義已不同以往著錄、解釋銘文的著作，而相當於今日「書評」的著作。

由對單篇銘文的考證，進而欲串連各器銘中相同的文字，以尋求文字的初軌，勢必要將各篇銘文重新整合、分析、比較，《名原》便在此觀念上產生，以《古籀拾遺》、《古籀餘論》爲基礎，結束「以一器釋一器之文」的研究型態，代之以研究古文字字形變化爲重點的新趨勢。

（二）首先將甲骨文、金文、石鼓文等古文字資料融於一書

孫詒讓讀書治學有一特色，即每當其獲得一書，首要工作即是「斠勘」，從本論文第二章第二節的著述簡譜中可窺知孫詒讓校書的成果，根據王世偉先生的統計，孫詒讓一生校書近百種，而且他斠勘所用的本子，在時代上都具有代表性。〔註2〕孫詒讓更將這種治學特性發揮在治古文字學上，他在〈跋薛尚功《歷代鐘鼎彝器款識》〉中說：「余少嗜古文大篆，年十七八，得杭州本讀之，即愛翫不釋。嘗取《考古》、《博古》兩圖，及王復齋《鐘鼎款識》、王俅《〈嘯堂〉集古錄》，校諸款識。最後得景鈔手蹟本，以相參校。則手蹟本多與《考古》諸圖合，杭本訛誤甚，釋文亦有舛互。……」在甲骨文發現後，他更將銅器銘文與甲骨文比對，認出不少甲骨文字，姑且不論孫詒讓所釋的甲骨文字正確性有多高，但在甲骨文發現的初期，能用這樣的方法來考釋甲骨文，他是第一人。有了以上的經驗，他想要寫像《名原》這樣的一部書，也就不足爲奇。

孫詒讓將甲骨文、金文、石鼓文、貴州紅巖古刻等古文字資料來與《說文》古籀相比較，以觀文字演變之跡，寫成《名原》，雖然目前仍無有力證據證明貴州紅巖古刻是文字或圖畫，但能將多種古文字資料融於一書，在當時是絕無僅有。

清代小學家的研究方式一向以秦篆爲本，《說文》爲據，晚清以後，研究方式則變爲上溯三代的甲骨、彝器，下推秦漢以來的殘簡碑碣，《名原》一書可謂導其先路。

（三）善用古文字的研究方法

民國以來的文字學者都非常標舉孫詒讓的「偏旁分析法」，認爲雖然遠從許愼《說文》起便有此種概念，但一直到孫詒讓才將此法發揮至極致。細審《名原》，孫詒讓除在第三篇〈象形原始〉大量利用「偏旁分析法」來解說古文字外，其他各篇則較常使用「比較法」、「辭例推勘法」、「古制度法」來解說。他利用「偏旁分析法」考釋出古文字以「止」爲偏旁的相關字，如：「夂」、「韋」、「降」、「舛」等；利用「比較法」，將甲骨文、金文、石鼓文中的「鹿」字串連起來比對，並藉由「麠」字的佐證，證明小篆形體已違失造字原始之形；利用「辭例推勘法」，考證金文〈毛公鼎〉「母毋敢𢙴于酉酒」文與〈酒誥〉同，因而推勘出「𢙴」即爲「湎」字；又因孫詒讓撰注過《周禮正義》，熟悉古制度，故又能從《周書·大匡篇》考證「𤔔」即「牆」之借字。表示孫詒讓研究古文字是不拘泥於一種研究方法，而是旁徵博引，針對不同的字例運用不同的研究方法。

〔註2〕王世偉撰：〈孫詒讓《札迻》之校勘學研究〉，《社會科學戰線》，1985 年 4 期，頁 307
　　～315。

（四）補正《說文》的闕失

清乾嘉時期因考據學的興盛而帶動小學的研究,研究文字學的學者,莫不以《說文解字》為依歸,遵循《說文》的解釋。到了晚清,金文學的研究達到高峰,提供文字學家另一個思考空間,嘗試對《說文》做檢視的工作。

孫詒讓雖然在《名原‧敘》中說明作《名原》的目的是「尋古文、大、小篆沿革之大例」,另一個目的他未說明,卻在整部書中不斷在作的工作是希望對《說文》的補正。如:「鳳」字與「朋」字的關係,《說文》說:「鳳飛,群鳥從以萬數,故以為朋黨字。」此說「朋」即「鳳」的假借。孫詒讓提出古文的「鳳」形與「朋」形相類,因此古書多譌掍。實際上是「鳳」象羽毛形,「朋」字象連貝形,兩不相涉。他並說:「許君不窴,既昧鳳鳥之形,復失拜、匌之字,小學專家,有斯巨謬,良足異矣!」對許慎的大意,表示惋惜。他更另立一篇〈說文補闕〉,針對甲文、金文中常見,卻在《說文》中失收的古文字作補遺的工作。

即使如此,孫詒讓並沒有否定許慎作《說文解字》的成就,反而能體諒許慎受環境的限制導致失誤,而常以「《說文》偶失矣」帶過。

二、《名原》的闕失

（一）對甲骨文的誤釋過多,影響《名原》的可信度

孫詒讓的《契文舉例》是第一部考釋甲骨文的專著,也因為如此,他唯有劉鶚的《鐵雲藏龜》可供參考,又由於《鐵雲藏龜》中的甲骨拓片漫漶不清,更有誤倒、偽刻、失拓、綴合上的種種問題尚未解決,《契文舉例》便在《鐵雲藏龜》出版後第二年完成,根據問題重重的《鐵雲藏龜》做研究,其中的錯誤可想而知。這樣的錯誤延伸到《名原》,便影響《名原》的可信度。如:孫詒讓將甲骨文「陷」字誤釋為「烝」字;「犬」字誤釋為「牛」字;「狩」字誤釋為「獲」字;「旬」字誤釋為「虫」字;「取」字誤釋為「氏」字;「徇」字誤釋為「德」字;「齒」字誤釋為「囧」字;「冥」字誤釋為「㣭」字……等。

（二）對六書「轉注」的定義,太過廣泛

孫詒讓認為徐鍇以「凡某之屬皆從某」解釋「轉注」是最恰當的,孫氏認為加注「形符」於字旁,形成另一個字,即是「轉注」。這樣認定「轉注」太過廣泛,易與「會意」、「形聲」混淆。如文王、武王字作「玟珷」;家國字加「邑」旁;女字加「女」旁,在古文字中有其特殊意義,不可與一般文字混為一談。

（三）受限於《說文解字》的說解，以致誤釋古文字

孫詒讓在考釋古文字時，爲了要牽合《說文》的解釋，也作出錯誤的推斷，如：「益」字，甲骨文作「坣」，丫象水形，孫詒讓爲牽合許慎釋「益」爲「饒」之意，故以爲甲骨文從水省，與「谷」、「臽」同爲「从水半見」，方有「饒益之意」，小篆變从水不省，則溢出皿外，不得有饒意；又，「卪」字，孫詒讓爲牽合《說文》的解釋：「柙，檻也。所以藏虎兕也。」將其解釋爲「从卪者，即象欄檻之形，於字例正合。鹿亦野獸，故與虎兕同畜於柙矣。」以爲「卪」是古文「柙」之變體。受限於《說文》中的解釋，不能就古文論古文。

引用書目

一、專 書

（一）孫詒讓著作

1. 名原，容庚補墨丁，程雨蒼迻錄，傅斯年圖書館線裝書，未著出版項。
2. 名原，戴家祥校點，山東，齊魯書社，1986 年 5 月。
3. 周禮正義，臺北，臺灣中華書局，1966 年 3 月。
4. 籀庼述林，臺北，廣文書局，1971 年 4 月。
5. 墨子閒詁，台南，唯一書局，1976 年 1 月。
6. 籀庼遺著輯存，雪克輯點，山東，齊魯書社，1987 年 5 月。
7. 古籀餘論，戴家祥校點，上海，華東師範大學出版社，1988 年 9 月。
8. 古籀拾遺・古籀餘論，北京，中華書局，1989 年 9 月。
9. 契文舉例，樓學禮校點，北京，中華書局，1993 年 12 月。

（二）傳 記

1. 清孫仲容先生詒讓年譜，王雲五主編、朱芳圃編，新編中國名人年譜集成第九輯，臺北，台灣商務印書館，1980 年 6 月。
2. 清代七百名人傳，周駿富輯，清代傳記叢刊，臺北，明文書局，1986 年 1 月。
3. 碑傳集補（一）、（三），周駿富輯，清代傳記叢刊，臺北，明文書局，1986 年 1。
4. 十大語言學家，張新明撰，上海，上海古籍出版社，1991 年 10 月。
5. 中國歷代語言學家評傳，濮之珍主編，上海，復旦大學出版社，1992 年 1 月。
6. 中國古代語言學家評傳，吉常宏、王佩增編，山東，山東教育出版社，1992 年 10 月。
7. 清儒學案新編，山東，齊魯書社，1994 年 3 月。
8. 清代樸學大師列傳，支偉成纂述，臺北，藝文印書館。

（三）孫詒讓相關研究

1. 孫詒讓研究（論文集），杭州，杭州大學語言文字研究室，1963 年。

孫詒讓與中國近代語文學	周予同，胡奇光撰	頁 1～11
《名原》校證序	劉節撰	頁 12～14
《名原》述評	朱芳圃撰	頁 15～20
讀《周禮正義》	洪誠撰	頁 21～36
孫詒讓周禮學管窺	沈文倬撰	頁 37～53
《墨子閒詁》跋	陳奇猷	頁 54～57
籀高《白虎通德論》校文題記	任銘善撰	頁 58～61
經微室《商子》校本跋	蔣禮鴻撰	頁 62～68
讀四庫簡明目錄批注與溫州經籍志	張崟撰	頁 69～71
孫詒讓的政治思想述評	沈鏡如撰	頁 72～87
略論孫詒讓的教育活動和教育思想	金嶸軒撰	頁 88～92
孫詒讓先生遺著		
諷籀餘錄	雪克點校	頁 93～97
《廣韻》姓氏刊誤	雪克點校	頁 98～111
《儀禮》注疏校記	雪克輯錄	頁 112～126
《家語》校記	孔鏡清輯錄	頁 127～136
籀廎碎金	張金泉、郭在貽輯錄	頁 137～140

2. 孫詒讓之生平與學術思想，陳振風撰，臺灣大學中國文學系研究所碩士論文，1977 年。

3. 籀廎學記，王更生著，臺北，文史哲出版社，1983 年。

4. 孫詒讓的金文學，陳暐仁撰，臺灣大學中國文學系研究所碩士班論文，1996 年 7 月 4 日。

（四）其　他

1. 周禮，（漢）鄭玄注，（唐）賈公彥疏，十三經注疏本，臺北，藝文印書館，1965 年。

2. 漢書，（漢）班固著，（唐）顏師古注，臺灣，洪氏出版社，1975 年 9 月。

3. 宋史，（元）脫脫等著，臺灣，鼎文書局，1983 年 11 月。

4. 清史稿，趙爾巽等撰，北京，中華書局，1986 年 8 月第二次印刷。

5. 說文解字注，（漢）許慎著，（清）段玉裁注，臺灣，藝文印書館，1994 年 12 月。

6. 說文繫傳，（宋）徐鍇著，臺北，台灣中華書局，1970 年 1 月臺二版。

7. 說文古籀補，（清）吳大澂著，東吳大學圖書館珍本室，不著出版項。

8. 說文古籀三補，（清）強運開著，上海，商務印書館，1935 年。

9. 字說，（清）吳大澂著，臺北，藝文印書館，1975 年 9 月三版。

10. 積微居小學述林，楊樹達著，臺北，大通書局，1971 年 5 月。

11. 古文字學導論・殷虛文字記，唐蘭著，臺北，學海出版社，1986 年 8 月。

12. 古文字研究導論，林澐著，吉林，吉林大學出版社，1986 年 9 月。

13. 中國文字學史，胡樸安著，臺灣，臺灣商務印書館，1992 年 9 月一版十一刷。

14. 中國文字學史，姚孝遂主編，吉林，吉林教育出版社。

15. 轉注篇，陳光政著，高雄，復文圖書出版社，1989 年 4 月再版。

16. 漢字的起源與演變論叢，李孝定著，臺北，聯經出版事業公司，1992 年 7 月二刷。

17. 考古圖・續考古圖・考古圖釋文，（宋）呂大臨等著，北京，中華書局，1987 年 2 月。

18. 歷代鐘鼎彝器款識，（宋）薛尚功編，臺北，廣文書局，1985 年 10 月再版。

19. 積古齋鐘鼎彝器款識，（清）阮元著，百部叢書集成，文選樓叢書，臺灣，臺灣商務印書館。

20. 山左金石志，（清）阮元著，石刻史料新編第一輯，臺北，新文豐出版公司。

21. 綴遺齋彝器考釋，（清）方濬益著，臺北，台聯國風出版社，1976 年 9 月。

22. 筠清館金石錄，（清）吳榮光著，臺北，新文豐出版公司，1979 年。

23. 金石彙目分編，（清）吳式芬，石刻史料新編第 28 冊，目錄題跋類，臺北，新文豐出版公司，1982 年 12 月二版。

24. 凡將齋金石叢稿，馬衡著，北京，中華書局，1996 年 12 月。

25. 金文編，容庚編著，北京，中華書局，1996 年 8 月。

26. 金文詁林，周法高編著，香港中文大學。

27. 鐵雲藏龜，（清）劉鶚著，臺北，藝文印書館。

28. （殷墟）卜辭綜述，陳夢家著，中國科學院考古研究所編輯，科學出版社，1956 年 7。

29. 殷契駢枝全編，于省吾著，臺北，藝文印書館，1975 年 11 月。

30. 中國甲骨學史，吳浩坤、潘悠著，上海，上海人民出版社，1985 年 12 月三刷。

31. 殷墟甲骨文引論，馬如森著，吉林，東北師範大學出版社，1993 年 4 月。

32. 甲骨研究，（加拿大）明義士著，濟南，齊魯書社，1996 年 2 月。

33. 殷代貞卜人物通考，饒宗頤著，香港，香港大學出版社，1959 年 11 月。

34. 增訂殷虛書契考釋，羅振玉著，臺北，藝文印書館，1975 年 11 月。

35. 殷虛書契前編集釋，葉玉森著，臺北，藝文印書館，1966 年 10 月。

36. 甲骨文字集釋，李孝定編述，中央研究院歷史語言研究所專刊，1965 年 6 月。

37. 甲骨文字詁林，于省吾主編，北京，中華書局，1996 年 5 月。

38. 甲骨文字釋林，于省吾著，北京，中華書局，1979 年 6 月。

39. 小屯南地甲骨考釋，姚孝遂、肖丁合著，北京，中華書局，1985 年 8 月。

40. 甲骨學文字編，朱芳圃編著，臺北，臺灣商務印書館，1983 年 8 月。

41. 甲骨學簡論，陳煒湛著，上海，上海古籍出版社，1987 年 5 月。

42. 貴州紅巖古蹟研究，王正賢、王子堯等人著，中國石文化叢書·石刻論著匯編，北京，北京圖書館出版社，1997 年 12 月。

43. 先秦文史資料考辨，屈萬里著，臺北，聯經出版事業公司，1993 年 9 月初版三刷。

44. 文史叢稿——上古思想、民俗與古文字學史，裘錫圭著，上海，上海遠東出版社，1996 年 10 月。

45. 商周家族型態研究，朱鳳瀚著，天津，天津古籍出版社，1990 年 8 月。

46. 馬敘倫學術論文集，馬敘倫著，科學出版社，1958 年。

47. 春在堂全書，（清）俞樾著，臺北，中國文獻出版社，1968 年 9 月。

48. 羅雪堂先生全集·初編，羅振玉著，臺北，文華出版公司，1968 年 12 月。

49. 羅雪堂先生全集·三編，羅振玉著，臺北，文華出版公司，1970 年 4 月。

50. 王國維全集·書信，王國維著，北京，中華書局，1984 年。

51. 容庚選集，容庚著，曾憲通編選，天津，天津人民出版社，1994 年 6 月。

52. 王國維遺書，王國維著，上海，上海書店出版社，1996 年 8 月第二次印刷。

53. 王國維論學集，傅杰編校，北京，中國社會科學出版社，1997 年 6 月。

54. 揅經室三集，（清）阮元著，四部叢刊集部，上海，商務印書館。

55. 郭沫若全集·歷史編，郭沫若著，北京，北京人民出版社，1982 年 9 月。

56. 魯實先先生學術討論會論文集，臺灣師範大學國文系所、中國文字學會主編，1993 年 6 月。

二、期刊論文：

1. 孫仲容百歲紀念專輯，圖書展望，復刊第五期，1947 年 10 月 31 日。

孫仲容先生百歲紀念專輯導言	陳博文撰	頁 1
瑞安孫先生傳	陳光漢撰	頁 2～7
我對樸學大師孫詒讓先生的認識	李笠撰	頁 9～10

如是我聞之孫仲容先生	王禮撰	頁 11
瑞安孫氏遺書總序	宋慈抱撰	頁 12～13
孫仲頌先生之周禮學	任銘善撰	頁 14～15
亭林詩集原本提要	徐益藩撰	頁 16～21
書孫詒讓年譜後	戴家祥撰	頁 22～23
遺書識跋三篇	孫延釗撰	頁 23～25
談瑞安孫黃二氏遺事	雁迅撰	頁 25
孫仲容先生著書目錄表	編者撰	頁 26
孫仲容先生手校本之一斑	編者撰	頁 27～28
瑞安孫氏玉海樓藏書及其與兩浙人文之關係	宋炎撰	頁 29～30

2. 孫仲容先生生平與學術貢獻，洪煥椿撰，東方雜誌，四四卷第九號，頁 35～40，1948 年 9 月。

3. 孫詒讓《札迻》之校勘學研究，王世偉撰，社會科學戰線，1985 年四期，頁 307～315。

4. 孫詒讓書札輯錄（上），孫延釗輯，張憲文整理，文獻，1986 年三期，頁 182～201。

5. 孫詒讓書札輯錄（中），孫延釗輯，張憲文整理，文獻，1987 年三期，頁 170～179。

6. 孫詒讓書札輯錄（下），孫延釗輯，張憲文整理，文獻，1987 年四期，頁 191～204。

7. 孫詒讓與章太炎，周立人撰，溫州師院學報，1988 年一期，頁 82～88。

8. 瑞安孫氏玉海樓書藏考，張憲文撰，文獻，1988 年三期，頁 188～209。

9. 孫詒讓遺文續輯（上），張憲文整理，文獻，1989 年三期，頁 216～232。

10. 《孫仲容先生遺文佚詩》跋，王季思撰，文獻，1989 年四期，頁 103～105。

11. 孫詒讓遺文續輯（中），張憲文整理，文獻，1989 年四期，頁 225～240。

12. 孫詒讓遺文續輯（下），張憲文整理，文獻，1990 年一期，頁 179～195。

13. 孫詒讓教育思想評述，童富勇撰，杭州大學學報，十八卷一期，頁 131～138，1988 年 3 月。

14. 杭州大學與孫詒讓學術研究，徐規撰，杭州大學學報，十八卷四期，頁 30～31，1988 年 12 月。

15. 論孫詒讓，徐和雍撰，杭州大學學報，十八卷四期，頁 32～40，1988 年 12 月

16. 《籀廎讀書錄》續輯，雪克撰，杭州大學學報，十八卷四期，頁 41～47，1988 年 12 月。

17. 《周禮正義》校勘述略，王世偉撰，文史，第三十三輯，頁 309～317。

18. 談談清末學者利用金文校勘《尚書》的一個重要發現，裘錫圭撰，古籍整理與研究，第四期，北京，中華書局，1989 年 3 月，頁 9～14。

19. 紅巖古文字研究，王正賢撰，貴州民族研究，1996 年 1 期。

20. 數名古誼，丁山撰，中央研究院歷史語言研究所集刊 1 本 1 分，廣州，1928 年。

21. 契文舉例校讀，白玉崢撰，中國文字，臺灣大學文學院中文系編印，1966 年 3 月。

22. 說婚，龍宇純撰，中央研究院歷史語言研究所集刊 30 本下冊，1959 年 10 月。

23. 讀契識小錄，李孝定撰，中央研究院歷史語言研究所集刊 35 本，1964 年 9 月。

24. 毛公鼎集釋，高鴻縉撰，師大學報第 1 期，頁 67～110。

25. 散盤集釋，高鴻縉撰，師大學報第 2 期，頁 1～90。

26. 殷虛文字孳乳研究，聞宥撰，東方雜誌 25 卷 3 號，頁 52～58。